一品仵作

玖

MY FIRST CLASS
CORONER

鳳今

目錄

第一章

引蛇出洞

「阿嚏！」暮青迎著山風望著月色下的神甲軍營帳，忽然打了個噴嚏。月殺遞來大氅，暮青披上，搖頭道：「沒事，沒覺出著涼了，興許是誰在背後叨念我。」

說罷，她回身進帳，問：「他們何時過來？」

「回主子，王爺說片刻即到。」月殺道。

主子之稱，暮青這幾日已聽習慣了，嗯了一聲便去看鋪在桌案上的地圖了。

大軍剛出汴州，今夜駐紮在汴淮交界的蘆葦山下。

巫瑾的帳子離此不遠，景子春跟他一起來了，他是使節團中唯一知曉暮青身分的人。

「有何急事？」巫瑾進帳問道。

暮青道：「沒事，只是叫你們來坐坐。」

景子春面露詫色，方才來傳話的人形色匆忙，貌似有緊急軍情。

巫瑾來到暮青身旁，目光落在行軍地圖上，和風細雨地道：「既然無事，不如給妳診診脈。」

暮青看著地圖，目不轉睛，只把手遞了過去。

巫瑾邊診脈邊道：「眼下入了冬，水患剛退，溼寒甚重，今夜就把火盆生起來吧，將大帳裡烘一烘，莫讓溼氣侵了身子。」

了。

「好。」暮青凝神研圖，聽見帳簾掃打山風的聲響，應是月殺命人備炭火去

片刻後，帳中生起了火盆，直到有些熱了，暮青才道：「兄長可以回去了，莫提來此之事。」

這話意味頗深，巫瑾卻沉得住氣，笑道：「好，妳也早些歇息。」

景子春的心跟被貓撓著似的，偏偏問不得，回去後憋得大半宿沒睡好。

然而，這天之後，暮青玩啞謎上了癮，紮營後，必差人到巫瑾和景子春帳中相請，兩人到了之後，她依舊說無事，讓人奉茶乾坐，坐夠半個時辰才能回去。

這天，兩人又來閒坐，剛坐了一盞茶的工夫，一個侍衛就來稟：「啟稟殿下，有動靜了。」

暮青問：「兄長可有興趣去聽一聽？」

巫瑾笑道：「妹妹相邀，為兄自然有興趣。」

「那就走吧。」暮青說罷就出了大帳。

南圖使臣們的營帳外有自己的侍衛，神甲軍只負責周邊。暮青等人來到帳外時，裡頭正傳出爭執聲。

「下官問了幾日，景子春皆說越大將軍請三殿下去只是閒坐。」
「這等誆騙孩童之言，你信？」
「谷大人不信下官，總該信木大人。景、木兩家有姻親之好，連木大人詢問，景子春都是這般說詞。」
「他的確是這麼說的，本官將此事告知了雲老，他是景子春的恩師，景子春都不肯實言相告。依我看，他只怕察覺出什麼了，不過也不必驚慌，三殿下只帶著景子春，說明他不信任其他人，但尚不知誰在暗處。」
「那依木兄之見……」
「事情都已安排妥當，只憑這千餘侍衛，還翻不了天。」
「是不是該去信告知一聲，萬一有變……」
「你連三殿下在密謀何事都沒查清，讓那邊如何布防？再者，萬一被抓個現行，可就坐實了謀害皇子之罪，不如靜觀其變。景子春已惹惱了雲老，若再惹惱方子敬，豈不快哉？」
帳中靜了下來，許是商議之人正在斟酌。
這時，帳外傳來撫掌聲——「好一個靜觀其變。」
巫瑾挑簾而入，身後跟著景子春、雲老和方子敬，暮青和月殺也在其中。
帳中六人面色煞白，尤以木彥生和丁安為甚，兩人瞥向帳外，不知侍衛何在。

月殺道：「兵貴精不貴多，神甲軍奉旨護送王爺，自有擔此重任之能，解決幾個庸哨不過是彈指之事，不值得諸位驚訝。」

巫瑾行至上首入座，景子春瞥了暮青一眼，眼底暗含驚色。

前陣子，南興帝說使臣中有六人是左相黨羽，四人在明，兩人在暗，此乃英睿皇后所斷，沒有實據，南興帝卻勸他提防。

一出汴都，他就請越大將軍派人盯梢，但一直無人有密報、密謀等可疑之舉，他正疑英睿皇后是否斷錯了，英睿皇后就動手引蛇出洞了。令人震驚的是，木彥生和丁安不是今日才敗露的，而是剛覲見南興帝后就被看穿了，兩人那日連話都沒說，英睿皇后是神人不成？

這時，雲老問：「木家小子，你有何話講？」

木彥生見已敗露，索性問：「你們當真以為能保三殿下榮登大寶？」

雲老怒問：「此事是你一人之意，還是木家二房之意，抑或是木家之意？」

「有何區別？」木彥生面色嘲弄。

景子春暗道不妙，盤、木、谷、景四族原本兩兩相抗，木家倒戈，形勢對三殿下大為不利。大圖尚未分而治之時，朝臣與長老部族聯姻的事很普遍，故而在分治之初，勢力難以割裂乾淨，從而出現了雲家和景家這般在南圖和圖鄂都掌有重權的家族，但這樣的家族並非只有雲、景兩家，巫谷皇后和左相一黨背後有神官支持，三殿下在朝中無根無基，木家倒戈，算得上是雪上加霜了。

這時，巫瑾卻笑了。「良禽擇木而棲，木家改依他枝不過是識時務罷了，何錯之有？本王理解木家，望木大人也理解本王。性命攸關，本王不得不問問左相之計，還望不吝相告。」

木彥生聽見笑話似的，神態倨傲。「殿下別枉費心機了，容臣下提醒一句，臣乃朝廷命官，您雖貴為皇子，卻無權審問臣下。所謂耳聽為虛，不管您剛剛聽見了什麼，您都沒有實據，待回到朝中，下官完全可以說是欲加之罪。殿下為質多年，無根無基，私審朝臣必遭彈劾，後果如何，可要思量清楚。」

景子春大怒。「放肆！木彥生，此番出使奉的可是皇命！你食君之祿，卻勾結奸黨，謀害皇子，倒行逆施！爾等都不思量後果，反要殿下思量，當真是有恃無恐了嗎？」

木彥生哼道：「何必做此姿態？難道景家極力迎接三殿下回國，就沒存私心？」

「你！」景子春瞪了巫瑾一眼，忙道：「殿下……」

「無妨，為公也好，為私也罷，人非聖賢，豈能無欲？本王想回故國，爾等冒死來迎，這便足夠了。」巫瑾笑了笑，聲若暖風。

「殿下真是善解人意。」木彥生嘲諷地道。

「本王向來善待自己人。」巫瑾溫淡地笑著，起身向木彥生走去，邊走邊道：「但木大人已經不算本王的盟友了。」

木彥生強自鎮定。「殿下莫非想對臣等用刑不成？」

巫瑾笑著撣了撣衣袖。「本王審人，何需用刑？」

木彥生一驚，正待後退，腿腳忽然麻住！萬蟻食髓般的滋味很快蔓延開來，他慘叫著跌倒，在地上滾了起來！

左相黨羽慌忙躲開，地上滾來幾顆石子兒，一個守著大帳的神甲侍衛彈了兩下，五人便被封了穴。

巫瑾立在大帳中央，笑容宛若春風。「良禽擇木而棲，賢臣擇主而事，本王以為，木大人擇主擇得有些早，畢竟你還不夠瞭解本王。這也不怪木大人，本王遠離故國二十餘年，木大人沒有機會瞭解，今日本王不妨給你個機會，你可要思量清楚。」

木彥生滿地打滾，青筋暴起，咬牙道：「你敢下蠱謀害朝廷命官！」

「此話從何說起？」巫瑾露出訝色，山風吹打開帳簾一角，他在風裡攏著袖，神聖高潔。「難道不是你們想設伏謀害本王？容本王提醒木大人一句，戰事一起，刀槍無眼，死人是再正常不過的事，誰說使臣不能戰死？誰又說不能多死幾個？至於屍身，戰事慘烈，屍骨無存，誰敢說幾位大人死於蠱毒？查無可查，待回到朝中，倘若左相大人彈劾本王，本王也可以說是欲加之罪，不是嗎？」

帳中一靜，眾人目露驚意，似乎今日才識得巫瑾。

「你敢……」

「本王連從閻王手中奪魂還陽都敢，送幾條人命去閻王殿又有何懼？」

「……」

「看來木大人不想好好地回話，那麼其他幾位大人可有話講？」巫瑾看了眼丁安等人，目光落在自己的指尖，那裡正停著隻血蟲。

丁安大駭，委實沒想到三殿下敢把他們的命留在南興，可出賣左相，他們一樣不得善終。

這時，暮青忽然道：「天色已晚，明日還要行軍，幾位大人看樣子需要再考慮考慮。殿下不妨先回帳歇息，待幾位大人想通了，末將自會通稟殿下。」

雲老等人循聲望去，見暮青跟在月殺身後，相貌平平，禮數周全，於是望向巫瑾。

巫瑾將袖口一垂，回身時已換了副溫和之態。「本王此番回國，有勞將士們護送，自當聽從小將軍的安排，那就辛苦小將軍了。」

暮青抱拳，低眉順眼，恭恭敬敬。「職責所在，不敢言苦。」

巫瑾忍著笑道：「好，那就有勞了。」

說罷，他便走了，走時廣袖一拂，丁安等人聞見一縷奇香，隨即面色便猙獰了起來。

「此蠱一個時辰發作一回，初時遊走，經脈絞痛，繼而發作，以血為食，發作三回，脈斷血絕，身腫如翁。待蠱食盡人身精血，就算是大羅神仙到了，也難有回天之力。諸位至多有三個時辰的命，本王等著，或來聽稟，或來收屍。」巫瑾說罷，帳簾落下，人已在帳外。

眾人隨出，雲老眼中波瀾未退，唯獨景子春睃了暮青一眼，目光探究。

暮青目送巫瑾一行離去後，營帳由神甲軍接手。暮青拎了把椅子坐在帳外，披著大氅，烤著火等。

這一等就是兩個時辰，四更時分，巫瑾去而復來，只帶了景子春。

一走近，巫瑾便皺了眉。「一直在此守著？怎麼不知回去歇會兒？」

「末將是在此守著不假，但殿下是怎麼有本事忽略末將身上的大氅和腳下的炭盆的？若是這樣還能著涼，那只能說明殿下失了手，沒把寒毒驅淨。」臨行前，步惜歡囑咐暮青要保暖，這紫貂大氅厚實得能抵極北嚴寒，貂毛柔軟陷人，一低頭就能融進半張臉，若坐著不動，夜裡從身旁走過一人，只憑半隻腦袋就能把人嚇得魂飛魄散。

巫瑾瞧著暮青鬱悶的目光，不禁莞爾。

暮青挑開簾子，一股騷臭氣撲面而來，她並不嫌惡，但知巫瑾好潔，於是打著簾子站了片刻，待氣味散了些才走了進去。

營帳裡一地汙臭，木彥生已不見了貴族公子之態，丁安等人衣衫溼盡，腳下溼了一攤，隱隱有臭氣傳來。

巫瑾面色微白，只在簾旁站定。

暮青拖了把椅子坐下，木彥生見此架勢，虛弱地問：「你……你是何人？」

暮青臉不紅氣不喘地答：「末將是越大將軍的親衛長。」

月殺站在暮青身後，手臂上搭著大氅，嘴脣緊抿著，似乎在極力地忍耐著什麼。

親衛長坐著，大將軍站著，天底下有這種事？

暮青並不在意別人信不信，她道：「我說，諸位聽著，聽聽我猜得對不對。」

眾人聞言愣住，皆不明此話之意。

暮青卻開始猜道：「南圖皇病重，召三殿下回國，貴國皇后容不得此事，恰逢我大興嶺南王懷有異心，三殿下若登大寶，兩國聯手，嶺南必平。於是，貴國左相便決定聯手嶺南王謀害三殿下，我猜得可對？」

話雖如此問，暮青卻不用人答，只掃了六人一眼，便說道：「看樣子我猜對了。」

六人聞言皆驚！

暮青接著道：「自從大軍出了汴都，殿下數次與木大人、丁大人商議軍情，可都不見你們有密報之舉，你們太過沉著了，事出反常必有妖，我不得不猜測，你們根本不怕神甲軍有何異動，因為你們早有萬全之策了，對嗎？」

問罷，暮青頓了頓，依舊不等人答話就道：「看樣子我又猜對了。那麼，剩下的就好猜了——什麼才能算是萬全之策？吾皇下旨護送三殿下回國的次日，大軍就啟程了，而你們與朝中和嶺南一直沒有聯絡，說明計策是你們早就定好的。那時你們尚不知我國會命哪路大軍、多少人馬護送三殿下回國，便敢定襲策，是什麼讓你們這麼有底氣？是什麼能置無數兵馬於敗局？我猜是蠱毒，對嗎？」

蠱毒？

巫瑾一愣，眸中驚瀾乍現，景子春嘶了一聲，面色變幻。

更驚的是木彥生等人，但他們震驚的神情給了暮青答案。

暮青冷笑道：「那麼，不妨讓我再猜猜你們會在何時動手，應該是大軍進入嶺南之後。嶺南王在嶺南形同土皇帝，只要神甲軍進了嶺南，行軍路線就逃不過他的耳目。殿下一死，我國就難與南圖為盟，而南圖新帝卻是他的盟友，到時他非但不怕朝廷興兵南伐，反而能聯合南圖兵馬大舉反旗，是嗎？」

木彥生死死地盯住暮青。「你是何人？」

「越大將軍的親衛長。」暮青還是這句話，說罷便起了身。「事已審結，這些人要如何處置，聽憑殿下之意。」

「好。」巫瑾看著暮青走來，眸光皎若雲間月，嘆道：「早知如此，該早早讓妳審，也不必虛耗這半夜，叫妳不得歇。」

暮青道：「審早了，殿下何以立威？賊臣不懲，人人都以為殿下好欺！」

木彥生有句話說得對，景家助巫瑾回國，未必沒有私心。人不怕有私心，卻怕私心膨脹。巫瑾遠離故國二十餘年，景家也好，雲家也罷，與巫瑾並無情分，若只是互為盟友倒也罷了，只怕巫瑾根基淺，過於仰仗他們，他們會覺得皇子軟弱可欺。巫瑾絕不能成為傀儡皇帝，否則奪位有何意義？今日立威，為的不是震懾左相黨羽，而是警醒盟臣。

「殿下處置了此事之後，還望到末將帳中一坐，末將有要事想與殿下相商。」

暮青挑開簾子便出了營帳。

巫瑾取出藥瓶遞給侍衛，左相黨羽面露駭色，眼見著侍衛倒出之藥鮮紅似血，丁安慌忙叫：「殿下饒命，下官願棄暗投明！」

木彥生也道：「殿下清楚木家的分量，有些事……他們不知情，下官卻有所耳聞。」

巫瑾問：「比如？」

木彥生道：「這得看殿下答不答應放了下官。」

巫瑾撣了撣袖口。「可本王想先聽聽木大人的誠意。」

木彥生默然良久，咬牙道：「使節團一出都城，大皇子的幕僚于先生就前往嶺南了，所帶之人裡有圖鄂的端木兄弟，擅使水蠱。除此之外，還有個黑袍人，聽說是大皇子府裡新進的幕僚，南興人士，身分成謎。」

「黑袍人？」巫瑾琢磨著此言真假，半晌後才道：「多謝告知。」

說罷，巫瑾看了侍衛一眼，侍衛捏住下頷就將藥彈入了木彥生的口中。

「巫瑾！」木彥生怒不可遏，巫瑾已出了營帳。

景子春跟在後頭道：「殿下……」

「她的話，你最好信。」巫瑾停下腳步，舉目遠眺。「方才木彥生之言也算證實了她的推斷，不是嗎？」

「臣只是心驚，莫非英睿皇后有何神異之能？」

「說神異有些過了，本王雖不曾得見她戍邊時的作為，但在盛京，曾親眼見過她將已無氣息之人救活，又助她為元修取刀補心過，亦見過她憑白骨重現死者生前容貌，她的確有這世間極為難見的本事。今夜之事於她而言實不算難，你驚奇得過早了。」巫瑾笑了笑，轉頭北望。

盛京，困了他二十年的皇都，雲蓋之下盡是靡靡之氣，唯獨遇見她的那些日子裡，有新鮮氣可聞。

「好了，她說有事相商，本王想去聽聽。」巫瑾將目光收了回來，也不管景子春何等地驚愕，只往中軍大帳去了。

月落星稀，嶺南州城的城門卻開了，一輛馬車馳入，直奔嶺南王府。

王府花廳裡燈火通明，嶺南王笑道：「真沒想到，沈先生能說動何家的孫小姐當替子，此計若成，先生當居首功！」

黑袍女子道：「王爺過譽了，何氏對錯失后位意氣難平，她會是我們插在鳳駕裡的一把刀，甘願替我們賣命。」

「好！鳳駕已啟程南下，再過三、四日就能到淮州，我們也該動手了。」嶺南王望出花廳，目光沉如永夜。半晌，他將目光收回，笑道：「沈先生莫怪，本王心有一慮，還望先生解惑。」

「王爺但問無妨。」

「英睿皇后在神甲軍中，縱然先生嚴禁使臣與王府有密信往來，但以先生之見，她能推斷出本王之計嗎？」

「她斷案如神，並非浪得虛名，我嚴禁使臣傳遞密信，為的只是不給她留謀害皇子的證據罷了。但以她之智，看破王爺之計也不無可能。可王爺放心，我在出使前並未將大計對使臣和盤托出，若英睿皇后撬開了使臣們的嘴，豈不是正中下懷？他們以為王爺會在嶺南動手，殊不知王爺擇定的是淮州，戰事一起，神甲軍必然措手不及。」

嶺南王大笑。「先生之謀不讓鬚眉，怪不得大皇子對先生青睞有加！」

黑袍女子並無驕色，淡淡地笑道：「神甲軍是塊硬骨頭，啃得動自然是好，啃不動也無妨，只要我們握住何氏，便能拿捏何家，扼住南興帝的喉嚨。到時何家逼宮，帝位不保，神甲軍在外便成了孤軍，縱有神甲護身，也不過是血肉之軀，何懼之有？說到底，南興帝與巫瑾相互依存，先廢南興帝，則無人可助巫瑾奪位；先殺巫瑾，則嶺南起事，帝位危矣。無論先制住誰，我們之計都能成。」

「先生所言極是。」嶺南王稱是，目光卻深如沉淵。南圖大皇子得了這等心機深沉的女謀士，日後少不得要防著。「那本王就放心了，先生與神使此行辛苦，餘下之事，本王自會安排。」

「有勞王爺，那我兩人就先告退了。」黑袍女子說罷，便與端木神使出了花廳，沒入了夜色中。

嶺南王的面色沉了下來，召來近侍吩咐道：「傳信淮州，依計行事。」

神甲軍大帳裡，暮青聽罷巫瑾之言，陷入了沉默。

黑袍人，南興人士，線索太少。

巫瑾道：「木彥生怕言盡之後會被滅口，故而有所保留。我看妳無需再去審了，否則他覺得此事能拿捏住妳我，更不肯說了，黑袍人的身分就讓景家在朝中查查看吧。」

暮青沒意見，說道：「或者，我們可以看看，能不能有機會見到此人。」

「嗯？」巫瑾揚眉一笑。「妳說有事相商，何事？」

暮青道：「前幾日朝中傳信，鳳駕已啟程南巡，替子是何家的孫小姐。」

「哦？」巫瑾愣了愣，按原計畫，替子應是刺月門中的死士。「何家莫非有何圖謀？」

「必定有，但我要說的是嶺南王，我覺得嶺南王很有可能會對鳳駕動手。」暮青道。

「微臣以為未必。」景子春插了句嘴，態度恭謹。「恕微臣直言，南巡並非必行之事，想必貴國朝中覺得此事蹊蹺的人不在少數。若微臣是嶺南王，定會疑南巡有詐，不會輕舉妄動，除非嶺南王知道替子是何氏。」

景子春說至此處，心裡咯登一聲：「替子之事乃是機密，若嶺南王已探知此事，要麼是何家暗通嶺南，要麼是陛下的親信中出了奸細。為防萬一，微臣以為需將此事急奏陛下，切勿讓何氏落入嶺南王之手，否則帝位危矣！」

暮青卻道：「沒有必要，你鑽牛角尖了。嶺南王知不知曉鳳駕是替子，知不知曉替子是何氏，何家有沒有暗通嶺南，諸如此類事情，是你身在軍中能夠查明的？沒有證據，你所有的猜測，除了會把自己繞進去和浪費時間以外，對事態毫無幫助。」

怎會毫無幫助？

景子春不服，卻不敢表露。

暮青道：「嶺南王會不會動鳳駕，關鍵不在於誰在鳳駕之中，而在嶺南王和北燕帝身上。」

景子春聞言，眉頭擰出了個疙瘩——聽不懂！

暮青道：「你方才說假如你是嶺南王，你對嶺南王瞭解多少？嶺南王只有一女，愛若掌上明珠，入宮為妃，誕下一子，封為晉王。如今，晉王在北燕帝手中，嶺南王便不朝汴都，勾結南圖，意欲興兵，亂我南興。由此可見，嶺南王為保晉王不懼謀逆，那他有何理由不動鳳駕？倘若擒住的是本宮，則可用來要脅汴都，若擒住的是替子，則鳳駕有假的消息便會傳揚出去。南巡路上，儀仗所到之處，百姓瞻拜，文武接駕，若皇后有假，臣民之怒如何平息？到時朝野生亂，趁機起兵豈不事半功倍？就算嶺南王想不到這些，北燕帝又豈會錯失良機？事關本宮，他定會命嶺南王一試。」

暮青眼簾微垂，有此推斷，與其說她瞭解嶺南王，不如說她瞭解元修。

「妳有何打算？」巫瑾問。

「在此之前，先說另一件事。」暮青取來行軍地圖鋪開，說道：「那就是嶺南王會在何時何地對神甲軍動手。」

巫瑾愣了愣，景子春問：「不是應該在大軍進入嶺南之後嗎？」

「顯然不是。」

「可您剛剛審左相黨羽時……」

「你要弄清楚一件事，你們奉旨而來時，並無鳳駕南巡的事，那時左相一黨商定的蠱攻之策是針對護衛軍的。後來，朝廷頒布南巡計畫的次日，我們就啟程了，此後左相黨羽並未與人聯絡過，倘若計畫有變，他們是不會知道的。他們沒有說謊，不代表提供的消息就是準確的，畢竟他們的情報太滯後了。」

「……」

「現在軍情有變，神甲軍和鳳駕都有險，你覺得嶺南王會逐一擊破嗎？不會！因為戰事一起，消息封得再嚴密，也會走漏風聲。他若先動神甲軍，鳳駕得知消息，御林軍就會加強戒備，反之亦然。逐一擊破風險太高，唯有同時行動才會把風險降至最低。」

「……」

「鳳駕南巡只在汴、淮、關三州，南巡沿途有文武接駕，走得頗慢，待鳳駕到達關州時，神甲軍都該出國境了，所以嶺南王若想對鳳駕動手，只能在淮州。鳳駕剛進淮州時，會由汴、淮兩軍交接，後由淮州軍護駕，直到進入淮陽城。淮陽城中，文武百姓接駕，若要動手，時機最多。而那時神甲軍應該快到嶺南了，但還未出淮州地界，假如嶺南王提前動手，很有可能會打我們一個措手不及。」

「……」

「我傾向於嶺南王會提前起事，為防此變，我們應當提早防備。」暮青看向行軍地圖，在淮州和嶺南的邊境地帶叩了叩，虛虛地畫了個範圍。

景子春盯著地圖，半晌說不出話來。

巫瑾沒那麼大驚小怪，笑著問：「那妳有何打算？」

暮青抬頭一笑，眸子清亮得叫人移不開眼。「我不喜歡被動挨打，天明之後，兄長與神甲軍繼續行軍，解蠱之法望兄長早做準備。」

「那妳……」

「我？」暮青目光一轉，落在淮陽城上。「天一亮，我就與月殺折返，去一趟淮陽城，會一會鳳駕！」

她倒要看看，誰會讓誰措手不及！

第二章

真假皇后

淮陽城古稱淮都、江陽，高祖皇帝建都盛京時，改淮都為淮陽，乃大興三大古城之一，地處兩渠的交匯處，江水相抱，漕運要衝，物庶民豐，自古便是兵家必爭之地。

十二月初一傍晚，鳳駕駕臨淮陽城，城門大開，紅霞引路，文武列迎，百姓山呼，舉目望去，人如山海。

儀仗行過長街，過驛館而未入，直接往刺史府而去。

寶蓋鑾駕停在刺史府門前，淮州刺史劉振、淮南道總兵邱安率文臣武將跪接鳳駕。只見宮人抱著宮毯、玉凳而出，車門一啟，一幅明黃的裙角滑入文武眼底，皇后踏著玉凳下了鑾車，儀態端莊，步步生蓮，一路踩著宮毯進了刺史府大堂，直至入座，鳳靴都沒沾過公堂的地。

法案上鋪著明黃的錦緞，皇后入座之後，宮人抬來一面百鳥朝鳳的宮屏，淮陽文武隔著屏風拜了鳳駕。

掌事太監宣了鳳諭：「傳皇后娘娘口諭，今日勞頓，眾卿跪安。明日辰時，宣淮陽文武於刺史府中問政，恩賜午膳。」

眾臣忙領旨謝恩，隨後，除刺史劉振外，其餘人等跪安。

劉振道：「啟奏皇后娘娘，水患剛退，城中尚有災民，且前兵曹尚書林幼學一黨在本州勢力根植頗深，林氏一族伏誅後，州城外時有餘孽作亂，水患成災之後，有餘孽混入城中興風作浪。微臣與邱總兵雖已清查叛黨多日，但穩妥起見，微臣以為，鑾車及儀仗可至驛館，娘娘還是歇在刺史府安全些。」

劉振奏罷，垂首聽旨。

但他聽見的依舊是掌事太監的傳諭：「准奏，那就有勞刺史大人引路了。」

劉振連道不敢，起身時見宮人撤了宮毯，正往後院鋪去，不由生疑。皇后貴為國母，隔簾覲見，宮人傳諭，遵的是皇家禮制，本無可厚非，可皇后自下了鑾車到現在，鳳靴都沒沾過府衙的地，是不是太重宮規了些？英睿皇后若是個看重規矩的人，壓根兒就不會有提點刑獄和鳳駕南巡的事，再說了，南巡為的是巡查吏治，皇后不見文武，不肯出聲，明日如何問政？

劉振滿心狐疑地引著鳳駕到了刺史府後宅，東苑已灑掃一新，待皇后和近侍安頓下來，天色已然見黑了。

廚子精心烹製了淮陽本地的名菜進奉，晚膳過後，出人意料的，皇后宣了刺史府的女眷。

劉振得知後疑慮更深，聽聞皇后不喜內宅交際，常在立政殿中批閱案卷，甚少宣命婦進宮閒敘。怎麼來了淮陽城，一舉一動皆與傳聞相悖？

劉振心中存著一團疑雲，卻不敢遷延，因見識過皇后有多重規矩，於是囑咐髮妻周氏只帶嫡女覲見，並嚴加看顧二房母女，切勿擾駕。

刺史府是官府而非族宅，二房近日才來。劉振升任淮州刺史後，二房見他深得聖寵，想在汴都謀一門好親，得知鳳駕南巡，弟妹徐氏便領著女兒來了刺史府，已經住了半個月了。晚餐時，他說皇后甚重禮教，本已教弟妹打消了覲見的念頭，哪知皇后竟會宣見其他女眷？

劉振嘆一聲天意，滿懷憂慮地目送妻子走了。

東苑把守森嚴，宮女見了周氏等人道聲得罪，在女眷們身上摸查了一通，又將簪釵等物脫下，這才領著她們進了園子。

鳳駕歇在暖閣，周氏和徐氏不敢四顧，各自領著女兒跪拜皇后。

「妾身淮州刺史劉振之妻周氏，叩見皇后娘娘，娘娘千歲千千歲！」

「妾身陽江知縣劉禹之妻徐氏，叩見皇后娘娘，娘娘千歲千千歲！」

「平身，賜坐吧。」暖榻上傳來一道倦音，周氏和徐氏謝恩入座後，小心翼翼地抬眼望去，只見暖榻上置著小几，几上放著只花瓶和幾枝水仙、芙蓉，皇后正執剪修枝，那手暖玉珠肌，不知是拿多少珍珠膠露養出來的好顏色，容顏更如江上明月，無需紅花綠柳妝點，一朵雪牡丹簪於鬢邊，貴氣便渾然天成。

周氏驚嘆，暗道怪不得皇后能得聖上專寵，倒真是難得一見的美人。

皇后笑道：「本宮來刺史府裡叨擾幾日，陽江縣的家眷也在，府裡可真熱鬧。」

周氏回道：「能迎娘娘下榻，乃刺史府之幸。」

徐氏稟道：「回稟娘娘，臨近年關，族中備了些年禮，妾身就藉機賴在兄嫂府裡小住幾日，沒想到趕上南巡，今夜幸得娘娘宣見，是妾身母女之福。」

何初心笑道：「劉愛卿兄弟之間感情倒深。」

周氏陪笑道：「一母同胞，血脈相連，感情自然是深。」

「是啊。」何初心垂眸笑著，似乎深有同感。

周氏有些納悶兒，聽聞皇后並無同胞，作此神態是何緣由？正猜著，見皇后瞥了眼兩位小姐，問：「瞧她們的年紀應都及笄了，可許配人家了？」

周氏道：「回娘娘，小女已與邱總兵的外甥陸參軍訂了親事，明年八月就該過門兒了。」

劉大姑娘拽了拽娘親的袖子，臉頰飛紅，嬌態甚美。

徐氏強捺住喜意稟道：「回娘娘，小女剛及笄，妾身正不知該早早為她議親還是再留她兩年呢。」

劉振是淮州刺史，和淮南道總兵邱安的外甥家結了親家，劉家的門第也算高了，徐氏若想嫁女，哪怕她夫君只是個七品知縣，也有大把的人家願聘她女兒為妻，只怕她不是想再留女兒兩年，而是想議門高親。

這些心思，何初心見得多了，卻沒有說破，只是問：「可識字？」

「回娘娘，識得。」徐氏不敢說女子無才便是德，畢竟若論才德，當今皇后可不輸男兒。

「平日裡還習些什麼？」

「回娘娘，小女天資不高，唯有女紅入得了眼，只是近日有些懶散。」

「哦？為何？」

「她呀，迷上了聽書說戲，恨不得府裡請個說書先生來！」徐氏給女兒使了個眼色，示意她順著話說。

何初心聽出話外音，臉色淡了下來。

徐氏母女正打眼底官司，誰也沒看見何初心的神色。

劉二姑娘沉迷聽書說戲的確已有小半年了，自從在茶樓裡聽了一回皇后從軍的話本子後，就跟著了魔似的，今日鳳駕就在眼前，豈能不激動？得了母親的允許，她頓時便打開了話匣子。

「娘娘智可斷奇案，勇能戍邊疆，乃天下女子之先，臣女仰慕娘娘已久，這只荷包是臣女新繡之物，願獻與娘娘，祈願娘娘歲歲平安，永樂康健。」劉二姑娘滿心歡喜地將荷包呈給了宮人。

何初心睨了一眼，見荷包上繡著一枝翠竹，其勢勁拔，迎霜傲雪，可見是下了一番工夫的。

「哦？新繡之物？如此說來，妳們母女是聽說本宮南巡，特意來此候駕的？方才說是來刺史府送年禮的，是否是欺瞞本宮？」何初心拿起花枝，輕輕一剪，喀嚓一聲！

徐氏母女悚然一驚，慌忙跪了下來！

周氏臉色大變，跪稟道：「啟稟娘娘……」

「本宮沒問妳話。」何初心冷著臉，眼也沒抬。

周氏忙住了口，暗怪自己沒看顧好二房母女。欺瞞皇后之罪，若較真兒起來，可是死罪，但她倒不認為妯娌母女會獲罪，畢竟她夫君治理水患有功，朝廷正當用人之際，皇后不至於因小事便治罪能臣的家眷。況且，今夜之事是因獻荷包而起，二姑娘的心是誠的，念此情分，皇后也不該重罰。

想到這兒，周氏不由納悶兒，二姑娘獻個荷包，怎就觸了皇后的霉頭？

徐氏也百思不得其解，忙解釋：「妾身不敢欺瞞娘娘，妾身的確是來送年禮的，只是聽聞娘娘南巡，而小女景仰娘娘的才德，這才住了下來，望能窺得娘娘一面，僅此而已。」

「哦？僅此而已？」

「不敢欺瞞娘娘！」

徐氏連連叩首，倒委屈了劉二姑娘，一心一意繡了荷包，不知為何惹得皇后不喜，眼淚啪答啪答地掉。

何初心慢悠悠地擺弄著花，暖閣裡靜了下來，一時間，屋裡只聞修剪花枝的聲音。

這時，掌事宮女開了口：「娘娘向來重法典，不喜欺瞞，可徐氏之錯也不過是錯在急功近利罷了，念在她為女心切的分兒上，奴婢以為，娘娘既已小施薄懲，不妨寬宥她吧，想必她以後不敢再犯了。」

掌事太監也幫腔：「是啊，您瞧二姑娘的繡工多得竹韻啊，念在她如此用心的分兒上，您就寬宥徐氏吧。」

何初心抬起眼來，目光緩緩地從彩娥和小安子的臉上掠過，如一把磨著的刀。這兩人乃帝后近侍，縱然她是襄國侯府的孫小姐，在他們面前也拿不得身分，畢竟……她不是真皇后。

何初心捏著剪刀，臉上忽然綻出笑容。「天下父母心，本宮怎能不憐恤？只不過，為了一己之私而心懷算計，本宮便不能容了。念在徐氏並未犯下大錯的分兒上，本宮便不治其罪了。」

徐氏聞言連忙謝恩，卻出了一身冷汗，沒想到她的心思不僅皇后看得明白，就連宮女、太監都是明眼人，皇宮裡的人果然都生著七竅玲瓏心。

「這荷包本宮甚是喜歡，這支花簪就賞妳了。」何初心將髮間的牡丹花簪取下，由彩娥捧到了劉二姑娘面前。

劉二姑娘忽蒙賞賜，如在夢中。

徐氏眉開眼笑，這花簪上隱約可見將作監的烙字，得此宮中之物，女兒必能議一門高親，哪怕虛驚一場也值了！

何初心看著徐氏臉上的喜意，目露厭色，看向周氏母女時卻又換了副和善之態。「今夜叫妳們母女跟著受驚了，本宮過意不去，一併賞了吧，就當本宮給大姑娘添件嫁妝了。」

何初心看了彩娥一眼，彩娥捧了只托盤來，上面擺滿了首飾，無一不是貴重之物，款式皆是淮陽城中見不到的。

周氏母女不敢挑，就近取了一支珠釵，叩了首，謝了恩。

到頭來，唯獨徐氏沒得賞賜，臉上不由火辣辣的。

「本宮乏了，跪安吧。」何初心拂了拂膝上蓋著的華毯，一臉倦色。

周氏和徐氏忙領著女兒叩首跪安，直到出了東苑都沒敢大口喘氣，只道伴君如伴虎，市井之言也不是那麼可信。

東苑裡，彩娥將荷包收起，小安子稟道：「二更天了，小姐該歇息了，明日還有正事呢。」

何初心眼也沒抬，依舊剪著花枝。「安公公，咱們這趟出來所為何事，你也清楚。稱呼可是大事，隔牆有耳，這話不必本宮日日都說吧？」

小安子淡淡地笑了笑，躬身賠禮道：「是，奴才知錯。娘娘，二更天了，該歇了，明日還有正事呢。淮陽乃州府大城，不同於此前鳳駕行經的大小縣鄉，明日州臣若真議起政事來，娘娘只需照舊行事即可。能擋的，奴才會擋著，若有急情，望娘娘隨機應變。」

「知道了。」花枝已剪到了根兒上，何初心卻恍若未覺，小巧的金剪剪上花瓣，一下一下，將那芙蓉鉸了個稀碎。

那黑袍女子沒說嶺南王何時起事，這種白天是皇后，夜裡是何小姐的日子，何日是盡頭？她已經受夠了！

若有急情，她希望是嶺南起事！

次日，皇后宣淮陽文武於刺史府中問政。

天還不亮，文武班子便在刺史府的公堂上候駕了。公堂上掌著燈，淮陽城中的文官以刺史劉振為首，別駕、長史、錄事、鹽運使、司功、司倉、司戶、司田、司兵、司法、司士、市令、市丞、文醫學博士及淮陽下屬的知縣，武官以淮南道總兵邱安為首，州都督、都司、防守尉、宣撫使、指揮僉事、河營協辦及門千總、衛千總、把總等，凡有品級者皆穿戴官袍候在公堂之上。

辰時一到，天色大亮，皇后準時到了州衙。

如同昨日一般，宮毯為道，鳳屏為簾，太監傳諭，皇后坐在上首，不肯露面，也不啟金口。

見駕後，劉淮和邱安各率文武列於兩旁，氣氛靜得出奇。

小安子道：「傳皇后娘娘諭，本宮南下乃為巡查吏治，聽聞淮州水患剛退，不知州內民生水治現今如何？」

劉振奏道：「啟稟娘娘，淮州水災發於八月，十月方退，期間災民遍布州境，亂黨趁災為禍，幸賴朝廷賑恤，僚屬齊心，州內才秩序未失，疫病未發。現如今，幾撥為禍的亂黨已被拿下，淮堤也已在加固築修。只是以往弊政頗深，前淮南道總兵林幼學在任時，平濟錢皆取以贍軍及私販，義倉支借挪用虧空甚重，今雖查抄了林黨，兩倉多年來的侵失卻難以補還。朝廷雖然撥了賑災糧款，但百縣受災，被水沖淹的村子足有四百一十二村，災民有十萬之眾！水退之後，多數災民已返回原籍，但被水沖淹的村子尚待重建，那些災民無家可歸，聚留在州城接受賑濟。眼下，檢視災傷、申告災荒、抄箚戶籍、發放賑濟物等皆為日常公務，城中尚餘三萬災民，偷盜鬥毆之事時常有之，衙署積案甚多，施政多有難處，民生治安想要恢復以往，恐怕還需些時日。」
劉振昨夜已聽妻子說了覲見皇后時的始末詳情，皇后剛正，不喜欺瞞，故而今日問政，劉振不敢自誇政績，奏事句句務實。
劉振開了頭，其餘州吏也就順著奏起了事。
別駕道：「何止需些時日？倉司主管平濟倉、義倉、役錢、水利、鹽茶及賑濟等事，林黨私挪兩倉的錢糧，連修水利的銀錢都拿去中飽私囊了，今年的水災實為人禍！朝廷將查抄的銀兩撥回倉司，用以水利防務，可贍軍的糧食卻已難以補回，賑災糧是從汴州及關州支調的，以眼下的情形來看，所剩的賑災糧頂多還能用三個月。三個月，那些被水沖淹的村子能建好嗎？以如今的情形，別說三個月，就是三年也別想建好！」
長史笑了笑，說道：「別駕大人，皇后娘娘面前，此言未免危言聳聽了些吧？」
「危言聳聽？築固江堤、重建村鎮，所用之木石泥瓦，那些個奸商趁機抬價，倉司把銀錢都用在了淮堤防務上，村鎮重建之事延緩了不是一、兩天了，何時能建好？吳長史說本官危言聳聽，那你說個日子，本官聽聽，要多久才不算危言聳聽。」
「別駕大人，您惱火奸商，也不能拿下官撒氣吧？要不是賑災時，您逼城中富戶將存糧低價賣給官府，去補兩倉的虧空，他們何至於記恨於您，在修堤及建村之事上盤剝倉司？」

「那些富戶囤積居奇，抬高米價，傷的可是百姓。本官不治他們，難道要等到斗米萬金，民怨四起嗎？那些商戶之中多有與林黨勾結之輩，只因林黨剛遭查抄便發了水災，沒時間查辦他們罷了。」

「話雖如此，可難道富戶皆是奸商，其中就沒有無辜之人？」

「所以本官才命他們將存糧低價賣給官府，而非強取豪奪，且已事先言明，日後將酌情減免稅賦作為補償。亂世當用重典，大災之年，施政只能行非常手段。城中災民聚集，米價大漲，百姓鬧起來，豈不要生大亂？」

「可別駕大人逼富戶賣出的糧食卻存入了兩倉，粒米未動！下官沒記錯的話，城中至今用的都是朝廷下撥的賑災糧。」

「吳長史此話是指本官侵吞倉糧嗎？難道有朝廷的賑災糧，長史就不知未雨綢繆了？朝廷下撥的賑災糧是從汴州和關州的義倉中支調的，倘若用完，再需要糧，可就不是支調，而是支借了！淮州大災，百廢待興，朝廷必蠲免稅賦以令百姓休養生息，到時欠兩州義倉的糧食何時才能還上，我淮州的財政又要吃緊幾年？」

吳長史張嘴欲對，卻無言以對了。

堂上靜了下來，淮陽文武瞄了眼上首。

小安子俯了俯身，一副附耳之態，片刻之後問：「傳皇后娘娘問訓，重建村鎮之事，而今可有對策？」

劉振奏道：「回皇后娘娘，重建村鎮乃當下要務，奸商企圖盤剝倉司，除以重典鎮之以儆效尤之外，別無速效之法。但淮陽地處漕運要衝，城中多鉅賈大賈，此前強逼商戶賣米，而今再行重典，只怕會使商戶人心惶惶。如有商戶擔憂再遇災年，錢糧會被官府強徵，日後恐會發生轉移錢糧之事，如此必傷漕運，也傷稅賦。微臣與僚屬商議多日，對策有二——別駕主張用重典，以災民為先，日後再思安撫商戶之策。長史主張效法高祖及仁宗時期的勸糶之制，勸有力之家無償賑濟災民，給予爵賞。」

吳長史道：「啟奏皇后娘娘，此法有舊制可依。當年高祖打下淮州後，因缺錢糧，故詔令商戶出私儲賑軍，一千石賜爵一級，二千石與本州助教，三千石與本州文學，五千石可三班借職，七千石與別駕，一萬石與太祝。仁宗時期，淮南道大災，也曾效法此令，賞格優厚，收效甚佳。」

別駕怒道：「賞格優厚？怎不奏請獻盡家財可拜丞相！」

長史淡淡地道：「大人，勸糶之令賞格雖優，所授也不過是虛職，比如別駕之職，就不簽書本州公事，這大人理應清楚才是。」

「那吳長史也該清楚，高祖乃開國皇帝，勸糴令頒布時還沒下汴州，大軍存亡之際才頒此政令。建國後，那些商戶自詡立過大功，更有以開國勳貴自居者，沒少為禍一方！仁宗時效法此令，商戶雖無權干涉朝事州政，可官爵甚高，竟有一、二品者！州政難以監管，以至仁宗後期，州官與爵戶勾連，民怨四起，直到武宗皇帝登基後才下旨重懲。自那以後，我朝再未行過勸糴令，可見此令積弊深遠。而今你重提此令，只顧救急，可有想過聖上親政不久，吏治事關君威社稷？」別駕斥罷，掃視了一眼州衙公堂，振臂呼道：「列位僚屬，天下皆道淮州乃漕運要衝，物庶民豐，可你們哪個不清楚，這二十年多來，州政早已腐空？難道兩倉虧空還不夠，還有接著爛下去，爛到不可收拾為止嗎？」

淮陽文武嘶嘶抽氣，暗道這位新上任的曲別駕可真不負直臣之名！

淮州的文武班子在林黨被查之後換了半數，文臣之中，聖上欽點者有兩人，一是刺史劉振，一是別駕曲肅。

劉振寬厚，善施仁政，但淮州積弊已深，州官寬厚難撐大局，而曲肅剛直，雷厲風行，正好補了劉振之短。一州的正副大員，一個唱白臉一個唱紅臉，倒真是一對好搭檔，可見聖上用人之能。

但正因為曲肅作風強硬，上任才三個月便得罪了不少商戶，更有半數同僚見他就躲。此人過於剛直，是個硬骨頭，他今日當著皇后的面都敢直言不諱，在聖上親政的當口上說什麼「腐空」、「爛到不可收拾」，難怪聖上欽點他為淮州別駕時曾稱讚他是個直臣。

此話只有曲肅敢說，其餘人紛紛避視，連淮南道總兵邱安都沒吭聲，場面一時陷入了尷尬。

吳長史見此情形，反將一軍：「好！就依別駕大人之策，以重典鎮之以儆效尤，那事後呢？如何安撫商戶，如何防範商戶轉移錢糧，如何不傷漕運，不傷稅賦？別駕大人既然善於未雨綢繆，想必已有對策。」

曲肅面色悲憤，怒道：「有！怎麼沒有？請聖上罷我的官！逼商戶低價賣糧是本官之意，用重典以儆效尤也是本官之意，那些商戶記恨的是本官，那事後叫朝廷罷免本官，給他們出口惡氣不就是了？只要那三萬無家可歸的災民能有屋舍可居、有良田可耕，本官就是脫了這身官袍又有何憾？」

此話一出，文武皆驚，誰都沒想到，曲肅竟有這般風骨。

「敬言，鳳駕面前，說什麼負氣之言！」劉振斥了一句。

「是啊，別駕大人，你我政見不合，爭論幾句無傷大雅，何必一言不合便出此罷官之言？事情若傳揚出去，百姓道是下官逼走了大人呢。下官可沒這本事，不過是與大人各抒政見罷了，今日皇后娘娘在此，何不請娘娘定奪？」吳長史朝鳳駕一恭。

淮陽文武望向上首，此事爭執不下已有多日，再爭執下去也難有結果，且勸耀令需上奏朝廷等待批覆，奏摺一來一去需些時日，既然皇后是來巡查吏治的，何不請皇后定奪？哪怕此事終需聖裁，先探聽一下聖意也是好的。

劉振和曲肅同朝鳳駕一躬，道：「請娘娘定奪！」

淮陽文武同道：「臣等恭請娘娘定奪！」

皇后卻沒了反應。

何初心坐在屏風後，神情緊張，一雙玉指掐得發白。

定奪？如何定奪？

自出了汴都，所經之處多為縣鄉，問政之日皆是宮人傳諭，地方官吏自稟政績。那些官吏要麼唯唯諾諾，要麼阿諛奉承，沒人請鳳駕裁奪政務。她以為到了淮陽城，無非見的是州臣罷了，沒料到他們會一本正經地議起州政來。南巡以來，今日問政的時辰最久，她剛剛聽著，心覺枯燥，便走了神，哪知道他們竟要請她定奪？

何初心瞥了小安子一眼，卻知此乃州政，關係甚大，小安子絕不敢定奪。

小安子的確不敢決斷，但也不敢不吭聲，眼見著州臣聽不見鳳諭，氣氛已不對勁，他趕忙附耳「聽諭」，隨即宣道：「傳皇后娘娘口諭，茲事體大，且容本宮思量幾日，再行定奪。」

看來，今日之事唯有加急奏往宮中，恭請聖奪了。密信一來一去需些日子，鳳駕停在淮陽城中，日子久了，州臣們只怕還是會起疑。但眼下也沒別的法子，小安子只盼能先把今日之險敷衍過去，於是問：「眾卿可還有別的政務要奏？」

此言大有「有本早奏，無本退朝」之意，淮陽文武不由怔了怔，心中生疑。災後重建事關重大，州官議論多日未決，皇后初聞此事，需三思而定，原本再正常不過，可……不至於一句建言也無吧？畢竟，這可是英睿皇后啊！傳聞中，那位勇可從軍殺敵、智能破陣斷案的英睿皇后，怎麼到了州衙，只叫太監傳了三回話，從頭到尾都是州臣一頭熱呢？

劉振昨日便覺出皇后與傳聞中大相逕庭，今日聽此鳳諭，倒不覺得驚奇了。而其餘州吏雖有疑惑，卻不敢問。

眼看著今日問政便要到此為止，曲肅問：「那敢問皇后娘娘，您需思量幾日？」

此話一出，州臣們無不抽氣，但無人勸阻，眾臣垂首而立，都把耳朵豎得直直的。

小安子道：「曲別駕，你是在質問皇后娘娘嗎？」

曲肅道：「臣問的是皇后娘娘，要怪罪也該是娘娘怪罪，還請公公莫要代言。」

「放肆！」小安子暗罵曲肅這個直腸子。「皇后娘娘貴為國母，爾等皆是外臣，豈能不避嫌？」

「避嫌？要避嫌就該在宮裡待著，南巡做什麼！」曲肅大怒，直言不諱地道：「皇后娘娘既然貴為國母，要臣等避嫌，那就該安居後宮，綿延皇嗣，母儀天下！自古女子不得干政，您要當千古第一人，提點刑獄，問政地方，那就別立這屏風，別叫人傳諭！您既想行鬚眉之事，又想端著女子姿態，如此矯作是為哪般？這一州官吏天不亮就候在州衙等娘娘問政，可問來問去不過兩句，與其說是問政，不如說是聽政！您聽得倒是穩當，一句建言也無，可知這州衙之外，淮陽城內，有災民三萬亟待安置？這麼多的災民，一天要吃多少糧，要生多少事，有多少公務積存待辦？早知如此，娘娘還不如不南巡，臣等也無需耽誤公務，在這大災之際張羅迎駕，安置儀仗，勞民傷財！」

曲肅官袖一拂，那風彷彿掃在了何初心的臉上。

「放肆！」何初心如蒙大辱，喝斥：「本宮昨日傍晚才到淮陽城，花了淮州多少錢糧，你倒是算出本帳來給本宮聽聽！」

淮陽文武眼觀鼻鼻觀心，心道——皇后總算開口了。

曲肅卻道：「帳不是這麼算的！若娘娘南巡，一路上都是如此巡查吏治的，那儀仗浩蕩，三州來回接駕之耗，不可謂不鋪張！與其把錢糧浪費在毫無意義的南巡上，何不用於賑濟災民？微臣以為，省下的錢糧足夠重建村鎮了。」

「你！」何初心羞憤而起，指著曲肅，指甲如錐似冰。「放肆！」

曲肅昂首直視，目光絲毫不避！

眾臣抬首，齊齊望向那鳳屏後鑽出的腦袋——這便是英睿皇后？

只見女子嬌顏含怒，釵環搖顫，寒光奪目，如雲堆裡乍放的天光，威儀凜然，其中卻含著三分羞憤，彷彿有說不盡的委屈。

何初心自幼錦衣玉食，何曾因花點銀錢受人責難？她一時難忍，想看看是哪個膽大狂徒敢責罵皇后，卻發現一州文武齊刷刷地盯著她，彷彿在看她的笑話，她備覺羞辱，轉身便奔下了公堂。

小安子正思忖該如何收場，見何初心離去，慌忙跟上！

卻在此時，忽聽咻的一聲，一溜火花竄出州衙，在半空中炸開，燦白之輝照得青瓦雪亮，宛若白霜天降！

州臣們的目光被火哨吸引時，一道人影向何初心急掠而去，袖下冷芒一點，碎似寒星！

飛針細長，散發而去！

御林衛拔刀護駕，小安子一揚拂塵，一撮飛針被厲風撲個正著，嗖嗖幾聲釘在了飛梁之上！

趁此時機，刺客掠過侍衛頭頂，穩穩地落在何初心身後，扯住她的髮髻，將飛針抵在了她的喉嚨上。

「都別動！」那人大喝一聲，從何初心身後探出頭來，赫然是淮州都督許仲堂。

劉振大驚。「許仲堂！你挾持鳳駕，意欲何為！」

邱安道：「許都督，此舉何意？」

許仲堂大笑。「劉刺史，邱總兵，煩請二位交出刺史官印和淮州兵符。」

州臣們大驚，這是要反？

曲肅大怒。「許仲堂，聖上不曾虧待於你，為何行此不忠不義之事？」

許仲堂彷彿聽見了笑話。「曲大人，鳳駕你能罵得，本都督就行刺不得？說起來，今日舉事能成，還得多謝曲大人，要不是你把皇后娘娘罵了出來，想刺駕還真不易。不過，要說謝，本都督更該謝吳長史才是。」

「都督客氣了，別駕剛正不阿，責罵鳳駕實乃意料之事，本官不過是點了把火而已。」吳長史瞥了眼法桌上的官印。「刺史大印已在，只缺兵符，還望邱總兵莫要不捨。」

曲肅驚怒不已，這才知方才爭論政見，竟是吳長史有意激他。

州臣們不知所措，眨眼間州衙就出了兩個逆黨，還有沒有其他人？若有，還有多少？

「本將軍沒帶兵符。」邱安聳了聳肩，他三十來歲，鬍子拉碴，睡眼惺忪，有些不修邊幅，像極了軍中躲懶打諢的兵油子，毫無統帥氣度。

許仲堂冷笑道：「邱安，鳳駕在我手上，勸你還是別耍花樣。」

邱安道：「皇后娘娘要是死了，許都督今日還能出得了州衙嗎？」

「拿不到兵符，我才出不了州衙。」

「可你拿到了兵符，我們所有人就都出不去州衙了。」

許仲堂大笑。「邱總兵真是明白人，我怎麼捨得殺皇后娘娘呢？她的命可有大用，那……這樣如何？」

說話間，他忽然將何初心的衣襟一扯！只見明黃的鳳襟下，女子瓊肌勝雪，春粉色的褻衣繡邊半隱半露。

「放肆！」何初心羞憤至極，她從沒想過，被亂黨挾持會辱及名節，她甚至不清楚許仲堂和吳長史是誰的人，是否知道她的身分。

「邱總兵若不交出兵符，微臣還敢更放肆。」許仲堂望著邱安，目光幽暗。

「聽聞聖上對邱老夫人有大恩，不知今日邱總兵可有那鐵石心腸看著聖上之妻受辱？」

說著話，他撫著何初心的腰身，隔衫逗惹，放肆至極。州臣們的心肝兒都在顫，眼見皇后哭得梨花帶雨，劉振不由望向邱安，心中憂焚。

保皇后，還是保淮州？

嶺南未平，江南水師未定，淮州兵權若失，帝位必危！

可皇后……

「慢！」邱安忽然出聲，把劉振嚇了一跳。「許都督，你要的兵符，萬望收好，莫要扎著手。」

說罷，邱安從腰間摸出塊兵符，便要扔過去。

「慢！」許仲堂笑了笑。「邱總兵天生神力，萬一砸到皇后娘娘，怕你不好交代。」

邱安嘲弄地問：「那該怎麼給許都督？」

許仲堂往武官裡望了一眼，一個把總走出，伸著手道：「總兵大人，不如由末將轉交吧。」

州臣們大驚——果然還有同黨！

邱安眼裡冷意微放，把總一驚，慌忙提走兵符，交給了許仲堂。

許仲堂大笑，一道火哨自袖中射出，紅煙在刺史府上空炸開，很快被冬風吹散。「王錄事，接下來就有勞你了。」

州臣中又走出一人，王錄事垂手一恭。「都督放心。」

刺史府外，州兵們望向天空。

一個校尉道：「都尉，要不要進去看看？不會出事了吧？」

都尉道：「咱們職責在外，裡面有大帥和御林衛，不該出事才是。這火哨興許是皇后娘娘之意，咱們愣頭愣腦地闖進去，驚了駕可擔待不了。」

話雖如此說，都尉眉宇間卻有憂忡之色。

校尉道：「不如末將在此值守，您帶一隊人進府瞧瞧？沒事您再出來，這裡就先交給末將。」

「……也好，那你小心戒備！」都尉說罷便招來一隊州兵，匆匆進了州衙。但剛進門，就聽門砰的一關，都尉回身，見校尉站在門內，不由一愣。「咦？不是讓你——」

話音未落，血線揚起，都尉盯著自己喉口噴出的血，幾個州兵大驚，尚未來得及拔刀，便死在了戰友刀下。

校尉喝道：「接管州衙，違抗者殺！」

餘者應是，見對面匆匆走來一隊衙差。

捕頭道：「奉公文辦差！」

校尉接過公文，開門放捕快一行出了州衙。

百姓聚在街頭巷尾議論著刺史府裡升起的兩道火哨，見衙差往西而去，便跟隨在後，一路跟到了監牢。

衙役們從監牢裡提了二、三十個囚犯出來，往刺史府去了。

百姓們猜測著刺史府裡出了何事，幾個布衣打扮的人悄悄地擠出人群，拐過幾條巷子來到一間當鋪。片刻後，幾人從後門出來，已是州衙公人打扮。

一行人直奔州衙後門，見了值守的小將，將公文一遞。「奉命辦差。」

「怎麼從後門走？」小將接過公文，低頭一看，臉色大變！

公文上只有一句話——膽敢聲張，身首異處。

這並非威脅，小將的脖子被一物纏住，兵刃細極，而他低著頭，三尺開外的同伴們根本看不出異樣。

這時，一人道：「有勞小將軍隨我等辦趟差事。」

小將擠出個僵硬的笑容，說道：「客氣客氣。」

話音落下，他忽覺上身一僵，隨即被假公差們簇擁著擠進了刺史府後院。門一關，他便被點住，幾人插上後門，往前頭去了。

刺史府已遭血洗，後院遍地橫屍，前衙公堂上，州官分作兩撥，一撥在劉振和邱安身後，一撥在吳長史身後，粗略一數，竟有十三人。

劉振的妻妾兒女連同余氏母女皆被亂黨押進了公堂，為首的男囚提刀笑道：「這些日子承蒙刺史大人照顧，本舵主前來答謝，唐突之處，還望莫怪。」

劉振怒道：「曹舵主，你勾結林黨趁災為禍已是罪大惡極，竟敢行此謀逆之事？」

曹舵主大笑。「難道不謀逆，朝廷就會從輕發落我們？橫豎是死，若不一搏，哪能看到今日之景？刺史大人當初不給我活路，沒想到今日會犯到我手上吧？」

「怎是本官不給你活路？你們勾結前刺史鄭昌盜販儲糧時，怎沒想過國法不容？」

「國法？官字兩個口，讓我們盜販倉糧的是刺史鄭大人，查察追繳的是你刺史劉大人，民不與官鬥，我不過是個跑江湖的，怎敢得罪一州之長？再說了，此等肥差，我不做，自會有別人肯做，到時我不但得罪了官府，還得看著官府扶持別的舵幫，我怎麼跟兄弟們交代？江湖重義，我養著那麼多的商船和兄弟，豈有有利不圖之理？」

「荒謬！你江陽幫在大災之際夥同林黨餘孽強搶賑災糧，企圖劫為起事之資，置十萬災民於不顧，這也算江湖道義？」
「百姓是朝廷的百姓，又不是我幫中兄弟，與我何干？」曹敬義陰沉地道：「曹某今日前來，可不是為了與刺史大人爭辯何為江湖道義的，既然刺史大人滿口忠孝仁義，不妨讓曹某看看，君臣之義與夫妻之義，你要如何全？」
曹敬義說話間將周氏拖倒在地，提刀便挑了她的衣帶，笑道：「刺史大人的髮妻真是風韻猶存。」
「娘！」劉大姑娘慌忙護母。
一個幫眾笑道：「原來舵主好這一口，兄弟還是喜歡嫩的！聽說刺史大人之女許配的是邱總兵的外甥吧？」
劉振大怒：「曹敬義！禍不及人妻女！得罪你的是本官，要殺要剮悉聽尊便，何必羞辱婦孺？」
邱安道：「曹舵主，淫人妻女在江湖上是最為人不齒的，況且劉大人是位勤政愛民的好官。今日你禍害劉氏滿門，他日定有正道人士除你而後快！你可要三思，莫給曹家滿門種此禍根。」
曹敬義冷笑道：「難道曹某不行此事，就不會罪及滿門？」
「你以前所犯之罪，無非是一人抵命，不至於罪及滿門。今日若肯戴罪立功，我可在聖上面前求情，保你妻兒老小。」邱安負著手道，手指探入腰帶內，夾住了一只暗鏢。

「你當我是三歲孩童？」曹敬義嗤笑著撈起一個孩童。

劉振大驚。「敏兒！」

「我兒！」家妾梅氏驚哭不止。

曹敬義笑道：「邱安！你我皆是草莽出身，在我面前，勸你還是收起暗地裡的把戲，你敢妄動，我先宰了劉刺史的愛子！」

劉振有一妻一妾，周氏當年臨盆時傷了身子，難再有孕，便做主為劉振納了一妾。梅氏原是商人之女，許過人家，不料尚未過門，那男子便在行商時遭人謀害，屍首還沒運回來，夫家就鬧著退婚，稱梅氏犯剋。梅父怒極攻心中了邪風，從此癱瘓在床，生意也隨之敗落。

父死之後，梅氏散盡家財，打算出家為尼，卻被周氏看中，費了番心思才納入府中。梅氏與人無爭，與周氏相處和睦，三年前誕下一子，聰明伶俐，頗得劉振的喜愛。

孩子驚得哇哇大哭，脖子險些抹上刀刃，看得人心驚肉跳！

吳長史道：「諸位僚屬，兵符和大印都已在我等手中，諸位的家眷還在淮陽城中，難道不考慮要不要降嗎？」

眾臣大驚，這才知道亂黨禍害劉氏滿門是有意殺雞儆猴。

「諸位僚屬應該清楚，北燕帝挾晉王以令嶺南，嶺南王有反意，淮州落在我等手中，聖上在立后一事上又與何家生了嫌隙，若我等與嶺南和江南水師聯手起事，這半壁江山就會是我們的！若我等與北燕帝聯手，大興江山合二為一乃輕而易舉之事。聖上勢微，何不擇明主而事？」吳長史振臂而呼。

眾臣互望，眼底皆起驚濤！

今日之事，看著是林黨餘孽作亂，莫非背後還有嶺南王？若林黨餘孽此番真是與嶺南聯手，那麼此事就是北燕帝的手筆，意在南興江山？

何初心聞言驚極，那黑袍女子不是要對付皇后嗎？怎會危及帝位？怎會扯出北燕帝？這究竟是怎麼一回事？

這時，曲肅罵道：「明主？自古賢臣擇明主而事，你這等不忠不義之輩，也有臉自比賢臣？」

吳長史冷笑道：「聖上褒揚別駕大人是直臣，想來直臣為全忠君之義，定不會顧念家中老娘。」

眾臣聞言看向曲肅，曲肅可是個出了名的孝子，縱然曲老夫人興許寧死也不會允許兒子做降臣，但身為人子，又豈能因為娘親甘願捨身就義而毫無掙扎？

誰無六親，誰無七情？以至親相逼，不能說不卑鄙，但的確奏效。

兩名文臣低頭走出，朝劉振打了一躬。「刺史大人，下官……對不住了！」

劉振悲嘆道：「你們對不住的不是本官。」

而是聖上……

後半句他沒說，自古忠孝難兩全，賢臣也好，孝子也罷，哪個不要背負良心債？其實，他更擔心逆黨逼降州臣的用意，若淮州文武皆屈服於逆黨的淫威，事情便會如開閘一般，一旦局勢對聖上不利，便會人人效仿，如同牆倒眾人推，聖上會孤立無援。

果然，兩人降後，形勢真如開閘一般，州臣一個接一個地走入叛黨之中，三人、四人、五人……

第六人是個武官，只邁了一條腿出去，那條腿卻像灌了銅鐵一般，怎麼也邁不動。他掙扎了良久，最終將眼一閉，退了回來。

餘者本在掙扎，見有人退回，便跟著把眼一閉，不禁淚流。

邱安看了眼留下來的文臣武將，似是要將這些面容銘記在心，隨後他看向吳長史，殺意自齒間迸出，如嚼人血肉。「今日之逼，邱某記下了，若能度過，他日必將如數奉還！到時禍及滿門，還望吳長史莫要悔不當初。」

邱安是江湖草莽出身，至今改不了江湖習氣，吳長史明知不該怕他，卻仍被殺意所震。

「淮州已落入我等手中，吳長史何需懼威脅之言？」曹敬義冷笑著掃了眼拒降的州臣。「看來，曹某給諸位的威脅不太夠。」

說罷，他給幫眾使了個眼色。

幫眾們立即把周氏、梅氏、余氏和兩位小姐拖去一旁，狂徒的笑聲、女子的哭叫聲頓時化作刀槍，割人心肝。

劉振雙目血紅，欲朝曹敬義撲過去，卻被邱安拉住。「濟民！你過去是送死！」

「放開我！死又何妨！辱我妻女，我便是拿這條七尺血軀跟他拚了又有何懼！」劉振奮力掙扎，癲狂之態已不似文官。

這時，劉二小姐哭喊：「皇后娘娘！娘娘救命！」

她聽過太多的故事，總覺得會有人救她。然而，她看見的卻是一張勃然大怒的臉。

何初心怒道：「賤人！妳敢害我！」

果然，幾個沒搶到人的幫眾望向上首，說道：「都督好大的豔福，能一嘗皇后娘娘的滋味兒，就是做鬼也值了。」

許仲堂道：「做鬼怎麼值？你們想嘗嘗皇后娘娘的滋味兒，等到事成後也不遲，現在娘娘可還有用。」

有人問：「淮州已在我們手中，皇后娘娘還有何用？莫非用來威脅聖上？」

又有人道：「還真別說，聖上為皇后娘娘可是棄了半壁江山的，你們說這一回，聖上會不會把這半壁江山也拱手讓人？興許我們連一兵一卒都不必費，就能得成大業了呢！」

眾人哈哈大笑，何初心目露慌色，這才明白亂黨要謀的並非皇后，她被騙了！

這一刻，州衙公堂上一片亂象。

邱安藉攔住劉振的機會，偷偷往袖下一扣！

周氏不堪羞辱，奮力推開狂徒，往刀上撲去！

「夫人！」

「娘！」

叮！

千鈞一髮，一道脆音來若雷霆，在刀上擊出一溜火星！

有人逆光而來，披掛一身晨暉，身旁魅影隨行，人未至，聲已到：「算計阿歡的江山，你們問過本宮答不答應了嗎？」

「誰！」曹敬義厲喝一聲。

話音未落，一隻斷臂飛出，手上還抓著個孩童！

曹敬義循著斷臂望去，看到孩童時，神情尚有幾分疑惑，後知後覺低頭察看時，頓時被自己的血噴了一臉！

數道魅影掠進公堂，所到之處人頭齊飛！

周氏自刎未成，孩童被人接住，還入了劉振懷中。

一州文武望向公堂外，見來人束冠青袖，革帶黑袍，一身公袍，卻是個女子！

女子邁進公堂，自一地肚腸裡踏過而面色不改，那風姿世間難見，小樓深閨鎖不住，青天高崖遮不盡，青絲容顏無妝點，卻勝人間脂粉嬌。

「妳是何人？」曹敬義捂著斷臂問。

女子在公堂當中站定，目光清寒，叫人一望，如見萬里寒沙，她道：「本宮，暮青！」

第三章

皇后問政

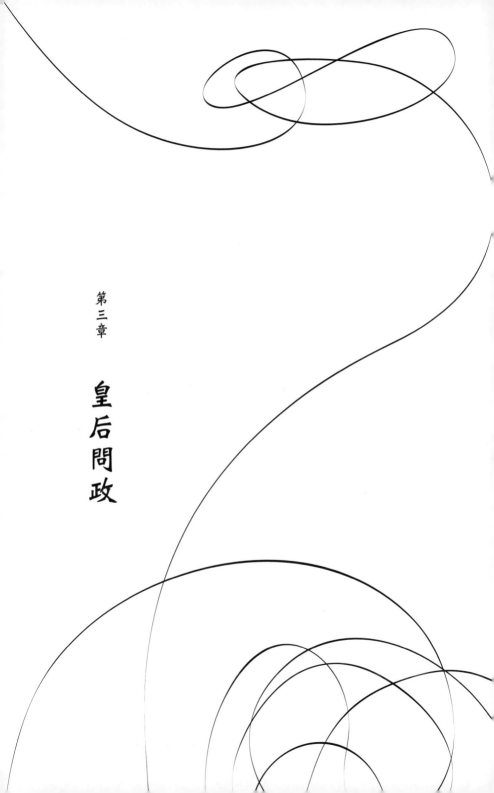

暮青！

當今天下，名士爭鋒，女子之中當以此名最為如雷貫耳。

「皇后娘娘！」小安子和彩娥大喜，率先參拜鳳駕。

這一聲皇后驚了滿堂，眾人看一眼堂下一身公服，負手而立的女子，再看一眼上首簪釵零落、狼狽不堪的鳳駕，傻了眼——怎會有兩位皇后娘娘？

何初心眸底驚濤翻湧——她怎會在此！

「妳怎會在此？」許仲堂大驚之下慌不擇言。

「本宮不在此，該在哪兒？」暮青看著許仲堂，目光捎帶著從何初心臉上掠過，說道：「有趣，你們知道本宮該在何處。」

此言頗有深意，但眾人神魂未定，還無能耐細品。

曹敬義盯著遍地殘屍，駭然地掃了眼八名神甲侍衛，問：「你們莫非是刺——」

「淮州官衙無人了嗎？公堂莊嚴，竟容江湖淫賊問話！」暮青冷聲喝問。

話音未落，大風馳蕩，潑得曹敬義一個倒仰！一道刀光恰巧抹來，曹敬義伸手拔刀，卻發現右臂已失，心中驚濤剛生，喉口血線一冒！

嗤溜！

人凌空飛起，跌出公堂，兩腿一蹬——血還在冒著，人已經死了。

月殺收刀，看了眼邱安。

曹敬義是江湖中人，對刺月門的殺人之風有所見聞，但此事一旦公之於眾，必然會生出許多是非。

暮青打斷曹敬義的用意，月殺和邱安都很清楚，兩人聯手，堂堂江陽幫代幫主竟死於瞬息之間，驚得叛黨大驚失色。

許仲堂扯住何初心，喝道：「我有襄國侯府的孫小姐為質！有刺史大印，淮州兵符！誰敢妄動？」

州臣譁然。「襄國侯府的孫小姐？」

邱安大笑道：「許都督，我們已經動了，這一地叛黨屍首你沒看見嗎？刺史大印，淮州兵符，你真的能保住？你連兵符是真是假都不清楚。」

「什麼？兵符……」

「兵符乃烏鐵所造，內力震不碎，我倒是挺佩服許都督，拿到兵符竟不疑有假，也不試它一試。」

許仲堂大驚，拿出兵符便使力一捏！

「啊！」一捏之下，他慘叫一聲，翻掌一看，手心已然紫黑。那兵符上雕著虎頭，受內力所震，虎口中竟刺出一枚毒針。「邱安小兒！你……」

「讓你試，你還真試。」邱安悲憫地道：「就憑你也想圖謀江山，太不自量力。」

許仲堂若有所悟，卻為時已晚，他脫力跌坐在地，兵符骨碌碌地滾下了公堂。

御林衛抽刀架住許仲堂，小安子和彩娥攙回何初心，邱安拾起兵符，回身一拜。「淮南道總兵邱安，拜見皇后殿下！」

暮青踏血走向上首。「拿下叛黨！違抗者誅！」

吳長史等人兩腿發顫，降臣們既悔且懼，叛黨們被御林衛拿下，淮州叛亂自發至終，一個時辰都還未到。

暮青行至上首，小安子和彩娥扶正官椅，迎她入座後往左右一站！

上首，太極殿的掌事太監、乾方宮的大宮女皆在。

下首，淮南道總兵邱安已參拜鳳駕。

哪位才是真皇后已毋庸置疑，畢竟除了真皇后，也沒哪個女子敢稱當今聖上阿歡吧？

劉振放下庶子，率淮州文武跪拜道：「臣等叩見皇后殿下，殿下千歲千千歲！」

女眷們慌忙整衣，顫聲道：「妾身等拜見皇后娘娘，娘娘千歲千千歲！」

一個早上，兩拜鳳駕，其中滋味未待細品，便聽皇后的話音自屏風後傳出：「置面屏風杵在面前做什麼？是本宮見不得人，還是淮州文武之中有見不得人之輩？」

小安子眉開眼笑，忙命宮人把屏風移往後頭。屏風一挪開，暮青便道：「淮州刺史劉振，本宮來遲，叫府中婦孺受驚了。刺史府後宅已遭血洗，且將家眷安置於州衙西廳之內，待後宅灑掃出來後再讓他們回去，你意下如何？」

劉振受寵若驚，僚屬中出了叛黨，他險些丟失州權，釀成危及帝位的大禍，若非皇后及時來到，後果不堪設想！他還以為治州不力之罪是逃不過的，沒想到皇后頭一句話竟是安置婦孺，不由大為感動，說道：「微臣聽憑娘娘安排，謝娘娘體恤！」

暮青看了眼彩娥，彩娥會意，指了幾個宮女到了周氏等人身邊。

周氏起身時只聽叮的一聲，見一把薄刀自她的衣裙上滾入了血泊中，不由愣住。傳聞皇后擅使剖屍刀，而此刀小巧，很適合女子防身制敵——莫非方才救了她的人不是侍衛，而是皇后？

這時，宮女將幼子抱給梅氏，梅氏忙叩謝皇后。

余氏被血潑到，驚了心竅，見宮女來扶，神態瘋癲。「別碰我！別碰我！」

劉二姑娘急忙扶住娘親，小心翼翼地睃了眼上首。

只見皇后面色雖淡，卻無不耐之色，問：「本州醫學博士何在？」

醫學博士聞旨出列，暮青道：「她們剛受驚，你切莫近身，先開個安神的方子，待人睡了再號脈診治。」

官吏領旨，劉二姑娘受寵若驚，退出公堂時一步三回頭，看看微服而來的真鳳駕，再看看鳳袍加身的假皇后，目光裡有說不盡的複雜意味。

直到婦孺走後，暮青才道：「平身吧。」

劉振和邱安率文武謝恩平身，御林衛將以許仲堂、吳長史為首的叛黨押到公堂右側，耐人尋味的是，何初心被宮人攙到了叛黨之列。

州臣們不解，帝后的近侍識得皇后，既然襄國侯府的孫小姐能假扮皇后，何家理應是遵聖意行事才是，怎麼也不該和叛黨扯上關係吧？

眾臣一肚子的疑問，曲肅剛要問，就見暮青執起驚堂木重重一落！

啪！

聲如炸雷，震得曲肅的腳尖一縮，一干州臣的頭皮都麻了麻。

「本宮昨日晌午方到淮陽，見仍有大量災民聚在州城，水災至今已過一旬，受災村鎮仍未動工重建！一州大小官吏這麼多人，竟對商戶抬高工價盤剝倉司之舉束手無策！朝廷撥了多少賑災銀給淮州？光米糧就調撥了三十萬石！爾等卻在災後重建之事上遷延不決，眼看著賑災糧只夠用三個月了，是不是要將國庫的錢糧都耗在淮州上，那被水沖淹的四百一十二村才能建好？」

州臣們聞言心頭一跳！

——皇后昨日晌午就到了州城，比儀仗還早！

——僅半日，重建村鎮的事就被查了個清楚，連朝廷調撥的賑災糧還夠用多久都查清楚了！

劉振稟道：「啟奏皇后娘娘，這正是今早臣等所議之事，娘娘來了，臣等自該再稟一回，只是亂黨起事，州衙外定有同黨，當務之急是否應先平叛，將軍情八百里加急奏往朝中？」

眾臣聞奏，紛紛附議。

暮青道：「民為貴，社稷次之，州城中有十萬災民流離失所，眼下已入冬，晚一日重建村鎮，災民便要多挨一日飢凍。州衙中出了如此多的叛黨，你身為刺史，本就有失察之責，卻因自己的過失而讓治下百姓久等，豈不有愧於民？陛下將淮州交給你，你想安定一方，需得先治民生，建久安之勢，方能成長治之業。所謂得民心者得天下，你若是好官，百姓擁戴，民心思定，那些叛黨就是想鬧也鬧不起來，誰敢妄動干戈，百姓之怒便可平叛。」

一番話說得眾州臣啞然失色，這話極像曲肅之論，可即便是曲肅也不敢說「民為貴，社稷次之」、「百姓之怒可平叛」這樣的妄語。

暮青道：「你可知災民之中有多少老弱婦孺，又有多少孩童的年紀如你的庶子一般？百姓敬你為父母官，你怎忍心看他們流離失所，忍飢受凍？」

劉振之子險些死於亂黨刀下，聽聞此話頗受觸動，哽咽著拜道：「皇后娘娘訓示的是，微臣愧對陛下，愧對一方百姓。」

暮青道：「平身吧，現在還為時不晚。」

「謝娘娘。」劉振拿官袖拭了拭眼角才起了身。

「那依娘娘之見，重建村鎮之事當如何決斷？」曲肅強捺住激越之情開口問道，前車之鑑，皇后微服到了淮陽，命假皇后問政州官，亂黨起事時又來得如此及時，此間種種，疑雲重重，既然皇后想先顧全賑災之事，何不趁機探探她是否有真才實學？畢竟假皇后已經叫他失望一回了，這回還是莫要抱太大期望的好。

卻聽暮青道：「好一個依本宮之見！今日是本宮問政州臣，還是州臣問政本宮？你們領著朝廷的俸祿，州政之事上卻想躲懶不成？三個月了，難道連一個應對之法也沒商量出來，見鳳駕南巡，就想行拿來之道，伸手跟朝廷要對策？」

曲肅道：「那倒不是，臣等商議出的對策有二，僚屬之中各有附議者，爭執難下。原本刺史大人打算上書恭請聖裁，可朝中也需商議，奏摺一來一去需些時日，微臣覺得拖久了傷民，理應早斷。既然娘娘在此，不妨先行裁奪。」

「奏來！」

「是！」曲肅一躬，奏道：「微臣主張以災民為先，用重典震懾奸商，日後再思安撫之策。而吳長史主張勸糶之制，勸有力之家無償賑濟災民，給予爵賞。」

劉振聞言，擔心暮青會因吳長史是叛臣而影響決斷，於是說道：「啟奏娘娘，因此前賑災之時，臣等曾強逼商戶賣米，故而微臣擔憂再行重典會使商戶人心惶惶，發生轉移錢糧之事，如此必傷漕運，也傷稅賦。而勸糶令雖可救急，但也恐商戶得爵賞之後，州政難以監管，積弊深遠。事關漕運與吏治，臣不敢獨斷，故而想上書朝中，恭請聖裁。」

劉振奏罷，州臣們紛紛低頭，眼觀鼻鼻觀心，耳朵卻豎得直直的——又到了恭請鳳裁的時候了。

剛才在假皇后面前恭請裁奪，結果惹惱了曲狂人，把何家小姐罵了個狗血淋頭，現在真皇后到了，不知會如何裁奪？該不是……又要思量幾日吧？

明知此事兩難，三思而行實乃常理，但沒人盼著皇后會說思量幾日——曲狂人已被這話惹惱過一回了，要是聽見真皇后還這麼說，他一定還敢怒罵鳳駕，而且，興許會罵得更狠。

「本宮昨日的確聽說了別駕強逼商戶賣米的事，朝廷已撥下了賑災糧，為何還要強逼商戶賣米？」誰也沒想到，暮青沒有二選一，而是問起了逼商戶賣米的緣由。

劉振道：「啟稟皇后娘娘，此前林黨私取兩倉錢糧贍軍，又猖狂私販倉糧，致使兩倉虧空。而今淮州大災，別駕逼富戶將存糧低價賣給官府，一是為補兩倉的虧空，二是為防富戶囤積居奇，抬高米價。以眼下的形勢來看，朝廷下撥的賑災糧用完之後，這些收補回來的倉糧的確能頂一段日子。」

「所以，你們把朝廷撥下的銀子拿去收糧了，卻因價錢太低而惹怒了商戶；商戶們想挽回損失，便在重建村鎮的事情上盤剝倉司，你們不缺糧了，卻又缺起了銀子。」

「……正是。」劉振汗顏。

「起初你們只想存糧，卻沒想到糧食到手了，建村卻不順利了。眼看著遷延日久，消耗日重，你們處心積慮存下的倉糧不僅就要存不住了，連銀子都沒了，所以你們就急了？」

「……微臣慚愧！」劉振擦了擦額汗。

州臣們大氣也不敢喘，心中直道——皇后可真犀利！

「你們想了兩個法子，一是鎮壓商戶，繼續盤剝商戶的財產，二是許給商戶好處，叫商戶自願幫助官府災後重建。一州大小官吏這麼多人，災年只知在商戶身上動心思，除了問商戶要錢要糧、要工要料，心思就不會往別處動動？」

「微臣愚鈍！」劉振實在想不出心思還能往哪兒動。

曲肅道：「若娘娘另有良策，還望垂示。」

暮青問：「你們怕缺糧，有沒有想過是救災之策太過單一？」

「單一？」曲肅的眉頭狠狠地皺了皺。「啟稟皇后娘娘，我朝的賑災之策有蠲免、賑給、賑糶三策，怎能說單一？」

劉振聽出曲肅的語氣不對，忙使眼色，曲肅已有怒容，顯然不滿暮青來淮州問的是賑災之事，卻事先連賑災之策都沒瞭解過。

「怎麼不單一？」暮青與曲肅對望著，目光鋒銳，分毫不讓。她伸出三根手指，一策一策地說給他聽，說給滿堂的州官聽：「蠲免，百姓受災後，凡達到一定程度的民戶皆可享受不同等級的賦稅蠲免，此乃朝廷舒緩民力之策；賑給，給重災戶無償提供衣食，賑災糧依老幼病弱壯按日發放；賑糶，災時一旦糧價過高，貧民無力買米，則開義倉，減價出糶，以濟貧民。以上三策，不是免除，就是白給，雖有出糶之策，但以濟貧為目的的減價出糶，米價之低，使得官府所收回的銀子在災後根本無力補倉，所以以上三策本質上都是在消耗倉糧，怎麼不單一？別說朝廷的賑災之策有三，就是有三十，只要全是依賴儲糧之策，那就是單一！」

皇后聲似出雲之雷，一干州臣聽得心頭咯登一下！

劉振一改和事佬之態，凝神細思。

曲肅這才知道皇后所說的單一與他所理解的不是一回事，這種論調還是頭一回聽說，不過細一思量，的確有道理。

「娘娘之論，微臣不及！」曲肅深深一躬，如學生求教。「不知娘娘可有良策解之？」

暮青問：「你們可有想過賑貸？」

「賑貸？」州臣們面面相覷。

「敢問娘娘，何為賑貸？」曲肅問。

「以財投長曰貸，但本宮指的是以糧為貸。即大災之年，官府借糧於非重災戶，收取一定的利息，待民度過艱厄，大豐之年還粟於倉。」暮青說得很慢，此法與後世的貸款相似，她斟酌著說詞，希望淮州的官吏能聽懂。「官府雖然收取利息，但並不逼民短期之內還清，而是以契約之，准民分期還粟。」

「分期還粟？」曲肅眨著眼，州臣們議論紛紛。

「打個比方，本宮借你一兩銀子，與你約好利率，你可以根據家境決定幾年還清，可以三年、五年，甚至是十年，這便是分期償還。」

此喻之意不難懂，眾臣面色一變，連邱安那睡意惺忪的眼都睜了睜，頭腦靈活的人已猜到了皇后之意。

暮青道：「仍是比方，你三年還清，每年需還四百五十文錢，五年還清，每年要還三百八十文，十年還清，每年還三百五十文。你借的銀子既能助你度過難關，債務又不會使你生計艱難，而本宮則不必擔心家中日漸虧空，無銀施借他人。」

話音落下，州臣們嘶嘶抽氣，劉振和曲肅對望一眼，皆壓抑不住激越之情。

暮青又道：「除了貸糧，還可以貸種，凡發水潦螟蝗之災，蠲免賑給過後，官府皆可行賑貸糧種之策，如此既可助災民早日歸鄉事農，災年過後又可補倉，以備不時之需。」

話至此處，淮州文武無不面頰生輝，不等鳳駕再言，便議論了起來。

「如此一來，災事過後，兩倉便有可平之法了！」

「以往，朝廷每年徵收的糧食中有半數用於贍軍，再刨去用於俸祿的錢糧，能補入兩倉的儲糧就更少了。不提災年的用度，平常的年份裡，濟貧扶弱、贍老恤囚、平抑糧價，也是支出頗重。每年賦稅一途所補入的倉糧僅夠支用，一逢災年，兩倉大開，賑災糧要麼需跟朝廷要，要麼就得逼商戶捐賣。商戶不滿，明裡暗裡的跟官府對著幹，賑災之策施行不暢，頭痛得很。如今，有蠲免、賑給、賑糶三策在前，賑貸之策在後，兩倉的壓力可謂大減！」

「是啊，地方糧倉的壓力大減，等同於給國庫減輕壓力了。」

聽著議論，邱安笑道：「這哪是平倉之法，實乃富倉之策！說不必再擔心兩倉日漸虧空，那是皇后娘娘謙虛，依我這粗人之見，假以時日，兩倉必豐！兩倉大豐，莫說賑災了，急時定有餘力贍軍。」

劉振道：「正是！尤其是分期賑貸之策，災年之時，先以倉糧無償賑濟災民，待大災過後再行賑貸之策，令百姓還粟於倉。而分期還粟，既不影響生計，兩倉還可常年補入息糧。待遇災年，兩倉已豐，又可無償賑濟災民。如此循環不息，可謂取之於民用之於民！」

「何止？災民回鄉之後，施政也是不易，本官在蓮池縣為知縣時，一些遊手好閒之徒習慣了官府賑濟，恨不得災荒，好伸手吃穿。這賑貸之策正好治一治這些潑皮無賴的懶筋！哈哈！良策！良策啊！」一曲肅手舞足蹈，舉止瘋癲，忽然跪下行了個伏拜大禮，高聲道：「此策利在糧倉，功在社稷！微臣拜服，謝娘娘賜計！」

州臣們紛紛叩拜，齊聲道：「臣等拜服，謝娘娘賜計！」

群情激越，熱切的氣氛在此時此刻的公堂上卻顯得怪異至極。

許仲堂等人面紅耳赤，他們是一州要臣，深知兩倉之弊和賑災之難。兩江流域大水為患，歷朝歷代，治水屯糧都是國之大計，不知多少人鑽研過農耕水利之策及歷朝賑災記要，可良策難得，尤其是長久之策，誰能想到，歷代大吏苦思不得的良策，竟得自當今皇后？

賑貸之策本就新鮮，分期還粟更是聞所未聞，如此奇策，若非親耳所聞，真難想像脫胎於一介女子！

叫人細思極恐的是，淮州水災發於八月，若皇后早得此法，理應早跟聖上提了才是，且她本應在神甲軍中，卻忽然到了淮州，莫非此法是得於近日？抑或是……今日？

若真如此，皇后之智豈不近乎於妖？

何初心的臉色也慘白如紙，屍首橫陳於公堂之上，州臣們一舉一動之間，血腥味直撲人臉，她因不想失儀才強忍著不適。州臣們拜見皇后之後，不先將公堂灑掃出來，竟就這麼議起了州政。皇后出身民間，不曉禮儀，州臣難道也不懂禮法？

瘋子！都是瘋子！

利在糧倉，功在社稷？一介賤女子也懂國策？笑話！

這時，暮青道：「本宮臨機得此一策，尚欠細則，離施行還遠。所謂術業有專攻，獄事乃本宮之所長，國事上只能出個主意，還需卿等奏與朝廷，嚴加考察，謹慎定則。卿等可翻閱本州歷年農收記案，根據本州的收成制定利率，區別良田與貧地的收息，因地制宜，不可一刀切，不可為了豐倉而收息過高，更不可為了豐倉而廢蠲免、賑給、賑糶之策。賑災之要在於助災民度過災厄，補倉乃災後之事，切勿本末倒置。本宮會向聖上提議以淮州作為試點，倘若發現有官吏為謀政績或倉糧之利而廢弛三策，借賑貸盤剝百姓，一定嚴懲不貸，絕不姑息！」

「臣等謹遵懿旨！」州臣們齊聲應是，心中卻波瀾滔天。

果然，皇后是剛剛才想出賑貸之策的！

劉振道：「微臣這就將賑貸之策與叛黨謀逆之事一併奏與朝廷！」

「不急。」

「且慢！」

這時，兩道話音同時傳來，劉振不由怔住——讓他不急的是皇后，說慢的是曲肅。

曲肅道：「啟奏娘娘，賑貸的確是奇策，可娘娘也說，此策尚欠細則，還不能立刻施行。但眼下州衙外頭有三萬災民亟待安置，重建村鎮才是當務之急，如何處置那些攬擾重建的商戶，還請娘娘決斷。」

州臣們這才回神，剛剛問的是重建村鎮的事，但皇后並未決斷，而是指出了賑災之策的不足之處，並指點了改革之策，但重建村鎮之困依舊沒有解決。

何初心聞言揚了揚嘴角，人言皇后睿智，傳聞果然不虛，皇后知道重建村鎮之事兩難，便拿個新策出來糊弄州臣。她大抵以為州臣們議著新策，就會把恭請鳳裁之事拋到腦後，但她算漏了曲肅，此人眼中只有災民，連鳳駕都敢責罵，豈會讓皇后蒙混過關？

這下子，有好戲看了。

何初心瞥向暮青，等著看她出醜。

卻見暮青面色甚淡，說道：「哦，這事兒啊，根本無需決斷。」

何初心怔住，一干州臣也面露詫色。

曲肅這回沒急，恭恭敬敬地問：「娘娘之意是？」

暮青看向許仲堂等人，說道：「他們不反，重建村鎮之事的確需要決斷，他們一反，事情反倒容易了，不是嗎？」

劉振道：「微臣愚鈍，請娘娘明示。」

暮青對許仲堂道：「你們知道鳳駕有假，起事之後，先謀文武大印，再放州牢重犯，而後逼降州臣，可謂計畫周詳。今日，刺史府內傳出兩道火哨，第一道是起事之號，第二道是事成之號，你們在城內定有同黨，得知事成，他們必定有所行動。你們舉事，兵馬錢糧缺一不可，但眼下大災，賑災糧所剩不多，兩倉又虧空多年，錢糧打哪兒來？自然是從商戶那兒來。淮州多鉅賈，此前就有奏摺入朝，說林黨與綠林草莽及漕商勾結私挪私販兩倉儲糧，此事朝廷還沒批覆，淮州就發了水災，前事便耽擱了下來。那些商戶本就和你們是一條船上的，得知你們成事，會不追隨你們嗎？」

暮青目光一轉，對曲肅道：「此事根本無需決斷，只需等著，看誰會反。誰反拿誰，查抄的銀子足夠用來重建村鎮了。」

「看誰會反……」曲肅目光呆滯，喃喃地念叨。

暮青又道：「如此一來，官府可從正經的商戶那裡足價買料僱工，既可不傷無辜商戶，朝廷也無需再查與林黨勾結的漕商了，一舉三得。」

「好一個一舉三得！」州臣們紛紛叫絕。

劉振嘆道：「娘娘之智，名不虛傳！方才，娘娘要微臣不必急著奏報朝中，原來是為了看淮州還有何人會反？」

嘆罷，他不禁有些後怕，若此事讓他來處置，他必定先請邱總兵率軍平亂，穩定州城的治安，再急報朝中。如此一來，那些與林黨勾結的漕商還未投誠亂黨，亂事就已平息了。那麼，在重建村鎮之事上就要錯失良機了。

「淮州何其有幸，今日能有娘娘坐鎮，微臣代淮州百姓多謝皇后娘娘！」劉振誠心叩拜。

淮州文武也紛紛叩謝鳳駕。

何初心咬著唇，腥甜入喉，煞了心。

為什麼？她放棄驕傲，以死相逼求來的機會，哪怕是假皇后，她都願意作一回夢。皇后卻偏在不該出現之時出現，她被淮州文武看盡笑話，皇后卻在州臣面前擺盡威風！到底為什麼皇后要來淮州？

何初心瞥向暮青，見公服襯得女子的眉目格外清冷，群臣叩拜禮讚，她的眸卻如同被一場秋雨洗過似的，涼意襲人。

「本宮要是不來淮州，豈能見識到一幫官吏為補倉糧而逼商戶低價賣米？那些商戶之中縱然有不法之輩，可必然也有正經商人，你們身為一州父母官，竟不加甄別，強逼商戶賣米，此等行徑，與強盜何異？」暮青忽然話鋒一轉。

見皇后突然震怒，淮州文武皆屏息聽訓，大氣也不敢出。

「你們心繫災民原本無錯，可難道災民是民，商戶就不是民了？若只因商戶富足，大災當前就理所應當捐獻錢糧，那你們身為父母官，百姓之表率，何不散盡家財救濟災民？」

淮州文武聞言瞄了眼曲肅，別說，散盡家財救濟災民的還真有——曲肅。

非常時期行非常手段，逼商戶捐賣錢糧自古就很常見，商戶雖然是民，但朝廷重農，官府自然以救濟災民為先。

但這話沒人敢說，連曲肅都沒吭聲。

皇后彷彿能讀懂人心般，問：「你們捐獻錢糧救濟災民是出於自願，與朝廷逼你們捐錢捐糧能一樣嗎？日後但有災荒，朝廷不必調撥賑災錢糧，只需行非常手段，先扣你們三年俸祿，再命州軍去你們府上收繳家糧，你們可無怨言？」

一干州臣眨著眼皮子，嘴角抽了抽。

「你們若有怨言，為何商戶就怨不得？你們罵商戶盤剝倉司，怎知背後無人罵你們是昏官酷吏？你們只怪商戶從中作梗，阻撓官府重建村鎮，可本宮就不信了，淮州這麼多的鉅賈大賈，難道沒有一個大善人？沒有一人憐恤災民，自願出工出料助官府賑災？想來不是沒有，而是你們失了民心，以至於朝廷有難，無人肯援。到頭來，你們頭痛，災民受苦，你們盤算盤算，災民可有少受一天的苦？」

群臣啞然，曲肅如遭當頭棒喝！為了賑災，他曾捐盡錢糧，不惜背負商戶的憤恨與罵名，他一直覺得他是在救災救民，難道是他錯了？

「人吃五穀雜糧，誰無妻兒老小？若一遇災荒，朝廷就剋扣俸祿、查抄官宅，長此以往，誰願為官？無人為官，何以治國？而官府肆意盤剝商戶，長此以往，誰敢行商？無人行商，又怎能不傷漕運賦稅？本宮不否認你們之中有憂國憂民的好官，可不知何為社稷，何為民心，縱然是鞠躬盡瘁，也不過是白操勞一場。」

群臣啞然，氣氛死寂。

半晌後，劉振道：「娘娘之言，振聾發聵，微臣受教！」

「啟奏皇后娘娘，逼商戶賣糧是微臣的主意，微臣願承擔罪責！」曲肅叩首道，聲音哽咽。

暮青問：「你身為淮州別駕，一州要臣，威逼商戶，這民怨已經算到官府頭上了，問你的罪容易，丟了民心又該如何收回？」

「微臣罪該萬死！」曲肅以頭撞地，悔痛難當。他因剛直敢言，不被上官所喜，所以當了十多年的知縣。聖上親政後欽點他為淮州別駕，他剛上任，淮州便發了水災，他本想將賑災的事辦好，以報知遇之恩，沒想到闖了大禍。

他不懼丟官去職，甚至早想過辭官以平民怨，可正如皇后所言，民怨已經算到了朝廷頭上，革職容易，想收回民心談何容易？除非無辜糧戶的損失能補還回去。

暮青道：「死有何用？你是聖上欽點的別駕，就這點兒出息？主意是你出的不假，可淮州上有刺史，下有僚屬，僅憑你出個主意就能成事？低價賣糧之令既是官令，責任就在官府。民心失了，朝廷認了，糧戶的損失由朝廷補還。」

什麼？

曲肅以為聽錯了。

皇后又道：「但主意既是你出的，本宮就命你負荊請罪，那些糧食怎麼從人家的糧倉裡運出來的，就怎麼給人還回去，可有異議？」

州臣們面面相覷，皆有嘆色。早就聽聞皇后剛正，沒想到訓起人來不留情面，赦起罪來竟也這麼義正辭嚴。曲肅之罪可大可小，甚至可功可過，皇后娘娘看重民心，以她之論，曲肅革職梟首都不為過，沒想到到頭來只是負荊請罪。

皇后是惜曲肅之才吧？她剛到淮陽城半日便將賑災的情形查實了，想來也知道曲老夫人教子極嚴，曲肅的俸祿多用來濟貧扶弱了，他到淮陽上任時，蓮池縣萬民送行，百姓莫不道他是好官。只是州政比縣政複雜得多，曲肅一上任就遇上大災，經驗不足，這才捅了婁子。他的脾性雖不討喜，但的確憂國憂民，為了賑災捐盡了錢糧，若叫他補償糧戶，他一家老小為奴為僕也還不起。皇后命曲肅負荊請罪，說是罰，實則與赦無異。

劉振大喜，見曲肅還愣著，忙拽了拽他。

曲肅叩拜道：「微臣謝皇后娘娘開恩！」

「平身吧，方才之言你們若能聽進去，這趟淮州之行本宮就不算白來。」暮青淡淡地道。

淮州文武謝恩起身，心中卻直犯嘀咕，何謂「這趟淮州之行」？鳳駕南巡，皇后本就該來淮州，難道她該在別處不成？

「就算本宮今日不在，淮州也遭不了大難。」暮青看向邱安，忽然問：「你說是吧？」

淮州文武一愣。

邱安笑道：「什麼事都瞞不了娘娘，不過，陛下可沒料到您會來。」

暮青道：「但他料到了淮州有人會反。自八月至今，淮南道常有餘孽作亂的奏報傳入朝中，你家主子能料不到有人會趁南巡之機挾持鳳駕以圖謀亂？你剛才既然說許仲堂不自量力，想來在兵符上做手腳正是你家主子之意。他既有此準備，你在事發後卻任由叛黨作亂州衙，聖意豈不是再明顯不過？他想要的是淮州叛黨的名單吧？」

群臣聞言大驚！

叛臣們臉色煞白，許仲堂閉了閉眼，他被兵符所傷時就有此猜測了。他們以為聖上讓替子南巡是為了遮掩皇后的行蹤，卻沒想到南巡是個陷阱，聖上的真正意圖是引出潛藏在淮州的叛黨，真是好深的謀算！

邱安道：「沒錯！林黨餘孽根植於淮州，屢次清剿皆難除盡，長此以往，為禍深遠，故而聖上才出此一計，藉鳳駕南巡之機將潛藏在淮州的亂黨一網打盡。」

說罷，邱安朝劉振抱了抱拳。「刺史大人，對不住，今日讓嫂夫人受驚了。」

此事雖是聖上之謀，但事先也難料到叛黨會以下三濫的手段來逼降州臣，我為查清叛臣名單一直有所隱忍，是我對不住嫂夫人，還望大人莫要怨怪聖上。」

劉振慌忙擺手，尚未說話，便聽暮青問：「本宮來時，見你似有動手之意，你袖下藏著何物？」

邱安怔了怔，把手一抬，他的袖甲已解，其中藏著三把飛刀，刀光青幽，一看便是淬過毒的。

邱安服了，嘆道：「方才若娘娘沒到，這會兒末將也應該拿下許仲堂了。不過，還是娘娘來了好，您來了，非但把賑災的事辦了，連勾結叛黨的商戶也一併拿下了，淮州往後應無難事了。」

「本宮來此本是為了平叛，既然和聖上想到一塊兒去了，那不妨藉此機會把朝中叛臣的名單也列上一列。」暮青說話間睨向何初心。

何初心聞言心膽俱顫，不知皇后意欲何為。

州臣也不明所以，聖上既然意在叛黨，自然不會讓真皇后南巡，那皇后應在宮中才是，為何會來到淮州？聽邱安之意，皇后此行，聖上似乎不知情，可皇后出宮，聖上怎會不知情？再者，替子為何要用何家女？難道聖上不怕何氏落入叛臣手中，叛黨挾何氏逼反何家？還有，皇后為何要將何氏押在叛黨之列，難道朝中也有叛臣？是何家？

凡此種種疑問，皇后皆未明示，只寒聲喝道：「淮州刺史劉振！」

劉振心神一凜，忙道：「微臣在！」

「今日之事祕而不宣，所有人不得出州衙半步，不得走漏半點風聲入朝。」

「什麼？」州臣大驚。

「淮南道總兵邱安！」

「末將在！」

「命你將今日之事和叛臣名單密奏入宮，即刻起，刺史府由你接管，不可使一人邁出州衙半步，不可使一封密信傳出，不可使城中亂黨察覺起事之情有變。」

「謹遵懿旨！」

「將叛臣嚴密關押，聽候本宮問訊。」

「是！」

暮青下一道懿旨，邱安就領一道，絲毫不見遲疑，半句質疑也無。

何初心聽得心驚肉跳，皇后是想讓朝中以為淮州已落入了叛黨手中？

州臣們倒抽一口涼氣，這不正是州衙落入叛黨之手時他們所憂心的事嗎？

那時他們擔心朝中得知淮州淪陷，會有人叛離而致帝位有危。皇后到了州衙後，本以為此危已解，沒想到她竟有意想讓朝中以為淮州淪陷！假如百官以為江山已危，又或何家起兵謀反，結果會如何？

好一個把朝中叛臣的名單也列上一列！

聖上以鳳駕南巡為餌，誘林黨餘孽傾巢而出一網剿滅；皇后以林黨餘孽作亂為餌，誘朝中不忠之臣現形，帝后之謀令人心顫！

難有切身體會。暮青將州臣的驚色看在眼裡，暗自舒了口氣。江山難守，不是身居后位，難有切身體會。天下人只道帝后尊貴，卻不知吏治也好，民生也罷，背後都是一場一場的君臣較量。這一回，幸賴於步惜歡早有準備，她也及時察覺，但下一回呢？難保次次沒有疏漏，每每趕得及時，所以既然今日得此良機，那就不妨給朝中文武、給地方官吏打一回烙印，日後再有危難時，有人想當牆頭草，也能想起今日，思量思量帝后有沒有能力守住江山，少一個見風搖擺的，江山就穩固一分。萬一哪日遭遇大險，群臣對帝后的忌憚定會為救急贏得寶貴的時間。

暮青並不盼著會有這麼一日，但必須未雨綢繆。

這一口氣舒了出來，暮青已有些倦了，正打算把該處置的處置了，忽聽曲肅道：「娘娘，若如此為之，待消息傳入朝中，豈不要些時日？臣等不露面，百姓豈不要慌？若叛黨扣住賑災糧作為起事之資，災民豈不是要餓死街頭？」

這時候還能想起災民的，也只有曲肅了。

暮青道：「你還記得本宮說過百姓之怒可平叛嗎？城中有三萬災民，這可不是小數目，扣發賑災糧必會激起民變，致使州城大亂。叛黨四處招降，聯絡盟友，準備興兵就夠忙了，他們會願意看到災民暴亂嗎？災民三萬，一旦暴亂，想要鎮壓必用重兵，這豈不耗費兵力？此事背後有嶺南王和北燕帝，他們皆非目光短淺的莽漢，豈會做此自毀之事？你就權當這幾日休沐，在州衙裡好好歇歇，把心放在肚子裡，叛黨不但會幫你繼續賑災，其他州務也會一併處理好的。」

曲肅：「……」

淮州文武的嘴角忍不住抽搐，心道這話要是叛黨聽見，只怕哭的心都有吧？

「娘娘英明，末將拜服。」邱安看著淮州文武的神色，心覺好笑，於是打破了沉寂。

「得了吧！」暮青見淮州文武又要跪頌，沒好氣地道：「近朱者赤，近墨者黑，本宮跟聖上在一起待久了罷了。」

淮州文武聞言，腿肚子一起打了個哆嗦，心道這話是誇陛下呢？還是罵陛下呢？

算了，權當是誇吧！

「邱安。」這時，皇后話音忽厲：「點你麾下之人混入災民中，將城中的情形隨時報來，若有叛黨察覺有變，祕密誅之！」

「是！」

「即日起，准你便宜行事，州衙內若有人膽敢私傳密信，形跡可疑，誅之！」

「是！」

「劉振，淮州文武今日起聚於一堂同寢同食，不得擅離，違令者以謀逆論處。」

「謹遵懿旨！」

「本宮就歇在刺史府的後宅了，何氏與本宮同住。」

「微臣此前已將東苑灑掃了出來，娘娘若是不嫌，就還住東苑吧。」

「嗯。」暮青瞥了眼公堂上烏泱泱的人，倦倦地擺了擺手。

邱安立刻命人將叛臣押下，御林衛押起何初心便走。

何初心回過神來，疾呼：「不！不可！」

不可瞞著朝中，兄長會反的，何家會萬劫不復的！

暮青將何初心的神色看在眼裡，漠然地看著她被拖了下去，說道：「今日起，本宮就在東苑聽奏州政軍情，除刺史劉振、別駕曲肅及淮南道總兵邱安外，無召不得擅離居所。若有急情，可稟刺史，聽候宣召。」

淮州文武忙齊聲應是。

暮青對邱安道：「本宮是劫了後門的守將進來的，人被封著穴道棄在門口。這人若一直不歸，恐惹叛黨起疑，你去處置一下。」

怎麼處置，暮青沒有多言，邱安出身江湖，手段定然多得是。

邱安道：「娘娘放心，末將自會辦妥。」

「待處置了急情後，你速至東苑，本宮有別的事要交代你辦。」說罷，暮青便起身邁過屍骨血泊，出了州衙公堂，往後宅去了。

第四章

聯手撒網

東苑。
一見暮青進屋，侍衛們便忙跪下見駕。
「毒后！妳好狠的心！」何初心忽然撲向暮青，神色癲狂。她披頭散髮，指如鬼爪，眼看著要撲到暮青面前，一道拂塵併著青光掃來，何初心登時十指劇痛，脈似走針，身子落葉般地砸在東牆上，口中噗地噴出口血來！
侍衛們拔刀逼住何初心，月殺收刀，目光冷若寒窟。
小安子道：「娘娘受驚了。」
「這點兒場面還驚不著本宮。」暮青往暖榻上一坐，瞥向何初心。「我毒？我狠？難道何家勾結嶺南圖謀不軌不算毒，不算狠？」
「此話何意？臣女聽不懂。」何初心隔著刀劍望向暮青，目光怨毒，卻藏不住驚意。
「看來，本宮還真沒冤枉何家。」暮青看著何初心的神色，已確信所料不假。「憑妳是猜不出本宮行蹤的，是何人告知妳的？妳祖父？妳兄長？」
暮青本以為是何善其祖孫與嶺南勾結，得知了她的行蹤，可一問之下不由愣了——看何初心的神色，竟不是這麼回事。
「不是妳祖父，也不是妳兄長？」暮青揚了揚眉。「換個問法，妳當替子之前，何家總得有人先與嶺南搭上線，此人是誰？妳祖父？妳兄長？總不會是妳吧？嗯？是妳？」

暮青訝然，隨即一連數問：「妳是如何與嶺南搭上線的？妳尋的他們？他們尋的妳？哦，他們尋的妳……他們是嶺南王的人？是南圖的人？是北燕的？都不是？還是妳不知道？妳不知道還敢當替子，不是心太大就是心太急，那些人也夠神祕的……」

等等！神祕？

暮青問：「那些人裡有個黑袍人？江南口音？」

問罷，她目光一沉，果然是此人！

此人是誰？

「依常理來說，嶺南要策反何家，理應遊說妳祖父或兄長，卻一反常理地找上了妳。而妳竟能被一個不知根柢的人說動，看來他們把妳的心思摸得很透。這世間能將女子的心思琢磨透徹的人多半是女子，這黑袍人是個女子？」暮青猜測著，問罷便陷入了沉思。

此事背後有元修的手筆，元修能料到她的行蹤不難，所以尚不能確定看透她的行蹤之人是元修、黑袍女子還是其他人。但那女子能成為南圖大皇子的幕僚，其智謀不可小覷。這世間男子為尊，有幾個女子能在謀士成群的大皇子府中立足的？

暖閣裡靜得落針可聞，小安子和彩娥互看一眼，甚是驚詫。何氏分明沒有作答，皇后娘娘是如何推敲出事情始末的？瞧何氏的震驚之色，似乎娘娘猜中了？

何初心本打算抵死不認，哪知暮青行事不按常理，自進屋起，一未大施鳳威，二未大動酷刑，只是問了幾句話，她未答隻言片語，她竟猜了個八九不離十！

何初心撫著心口，喘口氣都似鈍刀割心，不由嘲諷：「妳這麼急著給我定罪，不就是容不下我？畢竟他曾經想娶的人不是妳。他曾登何府之門，向祖父求娶我，而妳雖在后位，卻既無三媒六聘，也無大婚之禮，名不正言不順。妳見我當這替子，穿這鳳袍，心中有懼吧？」

暮青的思緒被打斷，於是問：「他本該娶的人是妳，而今卻娶了我，所以妳算計他？」

這話戳中何初心的痛處，激得她辯道：「我從沒想過算計他！」

「哦，那妳就是想算計我了。那我猜猜看好了，當我的替子對妳而言是此生大辱，若沒有令人心動的回報，妳是不會答應的，而能讓妳心動的想來便是后位了。可妳此行是充當替子的，如若乖乖出來乖乖回去，結果不過是記一大功，這與妳想要的差之甚遠。那麼，到底怎樣才能如妳的願呢？除非妳在南巡時暴露身分，讓鳳駕有假的事廣布於天下，這樣便會引起軒然大波，我的行蹤就藏不住了，消息傳到南圖，我必定有險。可妳身邊有侍衛、宮人，身分豈是妳想暴露就能暴露的？若強行暴露身分，阿歡定不饒妳，除非妳不是自願的，比如被擒。如此一來，不但妳的身分能大白於天下，還有功在身，阿歡沒有理由不救妳，而我卻可能會死在南圖，后位就非妳莫屬了，是嗎？此計以妳的城府而言是想不出來的，是那黑袍女子教妳的？」暮青雖然在問，卻無需何初心答，只瞧著她的神色陷入了沉思。

何初心對后位的執念，那黑袍女子瞭解得可夠透徹啊……

何初心像看怪胎一樣地看著暮青，她為何不惱？她說她無三媒六聘，無大婚之禮，這世間哪個女子受得了？為何她聽後能如清風過耳，一門心思只在問疑斷案？

也許，她是在裝腔作勢？

何初心一想到有此可能便笑出了幾分血氣。「欲加之罪何患無辭，妳貴為皇后，想處死一個眼中釘，還需費心羅列罪名？想殺我儘管殺好了，何需裝腔作勢？妳不就是——」

「閉上妳的嘴，空氣都濁了！」暮青聲似春雷，目光忽厲，斥道：「妳簡直蠢到無可救藥！」

何初心不想讓暮青痛快，可真把暮青惹惱了，一開口便將她罵得血氣直湧。

「妳以為妳算計的只是本宮，可本宮到南圖去所為何事？若身死事敗，嶺南王北有北燕扶持，南有南圖倚仗，我南興腹背受敵，不僅帝位有危，戰事一起更是生靈塗炭！妳不是在算計本宮，妳是在叛國！」

「妳不識國事，可那黑袍女子既然告訴妳本宮此行意在助瑾王奪位，妳就不會動動腦子？本宮死後，妳繼后位，這鳳袍妳能穿幾天？愚不可及！」

「皇后乃天子之妻、一國之后！妳既想稱后，那本宮問妳，何為天，何為國，何為妻，何為后？天者，理也！國者，民也！內助曰妻，國母曰后！妳幹著毀江山帝業之事，有什麼臉為天子之妻？妳想主中宮，卻勾結叛臣，伐我疆土，不惜興兵，不恤黎民，何德何能為一國之后？」

「就算妳不知那黑袍女子的身分，妳難道不知嶺南王有不臣之心？妳竟想被擒！妳以為被擒容易，被救也容易？何家手握重權，北燕之所以未能興兵南下，正是因為江上有二十萬水師之阻。妳怎麼就不想想，嶺南王擒住了妳，會蠢到讓妳被救回去？妳繼后位，豈不等於將水師之權拱手讓於阿歡？他不會殺妳，因為殺了妳，等於將何家推向阿歡，所以他會等，等妳被擒的消息傳入朝中，等朝廷興兵來救，等兩軍交戰刀槍無眼，設計讓妳死於朝廷之手。」

「何家本就與阿歡生了嫌隙，妳若死於朝廷之手，何家必反。到時，淮州叛亂，嶺南起兵，汴都兵變，南圖易主，燕軍壓境，戰事四起，就因為妳蠢！妳怪本宮狠毒？若本宮狠毒一回能救國救民，願手執屠刀，斬妳何氏滿門！」

暮青揮臂指向何初心，勢如出鞘之劍，指尖似凝三寸春冰！

何初心隔著刀劍望著暮青，眼前浮光掠影，掠過的是狂徒垂涎卻忍耐的神情……原來，許仲堂不辱她，並不是將她當作盟友，而是怕得罪何家。原來，那黑袍女子一開始就沒打算讓她活著回去。可她不知啊，她不知道事情會這樣……

暮青捏了捏眉心，露出幾分疲態。「本宮想歇會兒，把何氏禁於西廂，嚴加看管。」

御林衛一將失魂落魄的何初心拖出去，宮人就將地上灑掃了出來。

暮青道：「何氏有內傷，差人給她診治，讓侍衛防著些，莫要讓她自戕。」

月殺應了，暮青歇下前吩咐：「若邱安來了，即刻喚醒本宮。」

彩娥應是，偷偷給小安子使了個眼色，小安子便悄悄出了暖閣，往廚房去了。

按暮青所料，今日也應是嶺南對神甲軍動手的日子，軍報要過些日子才能到，她憂心軍情，加上淮陽城中亂著，這一覺睡得並不安穩。

一個時辰後，邱安來了。

暮青一起身，小安子便奉了驅寒湯來，她喝了口湯才問：「急情都處置妥了？」

邱安道：「啟奏娘娘，後門已經處置妥了，末將派人扮作守尉混入了叛軍中。眼下叛黨以為事成，正四處招降商戶，百姓閉戶不出，災民惶恐不安，所幸仍有衣食可領，目前形勢皆如您所料。末將以為，待治安稍定，叛黨的頭目們定會入府稟事，末將已在府中埋伏好弓手，只待叛黨入內，便可一舉拿下。」

暮青道：「哪能這麼順利？叛黨做的可是謀逆之事，他們會各司其職，久不見上官也不驚慌？越是混亂之時，他們越會迫切地想要見到上官，以確保刺史府在掌控之中，如此才能安心舉事。」

「那娘娘之意是？」

「最遲明早就會有人入府求見許仲堂，你需要找個人來假扮他，今日被斬殺的江湖匪賊也得命人扮好，到時少不得要委屈淮州文武被綁上一綁，刺史府裡要營造出已被叛黨占據之態，至少半個月，能辦到嗎？」

邱安詫異了。「您是為了讓消息傳入朝中，故意拖著時日？可叛黨比我們急，朝中大亂有利於起事，他們定會派人速將消息散播出去。不出五、六日，朝中必知，用不著半個月。城中不可被叛黨占據太久，久則易生變數。」

暮青道：「本宮另有安排，此事緊急，今夜就得安排好，可有為難之處？」

邱安一肚子的疑問，如實稟道：「末將與許仲堂共事多年，對他的事一清二楚，門中有的是喬裝的好手，假扮叛黨不難，難的是一夜之間查清叛黨頭目們的底細，除非審審許仲堂，撬開他的嘴。」

「本宮傳你來正是為了此事。」暮青放下湯碗，卻沒說即刻提審許仲堂，而是問：「奏報傳出去了嗎？」

邱安道：「回娘娘，還沒有。末將處置急情時，刺史和別駕已針對賑災新策和淮州叛亂諸事寫好了密奏，末將打算夜裡將城中的情形一併奏入宮中。」

「嗯，那有件事，你老實回本宮，聖上答應讓何氏為替子，除了誘反淮州的叛臣之外，是不是也有探察朝中忠奸之意？尤其是何家？」暮青太瞭解步惜歡了，他向來是走一步算十步。她不認為他會僅用何氏誘反淮州叛黨，以南巡替她的行蹤打掩護、以何氏誘反淮州叛黨、以淮州淪陷為餌探察文武忠奸，一舉平淮州之亂、清剿朝中奸黨，這才像是步惜歡的城府能做出來的事。

邱安笑道：「正是！其實就算替子不是何氏，聖上也會命末將散布消息，說您此行是為了查察兩倉虧空而來，淮州官員結黨營私已久，而您斷案如神，當年西北軍撫恤銀案水落石出後，地方上腥風血雨，淮州文武心有餘悸，叛臣驚慌之下十有八九會反。淮州一反，嶺南連動，朝臣心意自露，後來何氏自薦，聖上索性准了，若何家有反意，正好一解江南水師之患。下一步朝廷打算施行新政，聖上原本頭痛如何才能為朝中換入一批新血，這回正好清一清朝中，待改革時不僅能少些阻力，還能騰些職缺來。」

暮青無語，淮州叛臣、朝中奸黨、江南水師之患、取士改革之阻，政事上她還是差步惜歡一大截，這人竟然在定下南巡之策時就把連環套給設好了，還把新政的事都算計上了。

「末將也沒想到，娘娘和聖上想到一塊兒去了，所以您說要清查朝中奸黨時，末將才沒多嘴，反正您跟聖上誰下旨意都一樣。」邱安笑道。

暮青道：「怎麼能一樣？這事你爛在肚子裡，對外就說是本宮之意。陛下親政不久，正該是疑人不用、用人不疑之時，城府太深易惹猜忌之名，不利於招賢納士。況且，此番藉南巡清剿淮州叛黨已是棋高一著，陛下的心思不可顯露太多，否則豈不是給人知己知彼的機會？江山難守，寧可君心難測，不可顯盡靈臺。」

邱安本以為帝后心意相通，沒想到皇后竟是出於保護的心思才把旨意攬在了自己身上？他不由默然，心中肅然起敬。

暮青道：「你傳信時記得勸諫著些，就說他欲廣納賢士，不可留猜忌之名，而天下迂腐之士的口誅筆伐於本宮無礙，不過是牝雞司晨、專寵善妒之言罷了，不疼不癢。」

「您饒了末將吧，末將哪敢這麼勸？」邱安臉色發苦，他敢這麼說，聖上非扒他一層皮不可。

「……罷了。」暮青也沒強求，只把眼簾一垂，似有些說不清道不明的心事。「你到外頭候著吧，本宮片刻就來。」

邱安如蒙大赦，趕緊退了出去。

人一走，暮青便吩咐：「取筆墨來。」

月殺一愣，她該不會想要親自勸諫吧？離宮月餘，她還沒傳過家書，聖上見信不知該如何歡喜，若信上盡是勸諫之言，豈不空歡喜一場？

正想著，彩娥已將筆墨紙硯擺到几上，研起了墨。

暮青提筆蘸墨，卻望著紙發起了呆。其實不勸也無妨，反正她已先下了懿旨，步惜歡是不會拆她的臺的，她想傳封書信只是因為……想他了。

可提筆情怯，她竟不知該寫什麼好，只在從軍時傳過書信給他，因每回寫的都是「我很好，勿念」而被他記了許久，沒少翻舊帳。

那這回，換一句？

暮青思索著落筆，小安子和彩娥的眼神飄到紙上，見字風骨奇秀，轉眼間便成一封家書：「我很好，盼君安。」

小安子嘴角抽了抽，心道這就成了？

月殺卻鬆了口氣，不是勸諫之言就好，有句盼安已屬不易了。

彩娥倒覺得這家書不錯，想當年皇后娘娘出走前曾留書一封，直書聖上名諱，今兒這信至少有個君字。

三人各懷心思，暮青瞅著信，也在琢磨。

這樣可行？步惜歡讀了前半句會不會想起從前之事來？他可是最會翻舊帳的。

這麼一想，暮青覺得不妥，將信揉成一團，隨手棄了。

三個看客的心隨信揪起墜下，比大敵當前都緊張。

暮青拽過張紙來，遙想相識之初。那時，她在西北，他在汴都，後來即便同在盛京，她也多數在軍中，與他相知相戀，卻難長相廝守，直到南下時才得以日夜相守。

只是才半年光景，他們又因國事而再次分離。離宮前他曾問她何時才能長相廝守，她說國泰民安之時，可何時才能國泰民安？

暮青心頭愁苦，不知不覺便下了筆。「纖雲弄巧，飛星傳恨，銀漢迢迢暗度。金風玉露一相逢，便勝卻人間無數。柔情似水，佳期如夢，忍顧鵲橋歸路。兩情若是久長時，又豈在朝朝暮暮。」

看客們怔住，暮青的眉頭卻皺了起來。步惜歡不知何為鵲橋，到時問起來，該嫌牛郎織女的故事悽楚，不吉利了。這人一貫挑剔，不行！

暮青把信一揉，又扔了，繼續拽張新紙，搜腸刮肚，好半天才落了筆。「我住長江頭，君住長江尾。日日思君不見君，共飲長江水……」

好酸！

還沒寫完，暮青就揮手一擲，彷彿要擲掉一身雞皮疙瘩。

如此這般，她寫一張扔一張，沒多久，暖閣裡就跟下了一地雪團子似的。

宮人們的目光來來回回地睃著，想不通皇后睿智無雙，怎麼被一封家書難住了？

這時，想起還有正事要辦，暮青繳械投降，大筆一揮。「想你！」

倆字成一書，氣勢之威凜，大有「本宮就是想你，餘下之言，陛下意會」之意。

小安子憋著笑，心道還不如頭一封呢！

寫罷，暮青又在字後畫了個心，要來朱砂，將畫塗滿候乾，折了起來，而後起身，長舒一口氣的神情頗似辦成了一件大案。

暮青出了屋，將書信遞給邱安。

「家書，夜裡一併飛傳宮中。」

邱安忙接了，小心地收入了懷中。

暖閣裡，小安子伸著脖子望出窗外，見暮青出了東苑，忙對彩娥道：「彩娥姊姊，快留住邱總兵！」

彩娥一頭霧水，見小安子神情急切，於是快步而去。「總兵大人請留步！」

邱安回頭，彩娥看向屋內，小安子正指使宮人們拾紙團子。「快點兒，都拾起來攤平了，哎唷！小心著點兒，弄破了仔細你們的皮。」

宮人們把紙團子交給小安子，小安子依序排好，眉開眼笑地出了暖閣。「總兵大人，這些也是皇后娘娘給聖上的家書，萬分緊要，還望加急傳報。」

「這……」邱安看著一遝皺巴巴的信，鬧不清這是演的哪一齣。

「您只管傳，聖上包準誇您差事辦得好。」

「是安公公會辦差吧？行了，我傳就是了。」

「謝總兵大人！」

「都是替聖上辦差，公公無需客氣，若無其他事，我陪娘娘問訊叛黨去了。」

「您請。」

邱安走後，彩娥福身笑道：「公公機靈，奴婢佩服。」

小安子揣著手，眉開眼笑。「娘娘對聖上的心思可都在那些棄了的書信裡，扔了多可惜。」

刺史府西庫房下有間密牢，降臣被關押在西庫房中，叛臣則被綁在密牢中看管了起來。

邱安和月殺隨暮青進了密牢，暮青開門見山：「聽著，本宮沒空耗著，不要頑抗，不要說謊。坦白從寬，抗拒從嚴。」

許仲堂哼了聲，謀逆是誅九族的死罪，何談從寬？

暮青道：「不要誤會，你們罪無可赦，但死罪有凌遲、車裂、腰斬、梟首、絞刑之分，想不想死得痛快些，留個全屍，就看你們肯不肯配合了。」

許仲堂險些沒背過氣去，所謂的從寬竟是這樣，但這樣反倒可信。

邱安笑道：「娘娘，末將聽說許都督之母年事已高，而朝廷有恤老之律，年逾八十不斬，末將府中正好缺個粗使婆子，不知可否賜入末將府中為奴？」

「邱安！」許仲堂大怒，毒發攻心，一口血悶在喉口，如遭刀劍穿喉。

「我說過今日之逼邱某記下了，若能安然度過，必將如數奉還，到時禍及滿門，還望諸位莫要悔不當初。」邱安隔著牢門望向吳長史。「聽說吳夫人賢慧，雖然人老珠黃，久不受寵，卻是個好女子，倒配得上軍妓的身分。」

「你！」吳長史直欲暈厥。

「今日爾等招供，還可死個痛快，如若頑抗，我定將公堂之逼如數奉還，叫爾等高堂為奴，妻女為娼，求生不得，求死不能！皇后娘娘日理萬機，沒空耗著，招是不招，機會只此一次，可要想清楚了再回話。」邱安說罷，朝暮青打了一躬。

「賜筆墨，本宮問，你們寫。」暮青沒給叛黨考慮的時間，命人將筆墨送入牢中後，便開始了訊問：「本宮需要知道城中叛黨的名單，身分、住址、親眷、嗜好，事無巨細，知道多少寫多少。」

其實，審訊從她一進牢房時就開始了。

許仲堂等人深知罪無可赦，故而極有可能拒不招供。這時候，承諾留個全屍比承諾死罪可免更能取信於人。一旦叛臣們試圖相信她，心防便會動搖，而邱安的施壓正切中眾人的軟肋。

此刻是人犯心理防線最脆弱之時，也是審問的最佳時機，所謂打鐵要趁熱，此時不可給人犯考慮的時間，一旦人犯有時間權衡利弊就會重新設防，再攻破就難了，所以她直接將筆墨擺在了叛臣們面前，這形同繼續施壓，一旦有人提筆招供，心理防線就會全面崩潰，再審其他事就不會再有阻礙。

暮青道：「知道什麼就寫什麼，只要是與叛逆之事有關的，不知情的可以寫不知情，不想招的可以交白卷。」

交白卷即是頑抗，不僅自己死時受罪，還會連累家眷。

「不要以為不想招就可以寫不知情，想想本宮辦過多少案子，自以為能瞞住本宮的可以以身試法。」暮青喋喋不休，幾乎到了聒噪的地步。

而此話卻成為了壓垮叛臣心理防線的最後一根稻草。

有人哆哆嗦嗦地提起筆來，一人、兩人、三人……見越來越多的人提筆，許仲堂和吳長史如同被人架在火上烤。

邱安冷笑道：「看來本帥的府裡的確該添個老奴了，那軍妓營裡該多添幾人好呢？」

吳長史哆嗦了下，慌忙提筆。

許仲堂閉了閉眼。「末將無力提筆，如何招供？」

暮青道：「待其餘人招供罷了，你口述，邱總兵代筆。」

有關叛逆之事，許仲堂知曉最多，他最後招供，其餘人定會擔憂招少了有頑抗之嫌，於是便會搜腸刮肚，盡可能地多招，如此一來，興許會有意外收穫。

果然，叛臣們伏地書寫，絞盡腦汁，戰戰兢兢。隆冬時節，地牢幽冷，眾人額上竟見了汗。

暮青命人點了香，一炷香後，見所有人都久未動筆了，她才命人將供狀收了上來。
隨即，許仲堂口述，邱安代筆，叛黨名單列了出來，加上先前的十幾份供狀，資料之詳盡令邱安鬆了口氣。
如此一來，便可按名單找人，嚴密盯梢即可。
暮青審閱過後，對許仲堂道：「本宮還需要你的一份口述。」
「罪臣所知之事，已和盤托出了。」
「不見得吧？你和嶺南之間的聯絡人呢？」
「……是廖山先生，嶺南王的幕僚。」
「哦？」看來不是那黑袍女子。「你口述一封書信給嶺南王，就說今日事成，問他接下來該如何行事。」
「什麼？」許仲堂大驚，似垂死之人迴光返照，眼底湧起驚濤。
暮青道：「讓你口述，你便口述，莫耍花樣。」
邱安不解鳳意，卻不敢遷延，當即代書。
少頃，書信呈到暮青手中，她過目後問：「這信如何傳出？」
許仲堂道：「秋月樓，秋姑娘。」
「你親自去送？」
「不，是罪臣的長隨去送，密信一貫夾在名帖之中。」

「除了秋月樓，可還有其他通道？」

「沒了。」許仲堂把眼一垂。

「真沒了？」暮青冷聲問。

許仲堂怔了怔。「罪臣也不知那條通道還能不能用，因為曹敬義被捕之後就沒再用過了。」

暮青問：「與曹敬義何干？」

「劉振任淮州刺史後，查察追繳倉糧，曹敬義逃入了嶺南，正是嶺南王唆使他夥同林黨謀劫賑災糧的，也是曹敬義為罪臣等人和嶺南之間牽的線，後來曹敬義被俘，嶺南王怕他供出通道來，便將其廢用了。」

「那條通道的聯絡地點在何處？」

「西市吳家巷尾的民宅。」

「最後一個問題。」暮青將信提起，隔門懸於許仲堂面前，問：「信中可有暗語？」

「……娘娘是擔心罪臣用暗語通知嶺南事敗？」許仲堂望著牢門外那一雙清冷的眸子，忽然想放聲大笑，笑自己太蠢，若能早早見過皇后，他一定不會想要謀逆。

「閒話少問，有還是沒有？」

「沒有。」

「字裡行間可有任何與你平時和嶺南來往的書信不同之處？」

「沒有。」

「在這封信中，你可有通過任何方式向嶺南傳遞事敗的消息？」

「沒有。」

「很好！」暮青把信拍給邱安，轉身就走。

出了西庫房，已是傍晚時分，暮青望著似火霞雲，說道：「派人盯緊名單上的人，如有異動，殺而代之。」

「是！」

「找個人模仿許仲堂的筆跡把書信送到秋月樓，小心跟蹤，摸清淮州至嶺南的密信傳遞點，使人沿路埋伏，凡有非我方之手傳出的密信，截下來！」

「是！」

「挑幾個謹慎的人，盯著西市吳家巷尾的那間民宅，如有密信傳出，同樣行事。」

「是！您不信這條通道廢用了？」

「本宮從軍過，知道一條通道的建立有多不易，你久在軍中，也應該清楚，一條可靠的消息傳遞通道何其寶貴？這其中不知耗費了多少心血，廢用豈不可惜？當然，曹敬義被捕，嶺南的確可能捨棄此道，但與人博弈，貴在謹慎，輕敵者敗。」

「娘娘說得是。」邱安瞄了眼暮青，直到此時，他才隱約猜出她心裡的那盤棋。「娘娘，您命許仲堂假傳消息給嶺南，莫非是要……」

「眼下你該做的是處置好淮陽城中的事，城中定有嶺南的探子，嶺南王信不信叛黨事成，關鍵在於你能不能將戲唱好，否則本宮圖謀再多也是枉然。」

「是！」

「半個月內，本宮要城中看起來在叛黨的控制之下，明白嗎？」

「微臣明白，娘娘放心。」

「去吧，天明之前，你要忙的事還多著。」暮青說罷便回了東苑。

這天，鐵蹄靴兵之聲為冬夜添了幾分肅殺，一封名帖趁亂遞進了秋月樓，下半夜，一匹快馬出了城，八百里加急馳往嶺南。

同一時辰，幾具新抬入義莊的屍體動了動，草席下的人面黃肌瘦儼然災民，目光卻鷹隼般銳。幾人掠出後窗，掀開西牆角生著綠苔的一口廢棺，在棺壁上輕叩三聲，棺底應聲而開。幾人進了密道，半個時辰後出現在城外村中，憑著樹林的掩護，急行百里，進入了蓮池縣，隨後快馬馳往汴都城。

這時，淮陽城中，叛黨頭目們齊聚於刺史府外求見許仲堂。

許仲堂坐在公堂上，面前擺著刺史大印和淮州兵符。淮州文武被綁作一團，由曹敬義及幫眾看押在西廳。

一人笑道：「許都督，皇后既能得專寵，想必姿色傾國。咱們是否該盡一盡禮數，前去拜見一下鳳駕？」

許仲堂笑罵：「就你葛老三的鬼主意多！要是皇后能動，還用等你來？實不相瞞，本都督已將消息傳往嶺南了。諸位皆知，皇后曾救過燕帝陛下的命，我勸諸位有些念頭還是打消為妙。大業得成之後，我等皆是開國之臣，榮華富貴享用不盡，什麼姿色的女子納不進府裡？若是惹怒燕帝陛下，日後非但不能加官進爵，反倒搭上一條性命，那可就不值了。」

這話如一盆冷水，澆得眾人霎時清醒了過來。

葛老三拱了拱手。「還是都督考慮得周到，招降的事都督放心，待兄弟們把刺史府裡的情形散播出去，諒那些商戶也不敢不降。」

「有勞諸位了，眼下容不得半點差錯，還望諸位約束手下人，莫要激惹民變，一切以大業為重。這幾日為防有刺客混入，刺史府仍會戒嚴，諸位如有要事相商，差守尉傳報即可。」

「都督放心，事關大業，兄弟們拎得清，你就等著好消息吧！告辭！」

……

叛黨頭目們一離開刺史府，便將州衙裡的情形散播了出去。

災民聽說皇后和刺史、總兵被俘，不由惶惶不安。

當天，城中有鉅賈設宴款待叛黨，與一干頭目稱兄道弟，僅僅五日之後，城中的富商大賈就降了半數。

東苑中，奏報如雪片般堆在暖閣的案頭，月殺將一封軍報呈給暮青，信筒四周封著火漆，蓋著「神甲」二字。

五天前，神甲軍在淮州大莽山中遇水蠱襲擊，大軍早有防備，將一萬敵軍精銳斬殺於大莽山中，並俘虜了淮州叛將兩人、嶺南將領一人、幕僚一人和一個擅使水蠱的圖鄂人，名叫端木虺。

臨行前，暮青曾囑咐巫瑾寧可在淮州與嶺南的交界地帶駐紮等她返回，也莫要輕入嶺南。以密奏發出的時日來算，大軍應該已經安營紮寨了。

現在，只等嶺南王的回信了。

這一等，又等了三天。

三天內，叛黨四處招降，威逼利誘，無所不用其極，一些鄉紳富戶迫於淫威，不得不和顏悅色，供奉錢糧，以保家眷。

曲肅見勢坐不住了，拽著劉振到了東苑，一見駕便直言：「娘娘打算讓叛黨橫行到幾時？再這麼下去，該滿城皆降了！到時又怎能分辨何人與叛黨狼狽為奸，何人是被逼降的？」

暮青看著奏報，眼也沒抬。「邱安在災民中安插了探子，城中富賈的一言一行皆在本宮面前擺著，你看看就知道了。」

小安子笑咪咪地將奏報呈給曲肅，曲肅如獲至寶，看罷之後滿面紅光，拜道：「娘娘，微臣這幾日天天被綁著扮俘虜，對外頭的事知之不詳，得罪之處，您見諒。」

劉振大為訝異，曲肅一貫直來直去，沒想到能聽見這廝說軟話，不是日頭打西邊出來了，就是皇后娘娘真讓他服了。

曲肅又道：「啟奏娘娘，微臣剛剛算了算，與叛黨狼狽為奸的皆是鉅賈大賈，查抄之後，銀子足夠重建村鎮了。可重建村鎮需要時日，災民不可一日無食，賑災糧眼看著只夠用三個月了，災民日後歸家事農，收成需待時日，義倉少不得要繼續放糧，而賑貸新政即便實施，也需個三、五年才能見效，所以淮州的倉糧還是吃緊啊！」

「那你有何良策？」

「微臣慚愧！您看……朝廷能不能再撥些賑災糧給淮州？」

「多少？」

「二十萬石。」曲肅伸出兩根手指，從指縫兒裡瞄著暮青。

暮青抬起眼來，暖閣裡登時添了幾分肅殺之氣。「好大的胃口！我看你剛剛算了一算，算的不是查抄之數，是本宮吧？」

曲肅笑了笑，算是厚著臉皮默認了。

劉振見他還敢笑，忙恭聲道：「臣等不敢！」

「眼下城中亂著，叛黨隨時可能入府稟事，你們兩人莫要在此待得太久，速回前廳吧。」暮青對撥糧之事不置可否。

兩人卻退而出，一出東苑，劉振便斥道：「敬言，你好不知分寸！皇后娘娘已將重建村鎮的難處替咱們解決了，你又伸手要糧，豈不是得寸進尺？」

曲肅長嘆一聲：「下官怎能不知伸手要糧有失分寸？可淮州至少要難上三、五年，都說休養生息，可若從鄰州借糧，有借有還，要何時才能休養得回來？大人能保證三、五年內，淮州風調雨順再無災事？咱們不得不屯些糧，這州衙上下總得有個不要臉的。正因為見識過娘娘之能，我才想試一試，萬一這二十萬石糧能有著落呢？倘若沒有，大不了借糧，倘若能有，下官這張臉就是不要了又有何妨？」

劉振嘆道：「我身為刺史，倒不如你放得開，實在有愧。罷了，明日再來奏事，你莫要開口，我來求吧。」

「大人寬厚，還是讓下官來吧。」

「不能總讓你做惡人，正如你所言，如能求來倉糧，這張臉不要了又有何妨？」

兩人正爭論著，迎頭便撞上一人，幸虧那人敏捷，輕身一縱便入了東苑。

劉振和曲肅大驚，剛要喊刺客，定睛一瞧，竟是邱安！

劉振道：「總兵大人，何事如此慌張？」

邱安道：「嶺南的回信到了！」

劉振和曲肅忙折返了回去。

屋裡，暮青看罷書信，示意小安子呈給三人傳看。

「嶺南王命許仲堂率軍押解何氏去嶺南。」邱安並不意外，嶺南王打算挾何氏以令何家，既然淮州事成，自然要按原計行事，他只想知道皇后娘娘意欲何為。

劉振驚道：「將何氏押往嶺南，豈不等於羊入虎口？娘娘無需理會此信，過陣子，嶺南王自會得知事敗。」

「本宮命人苦心維持著淮州被叛黨把持的假象，等的就是這封信，豈能不理會？」

「什麼？」

劉振和曲肅俱驚，到如今兩人還以為暮青容忍叛黨作亂是為了引出朝中奸黨和城中奸商，沒想到她真正謀的是嶺南。

「傳令下去，明日啟程前往嶺南！南巡之行何氏給本宮當了回替子，嶺南之行本宮就給她當一回替子。」暮青一笑，目光落於曲肅身上，說道：「本宮去會一會嶺南王，順道替你謀一謀那二十萬石糧。」

皇后竟要假扮何氏前往嶺南，邱安此前早有所料，但親耳聽見，仍不免震動。

劉振和曲肅更是許久沒緩過神來，半晌後，兩人雙雙跪了下來。

劉振道：「萬萬不可，此行太險！」

曲肅道：「二十萬石倉糧，微臣不要了！只求您切莫冒此大險！」

邱安道：「娘娘，您為淮州做得夠多了，何必要冒此險？陛下如若知曉，怎會放心？」

「他放不放心，本宮都要去。嶺南乃前往南圖的必經之路，不入嶺南，如何能到南圖？錯過此次良機，下回要動嶺南就要重新謀算，誰知到時又有什麼變數？不拔掉這根釘子，叫本宮怎麼放心去南圖？怎麼放心陛下在宮中獨面內憂外困？既然陛下或本宮總要有一個擔驚受怕的，那就讓陛下擔著吧！本宮受不得驚，只愛讓別人受驚。」暮青淡淡地一笑，轉頭南望，殺意一縱即逝。

「陛下與本宮受得起百官朝拜、萬民景仰，就禁得起萬險千難。你們指望著追隨明君建功立業，百姓指望著太平盛世，越是危難之時，陛下和本宮越不能畏縮，與權力地位對等的是責任，擔得起這責任，才對得起忠臣良將的追隨和百姓的期許。」暮青並不喜歡袒露心意，但她知道邱安、劉振和曲肅皆是忠君之臣，唯有拿君王和百姓來堵他們的嘴，他們才不會反對她去嶺南。

果然，邱安沒再吭聲，只是看著暮青，以一種近乎仰望的目光。

劉振和曲肅卻再度陷入了震驚之中。

暮青知道兩人因何震驚，說道：「念你們忠心耿耿，此事知道也就知道了，但此乃軍機，關乎興亡，你們知道該怎麼做。」

劉振和曲肅自知不能聲張，只是此前想破了腦袋都想不到，皇后此行竟然要去南圖，那她理應在神甲軍中才是，這得有多大的膽量才敢在行軍途中拋開大軍，僅率數衛折道淮州平叛？

想想皇后僅率千餘侍衛前往屬國之險，再想想她在淮州的行事之風，劉振和曲肅忽然便覺得她要假扮何氏前往嶺南的決定，不值得大驚小怪了，若她沒有這等奇智大勇，那絕非英睿皇后。

看來，此去嶺南是勢在必行了。

劉振和曲肅沒有再勸，邱安也一改勸諫之意，說道：「娘娘需要末將做什麼？但有差使，萬死不辭！」

暮青道：「本宮只需要你做好現在做的事，在本宮到達嶺南前，不可使叛黨察覺事情有變，若遇危情，以殺止損，務必拖延到本宮到達嶺南之日。」

「是！」

「嶺南王前些日子對神甲軍用兵，敗於大莽山，他一定不會容忍再出任何差池，所以他等不到何氏被押送到王府，一定會在州界南霞縣等著。你傳令駐守州界的將領，命其嚴陣以待，聽號令行事。」

「末將領旨。」

「去準備吧，明日一早動身。」

第五章

平定嶺南

嶺南王府。

嶺南王閱罷軍奏，冷笑道：「算算時日，淮州應當收到傳信了。神甲軍擒了端木神使和本王的一員猛將，卻不來使交涉，只紮營山中不出，事出反常必有妖，看來是時候逼他們出來了。把許仲堂將率兵押送何氏前來的消息放出去，命斥候盯緊神甲軍的動向。」

于先生掂著山羊鬍道：「王爺是想用假皇后誘神甲軍出山，擒住真皇后？」

「正如先生之見。」嶺南王客氣地道。

黑袍女子道：「王爺此計雖妙，可大莽山一役，我們謀劃周全，最後卻敗了，可見英睿皇后察事如神，只怕她一得知何氏將被押來嶺南，就能察覺您的用意了。她絕非坐以待斃之輩，恐有出人意料之舉，不得不防。」

「皇后知道何氏被擒有何後果，即便她察覺出此乃誘捕之計，也不得不前來營救。到時，前有淮州叛軍，後有嶺南之師，她再有奇策也插翅難飛。」嶺南王撫鬚而笑。

黑袍女子聞言，心頭猛地一跳——是啊！皇后不可能不知何氏被擒有何後果，大莽山一役謀劃周詳，仍全都被她洞悉，那她有沒有可能察覺出淮州會反？

「王爺，恕小女子直言，淮州的軍報是否可信？」

「沈先生此言何意？」

「大莽山一役，小女子思來想去，覺得皇后只可能是從使臣口中問出蠱計的。木家知道于先生帶著兩位神使前來嶺南並不稀奇，以英睿皇后之能，只要知道兩位神使擅使水蠱，自不難推斷出我們之計。那麼，她若得知何氏替她南巡，會不會察覺淮州會反？恕小女子斗膽，許仲堂有幾分可靠？淮州的軍報有幾分可信？」

嶺南王聞言不禁斂眉收神，半晌後才道：「本王在淮陽城中安插了不少探子，起事至今，多路探子皆道淮州事成，想來不會有假。」

黑袍女子默然以對，她也希望這只是她一朝被蛇咬十年怕井繩。

于先生道：「事關重大，在下以為謹慎為上，王爺的妙計不可廢，淮州也不可不查。」

嶺南王點了點頭。「先生之言有理，那就再查一查淮州。」

嶺南王嘴上說查，卻不見動作，于先生知道其中有不便他們知曉的軍機密要，於是識趣地起身告辭。

人走後，嶺南王喚來廖先生，吩咐：「命死士探一探淮州刺史府，速辦！」

廖先生道：「可算算時日，許仲堂該啟程了，此時才派死士去探，怕是來不及了。」

嶺南王道：「許仲堂帶著何氏行軍，路上走不快，命人啟用淮陽西市的通道，加急傳信，不出七、八日，密報必到。」

廖先生一驚。「那通道不是廢了嗎？」

嶺南王笑了笑。「廢了就不能再用？曹敬義被捕時，本王為防他招供才棄了西市的通道。若他沒招供，這條通道無人知曉，為何不能用？若他招供了，又有誰會想到一條已經暴露的通道，本王還敢再用？」

廖先生愣了愣，隨即一拜。「王爺高明，學生告退。」

嘉康初年十二月十一，許仲堂率精騎三萬押送皇后出城，天不亮，鳳車從刺史府裡駛出，摘了金鈴玉掛，免了儀仗宮隨。城中宵禁，三萬精騎拱衛著鳳車出了城門向南而去，滾滾黃塵被夜色吞沒，延綿不絕的火光彷彿一柄巨大的蛇矛，開啟了殺戮的序曲。

十二月十四日，夤夜。

月大如盤，淮陽城西市吳家巷尾的民宅裡，數道黑影在屋中對談。半個時辰後，一人自後窗躍了出去。

黎明時分，圓月西落，刺史府後巷換防，一個兵叫喚道：「哎唷！」

「怎麼了？」都尉問。

「我這肚子……也不知是不是那碗隔夜茶鬧的。」

「怎麼這麼不當心？快去快回！」

「是！」這兵抱著肚子便竄進了刺史府後院，進了茅房後過了一會兒，人出來時面容未改，穿著的卻是小廝的衣衫。

東苑外的御林衛早已換上了州兵的甲冑，這人不敢靠近，躲在涼亭的鎮石後探望，心中生疑。

皇后都被押走了，東苑怎還守衛森嚴？

天快亮了，他是藉口解手進來的，知道不宜久留，於是便決定先回去將疑情上報，不料剛退半步，忽覺肩頭森涼！

有人冷笑道：「費盡心思混進來，這麼快就要走？本大帥想留閣下在府上作客，不知閣下意下如何？」

死士聞言一驚，運力往鎮石上一拍，一人高的鎮石攔腰崩斷，他借勢栽下，讓開刀鋒，縱身便逃！

「好小子！」邱安提刀便追，大喝一聲：「弓手！」

死士一驚，四下一睃，腳步慢了些許，刀風逼至後心，電光石火間，他將手一抬！

火哨！

邱安瞳眸一縮，刀已擲出，他手中無物，抬手便打出一只暗鏢，刀被打得一偏，在半空中對著死士的胳膊就斬了下去！

邱安天生神力，擲刀時灌了十成真力，一刀斬下，血灑如雨，筋斷骨折。

死士如斷線風箏般墜下，火哨滑出，機關扣嵌在哨口，尚未拉出。

邱安勾腳一踢，人被踢翻過來，兩眼無神，唇角淌血，竟已服了毒。

「大帥！」一個小將率人奔來，是方才准探子進來解手的都尉，他一見人死了便罵：「他娘的！還想著抓起來審審呢！」

「審什麼？顯然是嶺南王起疑了。」邱安道。

「那派人去吳家巷把那些人抓起來祕審，查清嶺南王的用意？」

「來不及了，抓人審問，一旦對方熬刑，嶺南王到了日子收不到信，就會知道淮州出事了。」

「那咋辦？」

邱安當機立斷。「殺！立刻去吳家巷，天亮前把人清理乾淨，派幾個好手在宅子裡守著，來一個，殺一個！」

「是！」小將領命而去。

邱安又喚來一人，吩咐：「傳信給皇后娘娘，告知她嶺南王已起疑，請娘娘臨機決斷。」

「得令！」

人都去了，邱安看了眼地上的屍體，這口氣卻不敢鬆。

幸虧皇后娘娘謹慎，問出了西市那條通道，並命人暗中提防，昨夜他們才能探知探子的行動，從而有所防備。不然的話，可就險了。

三天了，不知大軍行至何處了……

大軍行至淮中，兩日後收到軍情時，嶺南已然在望。

傍晚，大軍正紮營，暮青喚來假扮許仲堂的將領，吩咐了一番。

這天，大軍只歇了半夜，後半夜突然拔營急行軍。

次日晌午，嶺南王剛進南霞縣衙就接到了軍報。「什麼？許仲堂就快到了？」

廖山道：「許仲堂說斥候發現了神甲軍的探子，他怕神甲軍劫人，故命大軍急行，明日傍晚就能到南霞縣。事關重大，出了差池他擔待不起，命大軍急行也在常理之中。」

「可他打亂了本王的計畫！」嶺南王沉聲問：「淮陽城中可有消息？」

「回王爺，還沒有，這才不到六日。」

「看來等不了了，許仲堂明日抵達，神甲軍定會擇機出山。一旦何氏出了差池，非但許仲堂擔待不了，本王也擔待不了。」嶺南王起身就往外走。「即刻去軍營！」

南霞縣地多峽谷湖泊，奇峰險峻，易守難攻。

十二月十七日夜，南霞縣北的軍營中，嶺南將領齊聚在中軍大帳內，廖山指著地圖上的一座山峰道：「神甲軍藏身於玉闕山中，此山離仙人峽頗近，許仲堂明日午時會率大軍途經此地。仙人峽峰奇險峻，不乏飛瀑急灘，吊橋暗路，許仲堂率三萬精騎而來，定會走官道。而神甲軍既要救何氏，又要防備王爺，定會走便於掩藏行蹤的小路。仙人峽中有一處飛龍灘，水勢洶湧，聲聞數里，正可掩其行軍之聲。學生以為，神甲軍必經飛龍灘，走墮馬道，伏擊淮州軍於仙人峽隘口。」

嶺南王問：「先生有何良策？」

廖山道：「神甲軍事先定會派斥候探路，故而我軍不可在仙人峽隘口埋伏，以免驚敵。王爺可命大軍在城門口嚴陣以待，假作迎接許仲堂之態，而後點一支精軍棄馬輕裝而行，也進玉闕山，走飛龍灘、墮馬道，如此一來，可與淮州軍形成合圍之勢，截斷神甲軍的後路。」

「棄馬輕裝？」

「王爺無需擔憂，學生會命精騎軍午時到仙人峽接應王爺，可保萬無一失。此計也可防皇后或巫瑾不親自率軍前去救人，仍藏身於山中。如若這般，他們身邊所留之人一定不多，我軍進山後可搜尋一番，倘若撞見，就地拿下！巫瑾擅蠱毒，可交由端木神使對付。」

廖山看向端木蛟，此番來南霞縣，他們特意向于先生借來了端木蛟，為的便是防備巫瑾。

「好！那就依先生之計。」嶺南王撫掌而起。「點兵！成敗在此一舉！」

三十里外，玉闕山中，神甲軍半夜棄營棄馬，往飛龍灘而去。

斥候將軍情報入軍帳時已天色將明，一萬精銳整裝待發，嶺南王率大軍輕裝進山，也往飛龍灘去了。

廖山奉命留在城中調兵策應，嶺南王一走，他便回到了南霞縣衙。

一個小吏迎頭奔來，稟道：「廖先生，知縣大人在後堂等您多時了。」

「哦？」廖山一愣，隨即往後堂走去。

金烏初升，鵲鳴枝頭，廖山不由一笑，吉星在南，鵲鳴碧樹，真乃吉兆。

後堂的門推開時，廖山的臉上還掛著笑，卻聽嗖的一聲！

心頭奇痛，廖山含笑倒下時，眼中只留下了一道殘影——南霞知縣正襟危坐在堂屋上首，兩眼無神，已露死氣。

是誰？

誰殺了南霞知縣，又是誰……殺了他？

飛龍灘江流湍急，有飛瀑九道，陰天雨霧空濛，晴時飛虹萬丈，若飛龍乘虹入雲，故名飛龍灘。大軍行走其上，只見江中巨石林立，礁浪相搏，漩渦暗生，飛瀑轟鳴，人在灘石上行走，一不小心便會滑入江中，流屍而去。最險的一段路在九道彎後，掩於飛瀑後，青苔密布，溼滑無比，只容一人側身而行，如若牽馬，必墮入狂馳怒號的江中，故名墮馬道。

嶺南一萬精兵皆是擅長輕襲的好手，饒是如此，大軍過墮馬道也耗了半上午。待過了飛龍灘，望見仙人峽，嶺南王命全軍休整待命，斥候先入峽谷刺探。

仙人峽奇險雄壯，由仙人峰和玉女峰相接而成，傳說千萬年前，有一對壁侶隱居於此，後來男子在仙人峰上得道成仙，女子卻因眷戀人間而未能飛升。男子修成正果那日，飛龍灘上九道虹霞接引，女子登玉女峰頂挽留不住，淒怨之下化作一塊劈天石，此後千萬年，一直佇立在峰頂。那劈天石猶如孤峰突起，石頂已被風雨摧磨得如一把巨刀，直指峽谷最窄的一線天坡。

這便是淮州與嶺南的交界地帶，過了一線天坡便進入了南霞縣界。

晌午剛過，鐵蹄聲震得峽谷隆隆作響，滾滾黃塵十餘里，一輛車駕被挾持在當中，明黃的帳幔已成了塵土色，車輪跑起來顫巍巍的，率軍之人戴盔披甲，正是淮州都督許仲堂。

大軍剛深入一線天坡，峽谷中便殺聲四起，嶺南軍斥候聞聲急忙馳報飛龍灘口。

嶺南王當即下令：「殺出峽口，生擒英睿皇后！」

一萬精兵湧入一線天坡，只見天坡如斗，人似黑潮，一千神甲軍在三萬淮州兵馬當中如同殘星入海，遍尋難獲。

傳令兵從馬背上拽下一個淮州兵，騎上戰馬，高舉軍旗，揚聲道：「淮州軍聽令！王爺親率大軍前來接應，命爾等生擒英睿皇后，其餘人等格殺勿論！」

話音在殺聲震天的峽谷中沒能傳出多遠，嶺南王見此情勢，與親隨就近拽下幾個淮州兵便上馬馳下了坡道。

只見峽谷腹地遍地橫屍，神甲軍已殺近鳳車，嶺南王揚鞭號令：「生擒皇后者，加官進爵，賞金萬兩！」

傳令兵舉旗傳令：「傳王爺令——生擒英睿皇后者，加官進爵，賞金萬兩！」

嗖！

話音剛落，一顆人頭飛落馬下，與傳令旗一同被鐵蹄踏碎成泥。

傳令者死，軍旗折——一見殺戮之號，被嶺南兵搶奪戰馬而一聲不吭的淮州兵馬忽然舉刀，刀光抹過，血線齊飛！

嶺南王被淮州軍隔開，無馬的嶺南精兵們被隔在峽谷外，示警聲被淹沒在金戈聲中，隨嶺南王進入腹地的小股嶺南兵將頓時陷入了苦戰。

神甲軍著裝輕便，殺起人來猶如割草，嶺南大軍沒有馬匹，躲過了刀槍，躲不過鐵蹄，一個照面便慘遭屠殺。

嶺南王一邊應付險情，一邊急尋皇后，他見過皇后的畫像，但萬千兵馬之中，想將人認出卻非易事。

嶺南王不由喝道：「皇后擅使小巧的兵刃，武藝古怪，不擅內力，眾侍衛顧全之處必是她的所在！」

眾將應是，策馬衝陣卻難深入，神甲軍刀槍不入，除非斬其頭顱，但要斬武林高手們的頭顱談何容易？

「淮州軍何在？為何不衝陣！」一個軍侯覺出不對，四下掃視之際分了神，被一個神甲侍衛迎頭挑落馬下。

他一墜馬便滾入馬腹下，神甲侍衛冷笑一聲，一刀拍在馬頸上！

戰馬轟然砸倒，頭頂刀劍如叢，驚得這軍侯連翻滾帶招架，一路滾到了崖壁旁。旁邊橫著具淮州兵的屍體，他拽起屍體便想擋刀，那屍體卻忽然睜眼，一刀抽在了他腿上！

軍侯頭皮發麻，捂著鮮血直流的腿往後退，脖子上忽然傳來涼意，他一轉頭，血猛飆而出，殺人者一身虎威甲，赫然是淮州都督許仲堂！

許仲堂在馬上橫刀喝道：「圍敵！」

薄日輕雲，長天一線，那刀指著長空，刀光晃得嶺南王虛了虛眼，眼裡逼了出寒意。「許仲堂！」

許仲堂揚聲道：「生擒嶺南王！其餘人等格殺勿論！」

這話耳熟，眼見著淮州軍圍殺而來，一個將領回頭喊：「保護王爺！」

可回頭一看，嶺南王身邊竟只剩幾員親隨和幾百殘兵，大軍被淮州兵馬擋在峽谷外，可想而知那些精兵遇上鐵騎的下場。

他們馳下一線天坡時，以為周圍是盟軍，故而沒有設防，此時盟軍忽然成了敵軍，這才知道早已被誘入絕境。

前有刀槍不入的神甲軍，後有數萬精騎，如何突圍？

嶺南兵將慌了，嶺南王抬鞭指向蒼天，高聲道：「我嶺南遍地男兒，寧可戰死，不為俘虜！」

這一聲內力雄渾，若滔滔江浪拍岸，震得人心神懼顫，馬匹嘶鳴！

嶺南王瞅準時機揚刀劈陣，他年事已高，卻仍有劈山開河之力，伏虎大刀百十斤重，揮舞起來風蕩峽谷，淮州大軍人仰馬翻，包圍圈頓時被豁開一道巨口。嶺南王策馬馳入，不退反進！

此舉激得嶺南兵將熱血沸騰，跟隨嶺南王便衝進了包圍圈中。

但見日照金戈，鐵馬嘶風，不多時便分不清軍陣當中的是淮州軍還是嶺南軍，只見血肉橫飛，黃塵捲著腥風嗆煞喉腸，待嶺南王從陣中殺出時已滿臉是血，而跟隨他突圍出來的只剩兩員大將，其中一人是端木蛟。

神甲軍嚴陣以待，見人突圍出來，當即縱馬殺來！

嶺南王策馬迎戰，絲毫不懼！

親隨疾呼，策馬急追，不料剛馳近，嶺南王忽然將親隨從馬上抓起，擲向了神甲軍。

親隨眼見刀叢大驚失色，正待掙扎，嶺南王縱身而起，往他背上一踏！

噗的一聲，人被扎成了篩子，嶺南王趁機向前掠去，鳳車在望，他凌空擺刀，刀風若猛虎怒嘯，颳得沙走石飛，鳳車的華蓋眼看要被掀起，帳幔一角忽然露出一雙眼眸。那杏眸掃著淡淡的胭脂色，眸中噙著一汪秋水，映出百般心思，欲留不甘，欲逃還怕。

嶺南王大喜，大刀一旋，窮盡掌力向後一擲！長刀帶著罡風竄去，逼得先鋒營不得不從馬背上躍起，他趁機掠至鳳車前，人剛落下，車門便被撞開，一個華服女子從車中奔出，看似想逃，卻拋來一個眼色。

嶺南王會意，擒住女子，回身喝道：「誰敢妄動！」

這一聲帶著雄渾的內力，回音震耳，久久不絕。

金戈之聲漸歇，伏虎刀斬向山壁，轟聲如雷，滾石成雨。

「皇后娘娘何在？何氏已在本王手中，娘娘還不現身？」嶺南王的鬚髮上沾著血沫，飲過人血似的，戾氣逼人，他死死地盯著神甲軍中，等著暮青走出來。

聲音卻從他身邊傳來：「本宮不是在這兒嗎？」

這話如平地一聲春雷，驚得嶺南王頭皮發麻，他猛地轉身，恰見一縷幽光乍現！

那幽光起自舒捲如雲的袖底，似江海之中凝出的一縷清輝，來勢如電，威若雷霆。
兩人離得太近，嶺南王情急之下抬手招架，一隻斷手在半空劃出一道血弧。他灑血疾退之時，後身有劍風掠過，劍尖兒點住他的後心，他的穴道登時被劍氣所封。
先鋒營馳來，抽刀壓住嶺南王的雙肩——嶺南王負傷被擒。
暮青收起寒蠶冰絲，淡淡地道：「行軍路上閒來無事學了幾日，還挺管用。」
月殺提劍走來，忍了又忍，終究沒忍住——「一尺之距，只斬了條手臂，這很失敗，主子。」
「沒關係。」暮青毫不在意。「擒住人就算成功了。」
嶺南王的臉被血糊著，目光越過刀山鎖住暮青，問：「妳是……」
暮青這才想起自己易著容，於是將面具摘了，說道：「多謝提醒，這幾日扮成這副模樣，本宮一直擔心智商會受影響，還好把你擒住了。」
嶺南王盯著面具下的眉眼，活像見了鬼。
「姜靳，誰給你的權力和自信膽敢揚言生擒本宮，加官進爵？北燕帝嗎？」
暮青直呼嶺南王之名，卻不願提元修的名字。
這時，前方陣中忽來腥風，一物凌空向暮青撲來。月殺揚劍一挑，只聽叮的一聲，這東西竟似銅鐵，未傷分毫！

這是條手指般粗長的螞蟥，不知用什麼養出來的，竟成了條周身血紅、硬似銅鐵的邪物。月殺冷哼一聲，還劍入鞘，劍光滅，流光生，寒蠶冰絲射出，血螞蟥當空被斬作兩段，潑著腥臭黏稠的血墜了下來。

月殺望向軍陣當中，見端木蛟已被神甲侍衛拿下，便冷森森地下令：「殺！」

端木蛟不懼反笑，月殺心頭一跳，忽聞簌簌聲逼來！那被斬成兩截的血螞蟥竟還能動，半截蟲身撲向暮青，已近在咫尺！

這時，鳳車的帳幔動了動。

一隻金色之物彈出，血螞蟥見之竟扭頭倉皇逃竄，剛逃出三尺，金色蟲蟲便吐出一縷金絲，將血螞蟥纏個正著！血螞蟥沒扭幾下，蟲身便發了黑，化作黑水，腥臭無比。

血螞蟥一死，端木蛟便口吐鮮血，震驚地望向鳳車。

車門打開，巫瑾坐在暗處，天光只照見一幅雪白的衣袂。「本王面前用蠱，你當本王是死的？」

端木蛟識得這蠱，蠱蟲形似蠶寶，已化金身，頭生觸角，靈性已開，乃鄂族的傳承蠱王！

歷代聖女的護身聖蠱怎會在巫瑾身上？

一瞬間，端木蛟覺得自己似乎窺見了一個驚天之祕。

此時，嶺南王也有所悟，為何皇后會替代何氏坐在鳳車裡，為何本應在神甲軍中的瑾王也在鳳車裡，為何許仲堂會提前數日抵達嶺南，為何淮州起事至今，軍報皆道事成，數日前他命死士再探淮州的密報卻沒能等到，為何北燕的密旨中反覆提到英睿皇后有奇智大勇，命他謹防有變。

可惜，現在明白為時已晚。

「頭兒，這人殺不殺？」這時，侍衛問月殺。

「殺！」

刀光起落時，暮青走向嶺南王，淡淡地道：「走吧，本宮倒要看看，嶺南遍地男兒，會不會為一個拿親隨當踏腳石的主子死守城池。」

十二月十八日，午時。

暮青計誘嶺南軍入仙人峽腹地，斬嶺南王一臂，誅端木蛟，殺敵萬餘。

兩軍兵發南霞縣，嶺南王被拴在馬後，抵達護城河外時，已衣甲殘破，足膝見骨，只剩一口氣。

原本約好午後抵達仙人峽接應的騎軍失約未至，城樓上無一兵一將，宛若空城。

月殺將手一抬，命神甲軍戒備，卻見城樓上推出幾個人來。

幾個將領被衙吏持刀逼出，首領一副書生相，他的目光從灰撲撲的鳳車上掠過，落在披頭散髮的嶺南王身上，久久未動。

殘陽夕照，護城河水紅似血池，染了書生的眸，他緩緩地道：「老賊，你也有今日？」

嶺南王望向城樓，日薄城高，他已看不清城上之人，只是隱約看出一個青衫長鬚的輪廓。

廖山？

不，那聲音絕非廖山！

月殺蹙了蹙眉，臉色微黑。

暮青一把撩開車帳——這聲音好耳熟！

「時隔不過三載，你就記不得本王了？」書生冷笑著揭下面具，從軍三載，烈日風刀雕鑿了眉眼，當年逃出生天的少年，再回鄉已是青年模樣。

嶺南王的眼底迸出驚光，聽見城樓上傳音如鐘——

「臣奉旨保南圖三殿下歸國，現南霞軍中將領皆已拿下，守軍困於甕城，恭請鳳駕處置！」

話音震盪在城池上空，城門緩緩開啟，烏雅阿吉出城參拜道：「叩見皇后殿下！」

暮青走下鳳車，心頭疑問重重，烏雅族滅族一事竟與嶺南王有關，嶺南王要烏雅族的聖器何用？烏雅阿吉自稱本王，莫非他是烏雅王？步惜歡把烏雅阿吉派來嶺南，難道早知他的身分？

種種疑問在暮青心頭掠過，她卻按捺未提，只道：「帶姜靳隨本宮上城樓。」

城樓上，嶺南將領被押著跪迎鳳駕，暮青面向甕城，臨高望去。

數萬大軍仰著頭，見到鳳駕，惶然無措。

嶺南王被押至城樓，他已在將死境地，眼前一片模糊，望不見大軍的驚慌之態，卻感覺得出脖子下冰涼的青磚。

數萬雙眼緊緊地盯著城樓，只見皇后不發隻言片語，乾脆俐落地從侍衛腰間把刀一抽！

剎那間，錚音幽長，乘風長嘯！

嶺南王猛地睜開眼，一輪紅日跳入眼簾，雲霞已薄，日暮將沉。

噗！

血潑向長空，城樓上撒下一把白髮，一顆頭顱墜下，跌在泥裡，糊了眉眼。

天地寂靜，只餘風聲，暮青持刀立在潑了血的城樓上，拔下鳳簪扔給侍衛，高聲道：「傳令淮州，命淮南道總兵邱安平淮陽之亂，並八百里加急傳捷報入朝，奏請朝廷即刻發兵——平定嶺南！」

嘉康初年十二月十八日，仙人峽之戰大捷，英睿皇后斬嶺南王於南霞縣城樓上，一番功績尚未傳入汴都。

汴都皇宮，太極殿。

蘭燈初掌，小山高的密奏堆在明黃的龍案上，密奏皆以墨錦裹著，唯有最上面的一封裝在明黃錦囊中。步惜歡的目光落在其上，心中滋味不知是驚訝還是歡喜。

還以為她一出宮就如同大鯤歸海，一門心思都在百姓事天下事上，竟還知道念著家事？

如山的奏章皆擱在一旁，步惜歡先將明黃錦袋提了起來，如此迫不及待，他終究是太歡喜。

可錦袋一提起來，他就怔了怔——這麼厚？

難道不該是薄紙一張，書行兩行，照舊是那句「我很好，勿念」嗎？

步惜歡詫異地打開錦袋，信封抽出的一瞬，他的眼底驚波乍起，信封上封著火漆，漆上蓋著個「淮」字。

她在神甲軍中，怎會蓋淮南道的軍印？

步惜歡速速拆了信，不料一見信，他就愣了。這一愣，足足半晌，眸底驚瀾退去，漸漸漾起春波，一層一層，爛漫醉人。

這是家書，薄紙一張，書行兩行，照舊是那句「我很好」，只是「勿念」換作了「盼安」，如甘露般撫平了他的心。

只是……為何皺成這般？

步惜歡瞅著這封家書，疑惑地翻向下面那張更皺的書信，目光一落，少見地呆了呆。意外、驚豔、詫異，乃至受寵若驚，男子的眼底愈漸明光照人，似人間銀花火樹，熱鬧歡喜。

大殿裡靜悄悄的，唯有翻動家書的聲響，步惜歡看得極慢，每翻一頁，眉宇間的繾綣之意便深上幾許，笑意濃上幾分，待看到最後那殺氣騰騰的「想你」時，他終於忍不住伏案大笑。

殿外的宮侍們嚇了一跳，都以為耳朵出了毛病。

殿內的笑聲許久方歇，步惜歡伏於案上，蘭燭照著側臉，半張容顏，含盡春風。他從來不知，一封家書能把她難成這樣，但正因為得見這一封封揉了的家書，他才如此歡喜。

步惜歡伏案笑著，一遝家書不知看了多少遍後才執起筆來，批閱奏章般的在一首詩裡畫了兩道紅圈。

——鵲橋，長江。

他是該把家書再傳給她，讓她給他釋釋疑呢？還是……罷了，這些家書既然揉了，想必本是棄了的，定是下人心細，一併傳回來了。一旦將家書傳回，辦差之人必會暴露，他得留著此人，日後多辦這樣的差事。

步惜歡將家書收好，瞥見火漆，疑問復來，這才取來淮州的密奏看了起來，不料剛閱兩行，他便噺了口氣，出了一身驚汗！

她在淮陽？

步惜歡一目十行，閱罷之後又取來一本，蘭燈照著奏摺上密密麻麻的陳奏，幽幽篾光在男子眉宇間掠過，似千里之外的刀光劍影，驚心動魄。

神甲軍、淮州軍和淮州刺史府的奏摺裡事無巨細，滿滿都是她出宮之後的作為，和護他於危難的良苦用心。

待看罷最後一本密奏，步惜歡神情恍惚，彷彿又見那年，他在行宮，密奏如雪，寫滿她從軍的一路。

當年，她為的是亡父，救的是一軍之兵，一村之民，而今為的是他，救的是半壁江山，南興萬民。

「月影！」步惜歡喚道，目光仍在密奏裡。「傳旨邱安，皇后抵達嶺南之日即是淮州發兵之時，遷延半日，朕拿他是問！」

密奏裡未提審問叛黨之後的事，想來要過幾日才能收到，但他不能等。青青應是想替何氏前往嶺南，伺機拿下嶺南王，此舉太險，哪怕她能拿下嶺南王，也難孤軍深入嶺南。她拿下嶺南王之後的第一件事定是奏請朝廷出兵，把平定嶺南之務交給朝廷，自己率軍前往南圖。可嶺南離汴都千里之遙，請旨一來一去頗費時日，嶺南王擁兵自重二十餘年，四府三十九縣中遍是親信部眾，朝廷晚用兵一日，就多給他們一日應變的時間。

兵貴神速，遲則生變。

月影去後，步惜歡放下密奏，拿起劉振的奏摺，上頭是有關賑貸之策的陳詞奏請。「宣陳有良、傅民生和韓其初進宮議事。」

……

三人奉旨覲見之時，宮中已傳更聲。太極殿內宮毯瑰麗，暖爐生煙，步惜歡融在龍椅裡，閉目養神，似睡非睡。

殿內翻動奏摺之聲極輕，時不時的有抽氣聲傳來。

捧摺太監將密奏分放成三堆，三人輪番閱看，耗了大半個時辰。

「三位愛卿以為，那賑貸之策如何？」步惜歡問。

韓其初苦笑，他跟隨皇后多年，都被賑貸之策給驚著了，就莫說丞相和傅老尚書了。

陳有良和傅民生湊在一起，把奏摺逐字琢磨，生怕遺漏了任何不可行之處。可此策並非空想，皇后把利弊都考慮到了，連個從雞蛋裡挑骨頭的縫兒都沒給人留。

「娘娘……真不愧為后也！」陳有良憋來憋去，只憋出這麼一句來。他想不通，暮懷山除了驗屍，甚是平庸，怎麼養出了這麼個女兒？

傅民生的手都在顫。「回陛下，劉刺史稱此策利在糧倉，功在社稷，老臣以為實非誇讚之詞。」

「那就等此間之事了了，再行朝議。」步惜歡抬了抬手，范通便將密奏收了回來。「這些密奏是八百里加急送來的，朕倒有興致看看何家何時會收到消息。」

韓其初道：「叛黨以為事成，定會迫不及待地讓消息傳入都城，微臣估計，頂多再有個三、四日，城中就會有風聲了。」

傅民生道：「何氏勾結南圖密使，不知襄國侯可知情？」

「他知不知情姑且不論，他孫兒定然知情，那日是何少楷領著他妹子到朕面前自薦的。這兄妹倆，一個志在前朝，一個志在後宮，何善其中庸半生，倒是養了兩個敢謀大事的好兒孫。」步惜歡漫不經心地一拂，山堆般的奏摺劈里啪啦地翻到了地上。

三人禁聲，聽聖意，何善其是知之有罪，不知有過，何家兄妹意圖謀害皇后，這刀動到了聖上的心窩子裡，看樣子是要嚴懲不貸了。

「趁這兩日風平浪靜，卿等回府好好歇幾宿吧，等朝中鬧起來，可就睡不著覺了。」步惜歡融進龍椅裡，又闔眸養神了。

三人跪安，一起退出了大殿。

孤月當空，三位天子近臣立在殿門口，迎著溼寒的冬風，卻誰也不覺得冷，只知這回要生大浪了……

第六章

何家兵諫

這夜，聖駕歇在太極殿，燈燭一夜未熄。

次日，皇帝夜宣近臣的事露了些風聲，百官旁敲側擊，三人卻守口如瓶。

隨後，宮裡一連三日有風聲傳出。

皇帝一連三日夜召近臣議事，除了陳有良、傅民生和韓其初，還有汴州總兵徐銳、龍武衛大將軍史雲濤。三天之內，內外八衛的統領被宣召了個遍。

百官惶惶不安，隱隱覺得出了大事。

不久，流言傳入——

淮州都督許仲堂勾結嶺南王起事，血洗刺史府，皇后被擒，淮州已落入叛黨手中多日！

事情傳得沸沸揚揚，百官聚在宮門外跪請陛見，一個時辰後，宮門打開，皇帝卻只宣了襄國侯祖孫。

百官惶然，覺得聖上定是怕江南水師在此時謀反，故而宣召襄國侯。

江山本就失了半壁，如今再失兩州，皇后落入叛黨手中，南圖皇位更替在即，北岸大燕虎視眈眈，這風雨飄搖的朝廷究竟能苟延殘喘幾日？

大廈將傾，大廈將傾了……

何善其老眼含淚，一進太極殿就顫巍巍地跪了下來。

「快平身，朕對不住愛卿。」步惜歡親手將何善其扶了起來。

何善其受寵若驚，哭道：「當初老臣告誡過心兒此行有險，她不聽勸，今日之事早該在意料之中。念在她對陛下是一片真心的分兒上，求陛下一定要救她！」

步惜歡道：「她有功於社稷，朕豈能見死不救？再說了，朕也不會眼睜睜地看著淮州落入叛黨手中。」

「不知陛下有何打算？」何善其問。

「明調大軍，暗遣死士。眼下非用兵不可，可戰事一起，休期難料，且刀槍無眼易生險事，故而朕會遣死士混入淮陽城中救人。」

只是這樣？

何善其有些失望，這並非奇策，只能算是無奈之舉，難道南興真到了生死存亡之際了嗎？

何少楷低著頭，眼裡有嘲弄之色。

「不知陛下打算調遣哪路大軍？」何善其問。

「關州軍。」步惜歡憂愁地嘆了聲：「眼下能調的只有關州軍了。」

何少楷聞言，再難裝聾作啞。「陛下，何不命水師南下淮水，與關州軍合圍淮州？」

何善其看來，眉頭暗皺，目光警告。

何少楷把眼簾一垂，權當沒看見。

步惜歡淡淡地道：「朕豈會不想用水師？可水師南下，豈不等於自撤屏障？到時也不必平叛了，直接迎元修過江便可。」

「臣說的不是江南水師，而是江北水師。」何少楷瞄了步惜歡一眼，見他背襯明窗，錦龍環身，縱然江山危矣，他依舊那麼雍容矜貴，骨子裡的氣度叫人不由自主地想要俯首。

何少楷心頭沒來由地生出股惱意，諫道：「北岸畏懼的是我朝水師之眾、戰船之威，有江南水師鎮守汴江足矣。而今正當用兵之際，陛下何不命江北水師南下，助關州軍對淮州形成水陸合圍之勢，以平淮州之叛？」

何善其一聽就明白了孫兒的用意，剛要斥責，便聽皇帝開了口——

「江上行船難掩行蹤，叛黨必能猜出朕用兵之意，若事先埋伏，莫說與關州軍裡應外合了，只怕一登岸就會被圍殺於淮州境內。合圍之策並非不可行，但需天時，若江上無連日大霧，朕就是想用此計，也得顧及五萬將士的性命，愛卿說是不是？」步惜歡問著，脣角噙著笑意，涼薄的目光彷彿只是何少楷的錯覺。

何少楷一驚，忙道：「微臣救妹心切，思慮不周，請陛下降罪。」

「獻策罷了，愛卿何罪之有？」步惜歡的話裡雖無怪罪之意，卻未宣平身。

何善其猜知龍顏不悅，哪知何少楷彷彿未覺，竟藉機道：「陛下，臣想請命領兵伐逆！」

何善其大驚！

「哦？」步惜歡睨來，似笑非笑。

何少楷道：「叛臣作亂，朝廷有難，微臣理應報效皇恩！臣請隨關州軍赴淮州平叛，望陛下恩准。」

「胡鬧！你乃水師將領，如何領兵馬戰？況且何家一脈單傳，你妹子已經困於淮陽城中，你若再在淮州出了什麼事，叫朕如何跟你祖父交代？朕會想盡一切辦法將人救回，江上的防務就交給你祖父。男兒志在報國是好事，可也得分時候，你想建功立業，日後有的是機會。」步惜歡斥罷，睨了眼何善其。

何善其忙道：「陛下放心，老臣今日就登船布防。」

「那就辛苦愛卿了，朕尚有摺子要批，跪安吧。」

「老臣告安。」何善其睃了眼上首，忍著心絞痛道：「還不跟祖父回去！」

「是，微臣告安。」何少楷叩首起身，窗影掠在臉上，若風起於山嶺，湖波未生，暗影已動。

何善其一回府就宣了府醫，待藥熬罷，何少楷端著藥去了祖父房裡。

「祖父……」

「跪下！」何善其臥在榻上，氣息虛浮，老態盡顯。「自聖上親政起，你惹了多少事，你說！」

「祖父，先把藥喝了吧。」何少楷端著藥碗跪在榻前，孝敬恭順之態與面聖時判若兩人。

何善其揚手一打，藥碗翻在虎皮毯上。「你獻策救人倒也罷了，竟想趁機除掉江北水師，奏請領兵出征！你是不是覺得江山岌岌可危，才敢如此膽大？你難道不知聖上連日來將內外八衛的統領宣召了個遍？他防著都城生變呢！你不表忠心倒也罷了，竟敢顯露野心，你想把聖上逼急了，在江山傾覆之前先誅何家滿門，是不是？」

何少楷沒吭聲，把碗拾起來就出去了。少頃，他又端了碗藥回來，跪在榻前說道：「祖父，身子要緊，您先喝了藥，孫兒有事要稟，事關妹妹的。」

何善其聞言強壓怒氣，將藥喝了，問：「何事？」

何少楷伏在榻前，附耳嘀咕了幾句。

何善其雙目猛睜。「你們……」

何少楷直起身來，笑容涼薄。「祖父也別怪妹妹，她一片痴心，怎會甘心將后位拱手他人？只不過，妹妹被人蒙騙，不知淮州會反，可木已成舟，祖父覺得嶺南王會放妹妹回來，讓何家跟聖上成為一家嗎？聖上若知曉妹妹所為，必治我們一個通敵之罪。何家早就沒了退路，何不一不做二不休？」

何善其怒道：「好！好！你們長成了，敢謀大計了！可你們把事情想得太簡單！就算何家與嶺南王裡應外合奪了江山，你以為就能得到北燕的封賞？你姑祖母當年與元貴妃結下的仇，你忘了？元修登基後是如何清除異己的，你也忘了？你以為他一統江山之後會允許何家繼續掌兵？你太天真！」

「天真的是祖父。」何少楷嘲諷地看著榻上的老人。「祖父真的老了，自爹過世起，您就變得前怕狼後怕虎，事到如今，竟還在權衡對誰稱臣才能保住何家，怪不得當年姑祖母會死在元貴妃手中，我們何家太缺魄力。」

「你想說什麼？」

「我想說，我們為何不能像元家那般攝政？我們可以先奪宮權，再傳信嶺南，詐降北燕。北燕帝和嶺南王必不會放心將汴都城交到我們手中，勢必會派親信前來接手，到時我們便可挾聖上，號令兩軍及內外八衛伏殺敵軍，俘獲領兵之將。聖上渡江時曾俘獲了季延，元修會不想救他？江北水師裡有西北軍的舊部，他們背叛元修，元修不想除之而後快？我們有這麼多的籌碼，何愁不能與北燕和嶺南交涉？一旦交涉起來，勢必如兩國議和，曠日持久，足夠留給我們清洗朝堂的時間了，就像當初元家那般。」

何善其咳得直搗心口。「你想效仿元家，也不看看你的對手……聖上也好，元修也罷，豈是那麼容易被你拿捏的？這期間出半點兒差池，就會讓何家滿門萬劫不復！」

「難道為臣，何家就會有好下場？聖上就算礙於何家之功不便動手，何家的榮華富貴也到頭了，祖父百年之後，等待何家的不過是日薄西山罷了。既如此，何不一搏？」

「若敗了呢？」

「敗即身死，何懼之有？」

「你不懼一死，可想過你妹妹？她身陷淮州，一旦你詐降惹惱了嶺南王，你妹妹的性命乃至名節，你可有想過？」

「南巡是她想去的，后位是她想要的，英睿皇后都敢率軍孤入南圖，她身為將門之後，擔不得此險，何以為后？只要何家攝政，廢后、立后之事就由不得聖上，莫說妹妹失了名節，她就是失了性命，牌位也能入皇族宗廟，得償夙願。」

「你！」何善其驚怒交加，他知道孫兒心高氣傲，衝動少謀，也知道他與自己政見不合，卻從不知他有此狠辣之心。

何少楷看著榻上的老人，看著滴落在虎毯上殷紅的血，冷淡地站了起來。

「祖父年事已高，何家的事還是交給孫兒吧。」

何善其費力地抬起頭來，眼前人影虛晃，已如雲霧，他看不清孫兒的神色，只聽見話音傳來——

「祖父放心，孫兒是不會謀害祖父的，只是想讓祖父歇幾日罷了。您就權當睡一覺，待您醒了，朝堂上就會是另一番風光了。」何少楷在祖父後心一點，將人扶著躺好，擦了唇角的血，便拿著藥碗出去了。

「把藥渣清理乾淨，換上昨日的。」何少楷將藥碗遞給門外的丫頭，而後往書房去了。

兵符在書房，何少楷取來兵符交給長隨。「召集各位老將軍到府中議事。」

長隨領命而去，何少楷打量了眼書房，目光幽涼。良久，他繞過書桌，往那把從未坐過的闊椅裡坐了下去。

……

老將們來時，何少楷正在祖父的臥房裡拿帕子擦著虎毯上的藥漬。

老將們問：「少都督，老都督這是……」

何少楷就地回身，叩拜道：「幾位老將軍，何家有難，還望救我！」

老將們嚇了一跳。「少都督何出此言？」

何少楷含淚嘆道：「一言難盡！榻前不宜吵鬧，還望幾位老將軍隨我到書房詳說。」

老將們只好到了書房，房門一關，幾人列座。

何少楷開門見山：「幾位老將軍可聽說淮州之事了？」

「聽說了，只是不知真假。」

「此事屬實！」

「啊？」老將們互看一眼，神色凝重。

「事到如今，就不瞞幾位老將軍了，其實……」何少楷瞥了眼房門，壓低聲音道：「其實皇后娘娘並不在南巡的儀仗中，如今被叛黨所俘之人是我妹妹！」

「什麼？」

「聖上為穩江山，欲助巫瑾登位，率軍護送巫瑾回國的人是皇后娘娘，南巡不過是個幌子。舍妹因對聖上一片痴心，甘為替子冒險南巡，不料被淮州反臣所俘。聖上三天前就收到了密奏，卻因怕朝中生變而沒敢聲張，只是頻召近臣入宮議事，直到事情瞞不住了才召祖父覲見。其實，祖父前天就收到了風聲，因怕惹猜忌而沒敢面聖，生生在府裡苦熬了兩日。祖父年事已高，這兩日湯藥不斷，今日晨起時已不大好，之後又在宮門外跪了些時候，結果聖上非但沒有良策，反命祖父登船領兵布防，祖父回府後就咳血不起了。我沒敢聲張，怕聖上疑祖父詐病怠防，這才私取兵符命人請幾位老將軍過府議事。眼下該如何是好？還望幾位老將軍教我！」何少楷抱拳跪拜，語氣沉痛。

書房裡久無人聲，老將們皆難以回神。

半晌後，一位老將道：「少都督快請起！老都督的病，家醫怎麼說？」

「家醫說是急火攻心。」

「聖上打算如何救人？」

「說是明調大軍，暗遣死士，調的是關州軍。」

老將不說話了，任誰都知道，這只是無奈之法。

「哼！所謂近臣，不過是些書生！左相迂腐，傅民生只擅刑獄，韓其初更是只當了兩年軍師，就以為自己深諳兵家之道了！聖上親信文人，卻商議不出良策來，小姐若出了事，老都督如何承受得了？他又怎麼對得起小姐的一番心意？」一個老將怒捶桌面，茶盞叮噹作響，聲似刀兵相擊。

何少楷面色悲涼。「江山岌岌可危，聖上哪顧得上一個女子的心意？」

老將怒道：「怎麼顧不了？當初皇后被遼帝所俘，他可是棄了半壁江山的！」

何少楷道：「舍妹怎能與皇后相提並論？聖上正是因選妃一事才與何家生的嫌隙……」

「少都督，你太天真了，聖上是一朝被蛇咬十年怕井繩，怕小姐入了宮，何家成了外戚，會變成又一個元家。」

「可祖父從無此意！」

「自古帝王多疑，聖上哪會信老都督？」

「那該如何是好？祖父病重，不能登船，我被罰思過，尚未復職，舍妹身陷囹圄，聖上怠於營救，莫非是天要亡我何家？」何少楷神色悲苦。

老將們紛紛安撫：「少都督莫急，聖上不會在這關頭惹怒江南水師，少都督大可奏明老都督的病情，請御醫過府診治，再請聖上復你之職，允你登船領兵。」

「聖上能准嗎？水師有各位老將軍坐鎮，何需我領兵布防？再說了，聖上巴不得何家不再掌兵，怎會復我之職？若真需人領兵，諸位老將軍哪位不強過我？再不濟，還有江北水師的將領。」

「敢！」一個老將拍案而起。「我江南水師只認少都督，他章同小兒算哪條江裡的蟲？老夫隨少都督一同面聖，請少都督領兵布防，倒要看看聖上敢不敢不准！」

老將們紛紛表態，同仇敵愾，要助何少楷領兵。

何少楷感激涕零，再三拜謝。

「假如聖上復了少都督之職，少都督可有想過如何營救小姐？」那老將問道。

何少楷聞言，面露掙扎之態，許久後才道：「不瞞諸位老將軍，祖父咳血之時，我曾有大逆的念頭。可何家三代戍守江防，忠心耿耿，我怎敢行不臣之舉，毀何家忠義之名？可聖上猜忌功臣，欺瞞百官，縱容皇后干政，親寒門而遠士族。朝中已被左相等人把持言路，聖上聽不進我等之言，那何不……兵諫？」

何少楷瞄了眼老將們，老將們打著眼底官司，竟無人立刻反駁。

半晌後，一人問：「怎麼個兵諫法？」

何少楷道：「以布防之名興船江上，先安聖上之心，再趁夜登岸，以清君側為由闖宮兵諫，成可保江山，敗則一死！我為家為國，何懼之有？只是……兵諫難免要擔罵名，諸位老將軍待我如親孫，我怎忍心讓諸位暮年受辱？請老將軍們放心，只要諸位助我登船領兵，此後的事當作不知即可，我一人領兵殺入宮門，如若事敗，還望老將軍們在聖上面前求情，祖父重病不醒，此事是我一人之意，念在渡江之功上，還請聖上莫要株連無辜！」

說罷，何少楷頂禮叩拜，咚聲似錘，三聲過後，地磚上見了血。

老將們深受觸動。「少都督見外了，我等追隨老都督半生，豈是貪生怕死之輩？」

「兵諫並非易事，與其看著少都督冒險，倒不如助你成事！自從少都督被罰，軍中早有不滿之聲，而今聖上不仁，也就休怪將士們不義了！」

「聖上彈壓士族，不滿的何止軍中將士？少都督放心，只要事成，朝中自會有人聲援何家。」

「沒錯！我等先隨少都督進宮面聖，待到了江上，再商大計不遲。」

老將們你一言我一語，何少楷大為感動，命人備了馬來，隨後與老將們出府進宮。

這天，淮州兵變、皇后被俘的消息傳遍了都城，百姓惶惶不安，好事者聚在市井街頭議論紛紛，難以相信皇后竟會被叛黨所俘。

臨江茶樓裡，學子們疾呼國難當頭，聯名貼告討逆檄文，誓與南興共存亡。

傍晚時分，老將們與何少楷進宮面聖，說了什麼無人知曉，只知人出宮時天已擦黑，御醫急奔侯府，二更天才回宮覆命。

御醫一走，何少楷便披甲而出，手執兵符佩劍，老將相隨，親兵護從，大搖大擺地往江堤而去。

三更時分，戰鼓雷動，水師大軍舉火登船，出江北去。夜幕之下，戰船如雲，黑水滔滔，大江之上似橫著延綿無盡的黑山，接天並水，萬丈崔巍。

五更時分，天色未明，百官就已到宮門外候著了。行宮興建至今，東陽門三度修繕，帝后渡江後方漆不久，宮燈下漆色瑰麗豔絕，緩緩開啟時，悠長之音彷彿鐘聲。

「上朝——」太監的嗓音似離弦之箭，冬風吹來，人心像被扎出個口子，往裡直灌涼氣。

百官伴著喝道聲走過四重宮門，列班於金殿外的廣場上。太監唱報，文武入殿，皇帝先宣見丞相、六曹尚書及軍機要臣，再逐下宣見，一撥一撥，與往常並無兩樣，只是朝議的時辰比往常短，出來的人神色倉皇，似乎昭示了什麼。

這天是嘉康初年十二月初十，皇帝親政剛半年。林黨餘孽勾結嶺南作亂，俘獲皇后，淮州失陷。鬮州軍兵壓淮州，汴州軍兵分兩路，一路策應鬮州軍，一路拱衛汴都。與此同時，江南水師奉旨備戰，嚴防北燕。

局勢嚴峻，下朝後，百官聚在宮門口，臉色白如天邊翻起的魚肚。北有北燕，南有淮嶺，兩線作戰，南興能抵擋多久？

可惜當今聖上韜光養晦二十餘年，若當初不為皇后棄下半壁江山，若此前不答應鳳駕南巡，哪會有今日之險？

紅顏禍水，誤君誤國也。

這天，幾位老臣商議了一通，一起跪在宮外死諫，高呼皇后被擒，應自裁以保名節。皇帝應舉全軍之力平叛，若再為一個女子而受制於人，必將成為亡國之君。

這天，上千學子也聚到宮門外，高呼討逆，願效法皇后從戎報國灑血淮州。守舊派的老臣和新派的學子，兩撥人險些打起來，喋血宮門。

宮門卻緊閉著，一直沒有打開。

這天夜裡，龍武衛和巡捕司舉火巡查，四更時分，江上靠來了十餘艘衝鋒舟。

「什麼人！」小將下了江堤，岸上長弓蓄勢待發。

「北岸軍報！」領兵之人披甲佩劍，面色如鐵，正是何少楷。「探船在北岸發現可疑動靜，張、吳兩位老將軍已率戰船備戰，此事需急稟聖上！」

「什麼？」小將不由驚疑，驚的是北燕竟敢隆冬來犯，疑的是稟報軍情為何要帶這麼多舟兵？

正疑著，忽聞嗖的一聲，一支袖箭穿喉而過，箭頭青幽，淬了毒。

小將倒下之時，亂箭呼嘯而去，江堤下的一隊龍武衛猝不及防，中箭而亡。

岸上的弓兵慌忙張弓，箭矢離弦而去，卻遇盾落入了江中。

一個小校見勢不妙，翻上馬背，疾馳而去！

何少楷踏舟而起，劍風掃得人仰弓折，他撈住一支亂箭順勢一擲！

噗！

小校跌下馬背，何少楷掠坐上去，策馬馳回，舉劍高呼：「依計行事！」

何家反了。

第一箭是從江上來的，先射殺了岸上當值的兵馬，而後上岸，一批人換上龍武衛的行頭，將屍體沉入江中，一批人除下外衫，身著夜行衣藏於茂密的垂柳絲下。

堤上重歸靜寂，像不曾生過事——除了剛剛校尉逃走時傳出去的馬蹄聲。

這幾日夜裡，軍中常飛馬傳報急情，馬蹄聲本不引人注目，卻壞在蹄聲太短。校尉從上馬到被斬落不過幾息，馬剛奔出幾步，蹄聲就歇了，自是反常。

但何少楷並未慌張，江堤離城牆百丈之遙，間有柳林道遮蔽，且城門上未設城樓——此乃古都一怪，已有數百年光景。

汴都城有四門，北門望江，牆高三丈，不設城樓，此事說來話長。高祖遷都盛京後，汴河宮便成了行宮，此後兩百餘年，帝王勤政，國力強盛，外無強敵，內無大患。到了文宗時期，民間大興詩詞歌賦，盡是謳歌盛世之調。孝慶十三年，文宗南下時得一江南才子聯名進獻的《太平賦》，帝心大悅，便下旨廢去北城牆。

這道昏旨當時遭到了不少反對，文宗卻笑稱汴河城位處大興腹地，與五胡有山關大江之隔，與大圖有嶺南天塹之阻，四面皆是王土，何來城破之憂？何不能廢去龍興之地的一面城牆，以示海晏河清，天下太平？

當時內外無戰事，雖有可拓之疆土，文宗想藉廢城牆之舉留一個國力之底蘊、帝王之魄力的青史美名，後因朝臣反對，旨意折中，將北城牆由廢改鑿，成了今日這般僅高三丈、且無城樓的模樣。

當今聖上親政之後，加築北城牆一事本在朝議之列，怎奈一幫老臣哭天搶地，稱北城牆乃是文宗旨意，陛下已棄半壁江山，切不可再失孝道；有人說兩國劃江而治，陛下一南下便築高城牆，天下人必恥笑南興畏懼北燕；有人到太極殿中奏事，稱築高城牆難免有防水師之意，恐惹將士們猜議。

朝中阻力重重，又逢星羅海防、淮州水災，朝廷處處要用銀子，加築城牆一事就一拖至今，只在北城牆下設了重兵。

何少楷太清楚北門的情形，城樓已廢，夜裡防範江上就如同瞎子守城。他坐在馬上，嘲弄地望著北門，靜待來人。

人來得很快，率隊的是北門的城門郎，遠遠地便問：「方才聽見堤邊有馬蹄聲，出了何事？」

戰馬在堤上，馬上坐著一人，城門郎尚未看清何少楷的容貌，就聽馬旁之人道：「水師來報，北岸有異動，少都督想要面聖，我已將馬給他，他正要去城門。大人來得正好，堤上尚有防務，就有勞大人引少都督去城門了。」

「什麼？」城門郎大驚，忙將何少楷引到了城門。

汴都的城門設有門侯、城門司馬、監門三將，非常時期奉敕命啟閉城門，如遇要情，需經三將勘察，方可夜啟城門。

三將聽聞北燕犯江也是一驚，隨即齊上城樓遠眺，但汴江如海，風急浪湧，縱是白天也難望及對岸，更何況夜裡？就只見江心燈火綽綽，似有戰船興動。

三人商議了起來，北燕隆冬來犯雖然蹊蹺，但北燕帝擅戰，他的心思誰也不敢揣測，誤了軍情可擔待不起。再說何少楷奉旨領兵，回稟軍情實屬分內之事，沒道理將其拒之城外。

門侯見何少楷身後只有十餘親衛，這才道：「啟！」

鐵索攪動，城門開啟，何少楷馳進城門，經過門侯三人身邊時拱了拱手，指縫裡有幽光一放！

三枚葉刀猝然射出，藉著腕力與馬速，去勢如電！

門侯三人猝不及防，一聲悶哼，監門的頭盔被扎穿，登時暴斃。

三人之中，數門侯武藝最精。何少楷拱手時，袖風捎來微苦之氣，殺機乍現時，他一個蹲身，順手將城門司馬一扯，兩人堪堪避過毒刀，正想起身，肩頭忽重，頸邊一涼，隨何少楷進城的十餘親衛已拔刀架住了兩人的脖子。

戍軍大驚，拔刀挽弓聲中，何少楷策馬而回，下了門侯袖中的火哨，逼著人便上了城樓。

「都別動！」何少楷喝道。

戍軍果然不敢妄動，門侯問：「少都督可知此舉乃大逆之罪？」

「我何家滿門忠烈，前有三代戍江之功，後有迎駕南渡之舉，何曾有過謀逆之心？」何少楷望著城樓上下的戍軍，揚聲道：「將士們，你們被蒙蔽了！皇后根本就沒被叛黨所擒，她不在淮州！這些日子以來，甘冒奇險替皇后南巡的人乃是舍妹心兒！如今，被淮州叛黨所擒的人正是舍妹！」

戍軍聞言大驚，無人知道何少楷所言是實是虛，是何目的。

「諸位將士，你們想一想，聖上連半壁江山都為皇后棄了，怎會讓她冒險南巡？倘若皇后當真被叛黨所俘，聖上怎會不傾舉國之兵力營救？除非身陷囹圄之人根本不是皇后！舍妹與聖上年少相識，痴心多年，故而甘願冒此大險，而今身陷淮州，聖上卻為保江山只肯發關州軍營救，關州軍能抵擋嶺南和淮州大軍幾日？」

「滿口胡言！」門侯見軍心動搖，怒斥道：「皇后娘娘不在淮州，難道在宮中？娘娘當年從軍，殺過胡人和馬匪，豈是貪生怕死之輩？何少楷，你毒殺監門在先，蠱惑軍心在後，分明是想謀反！」

何少楷仰頭大笑，竟笑出幾分悲涼來，憤懣疾呼：「將士們，你們可以不信我，但總該清楚兵壓淮州的只有關州軍！淮州叛黨暗通嶺南，僅憑關州軍抵擋不了多久，眼下已是國難當頭！一旦關淮兵敗，汴都城破只是時日問題！想當年，高祖就是在這汴都城中登基立國的，而今江山只餘半壁，你們能眼睜睜地看著家國再亡於汴都城下嗎？事發至今，聖上瞞著百官，只召近臣入宮商議國事，卻得此亡國之策！我何家三代忠良，怎能眼睜睜地看著奸臣誤國誤君？今日寧可棄此忠良之名，也要冒死兵諫，清君之側，勸聖上與叛軍決一死戰，方可救我大興！將士們，懇請助我一臂之力！」

城樓下寂默無聲，戍軍不知作何反應。

門侯喊：「此乃謀逆，切不可聽賊子蠱惑！還不快馳報宮中？」

何少楷高呼：「此乃忠君救國！哪位將士想馳報宮中，只管去！今夜就讓我與麾下這十餘親衛血灑城樓，祭此殘破山河！他日城破國亡，江山易主，我的血也能在這城樓上，日月為照，永伴故國！」

何少楷提刀逼在門侯喉前，月照城樓，刀光映著他的眉宇，蒼涼決絕。

城樓下，戍軍開始後退，只是退著，卻無人轉身報往宮中。

城樓上，門侯猛地向後撞去！這一撞挑在何少楷慷慨激昂之時，他連退數步，刀卻不曾離開人質喉前太遠。

門侯也是個狠角色，趁著刀刃稍離喉口之際，竟一蹲身，拚著半張臉皮被刀削下，愣是從何少楷的懷臂中滑了出來，拔出一個戍衛的腰刀便朝何少楷擲去，趁其招架之時，又拔出兩把腰刀，不顧城樓高巍，飛身直躍而下——何家要反，軍心動搖，唯有駐紮在二十里外的汴州軍能救駕！

門侯將雙刀狠狠地扎向城牆，刀尖兒沿著青磚擦出兩溜火花，半張淌血的臉被火星映得猙獰如鬼。

何少楷取來火把，對著堤邊橫臂一揮！

一隊弓兵見令挽弓，門侯暴喝一聲，一身真力灌於臂上，長刀嵌入磚縫，他握住刀柄借力急避，一支羽箭擦著他的腰釘入了城牆！

門侯瞄了羽箭一眼，頓時大驚，龍武衛的箭？

這一箭也驚了北門的戍軍，何少楷的喊話在北門聽不清晰，城門郎剛派人前來察問，就見有人從城樓上躍下，戍衛大驚之下急忙馳報北門。

這時，堤上百箭齊發，黑雨般射向城牆！

門侯怒目圓睜，單臂懸於半空，騰出一隻手使刀急撥！一時間，刀光似水，羽箭亂飛，不過少頃，城牆根兒下的伏箭便殘如敗草。

何少楷看得惱，握碎一塊青磚，反手將碎石彈下了城牆！

門侯聞聲仰頭，飛石捎著齏粉撲面而來，他雙目一痛，急忙憑聲辨位，卻聽叮的一聲，一顆飛石擊在了刀上！

這把插在牆縫裡的刀已受力頗久，忽遭飛石擊中，刀刃猛地崩斷，門侯頓時失重，墜下了城牆！

鐵蹄聲自北門奔來，城門郎率精騎馳救，卻遲了一步，眼睜睜地看著門侯墜入了亂箭叢中。

北門戍軍拔刀撥箭，城門郎冒死馳近，只見城牆根兒下亂箭如草，門侯橫在當中，一截斷骨破腿而出，比月光森白。

「門侯大人！」城門郎想扶門侯，卻摸了一手的血。

門侯一把抓住城門郎的衣襟。「快……報汴州大營，水師……要反！」

「什麼！」城門郎大驚，轉頭望向江上，卻見北門戍軍忽然倒如牆塌，原本憑藉兵力已殺近江堤的戍軍竟層層急退！

「有埋伏！」

伏兵從柳林道下湧出，身背單刀，袖藏毒箭，足有三千餘眾！袖箭之毒見血封喉，北門戍軍被殺了個措手不及，堤上很快便鋪了層屍首。

城門郎急忙翻身上馬，喝道：「水師謀反！今夜誰能活著，就往汴州大營報信！」

喊罷，他當先策馬上了官道。

城樓上，何少楷疾步來到一架床弩後，十餘親衛上前，絞車，張弦，安弩，錘動機牙，弩箭乘風而去，直撲官道！

這箭非同一般，乃帶翎的槍矛，箭身極粗，箭羽為鐵，箭頭是巨大的三稜刃，一箭擊出，破風開月，大風颳扎進地上，黃塵飛揚，碎石四濺，半截粗大的箭桿和鐵羽露在地面上，似破土而出的刺馬樁。

戰馬揚蹄長嘶，城門郎拚力踢夾馬腹，戰馬吃痛，發瘋似地躍過攔路弩，疾奔而去。箭風呼嘯，血潑如雨，他壓低身子，只管死死地盯著前方。

此時，忽聞風聲尖細，如哭如號，城門郎伏在馬上扭頭一看，見身後漫天黑風，似有百箭齊發！

寒鴉箭？

城門郎的心一沉，暗自祈禱。

不料寒鴉箭剛發，一支鐵弩射出，大風潑得箭似亂棍，北門戍軍被掃開一片，三兩殘餘前方便是城門郎。

城門郎只能策馬疾奔，這馬非名駒，所幸受驚瘋奔，腳程頗快，眼看就要衝出強弩的射程，那鐵弩卻扎入一匹戰馬身上，從後臀將馬腹貫穿，巨力拖著馬屍翻了個跟頭，橫死於城門郎的戰馬後，本已受驚的戰馬一揚前蹄，城門郎被撩起，寒鴉箭至，一箭貫胸而過，戰馬帶著人馳出十餘丈，人便墜馬滾下了江堤。

何少楷回身，睨著城門司馬問：「不知大人可願救國？」

城門司馬面色蒼白地遠眺大江，見月懸江心，戰船聲勢浩蕩，宛如延綿的黑山，正朝堤口駛來。

「少都督忠義，下官佩服，南興若存，少都督當居首功。」城門司馬嘆息著閉上了眼。

江風寒瑟，何少楷涼涼地道：「但能救國，不求功耳。」

……

這夜，何少楷假以稟奏軍情之名率三千精兵夜登江堤，毒殺龍武衛弓兵隊於堤下，刺殺監門、門侯於城下，伏殺北門戍軍於官道，奪汴都城東、北二門。

這夜，汴都城的正東門開啟了三次，第二次湧入了三千水師精兵。這三千早已換好了夜行衣的精兵散入城中，埋伏在了東門要道附近。

弩聲已傳了出去，初時前來察問的兵馬皆遭伏殺，屍首被拖入暗巷，青石路上來不及擦拭的血卻驚了後來人。

當龍武衛分兵前往宮中和西南二門報信求援時，誰都知道，已經遲了。

子時初，南門開，一隊精騎繞路趕往汴州軍大營。

子時三刻，三千水師箭盡，立刻遭到了龍武衛驍、虎、豹三騎的屠殺，殘兵敗勇退至東門。

恰當此時，二十餘艘大小戰船靠岸，兵力足有十萬餘眾。

水師登岸，少數兵力留於船上，多數經東門及北城牆湧入了城中。刀鏘箭鳴，殺聲激越，勢如江浪，一層一層地往皇宮推去。

戍軍寡不敵眾，邊戰邊退，水師則兵分數路，一進城東便兵圍百官官邸，餘下的兵馬與戍軍拚殺，一路殺至了宮門。

內衛雖多高手，卻難誅殺數萬敵軍，只能以箭苦守。
寅時初刻，午門失守。
寅時三刻，崇文門失守。
卯時二刻，崇武門失守。
辰時初刻，崇華門失守。
禁衛刀鈍力竭，退至太極殿外，夜將盡，天未明，宮燈光影幽浮，殿前廣場上橫屍遍地，黑壓壓的兵潮湧進宮門，而後讓出了一條路來。
一人騎馬而出，馬蹄叩著青磚，慢慢悠悠，恍若更聲。
宮禁森嚴，何少楷頭一回在馬上眺望皇宮。天色灰朦，巍巍殿宇層影如山，卻比往日所見低了幾分，不再那麼莊嚴不侵。他睨向太極殿，見殿門緊閉，人影依稀在大殿深處。
何少楷牽起嘴角，揚聲道：「臣何少楷率水師將士恭請陛見！」
說是恭請，他卻沒下馬，言行之態極盡倨傲。
「何少楷，既然謀反，又何必惺惺作態？」太極殿前，龍武衛大將軍史雲濤怒斥。
史雲濤身旁殘部寥寥，率領禁軍殘部的是副將楊禹成，殿前並未見到李朝榮。

何少楷並不覺得蹊蹺，李朝榮是御前侍衛首領，自然在殿內護駕，而此時在殿內的只怕不只聖駕。攻下宮門前，他收到回稟，稱水師在相府、尚書府和王府等官邸中都沒能抓到人。

聖上都自身難保了，竟還想保別人！

何少楷嗤笑一聲，高聲道：「陛下明鑑，臣不敢謀反，只是國難當頭，不得不行此兵諫之舉。臣無不臣之心，只是陛下專寵皇后，縱其干政，寵信寒門，獨聽近臣，置三綱五常於不顧，置天下恥笑於不聞，士族臣諫無路，忠將救國無門，除了兵諫，臣實無他法。」

殿內靜悄悄的，唯見袖影浮動。

史雲濤啐出一口血水。「放你娘的屁！聖上開明，識人善用，何來獨聽偏信之過？我與李將軍和傅老尚書皆是士族出身，聖上怎就寵信寒門了？還不是你這等靠祖蔭入仕之徒怕新政後榮華富貴難繼？為私就為私，談何救國！」

何少楷目光幽沉，卻不理會史雲濤，只道：「既然陛下廣納諫言，今日何不聽聽百官之言？百官就候在宮門外，臣請陛下上朝！」

一聲上朝，聲勢如劍出鞘，天邊似被劃開了一抹魚肚白。

百官被趕進宮門，穿著朝服踏血而行，待進了崇華門，天已破曉，太極殿如披金裳，殿內燭火闌珊，越發顯出幾分幽沉來。

「陛下！」百官跪倒哀哭，猶如國亡。

何少楷道：「百官皆到，恭請陛下上朝。」

「恭請陛下上朝——」萬軍山呼，一重一重地傳出宮門，驚破了汴都的天。

當今皇帝六歲登基，縱然外戚攝政，也不曾被人逼著上過朝，如今親政卻遭此大辱，莫非是命數使然？

江南水師兵圍官邸時遞上了書信一封，信中言明了起兵之因與兵諫之意。皇后根本就沒被叛黨所擒，替鳳駕南巡的是何家女。皇后身在何處，鳳駕南巡的真意何在，信中皆未言明，但何少楷的意圖顯而易見——他想要百官同他一起逼迫聖上收復淮州，營救何氏。若聖上屈服於兵諫之威，日後只怕就是廢后、易相、攝政、竊國，朝中又出一個「元」家。

一時間，群臣舉頭望天，悲朝廷逃不過敗亡之運，惜皇帝天縱英才，卻帝業坎坷。

一時間，有人哀哭，有人四顧。

不久，百官中有了請命之聲。

「老臣恭請陛下上朝！」頭一位開腔的是御史大夫嚴令軒，淮州之亂傳入朝中後，率老臣們到宮門前死諫的便是他。

「臣等恭請陛下上朝！」先前一同死諫的老臣們也隨之請命。

殿內依舊靜悄悄的，何少楷知道皇帝在等汴州軍。自水師登岸起已有三個時辰，消息應已傳進了軍營，大軍差不多該到了。

「啟奏陛下，國難當頭，關州將士正在前線苦戰，還望陛下莫要拖延，否則臣只好入殿相請了。」何少楷使了個眼色，大軍向前湧去。

禁軍立刻擺出死守之態，血戰一觸即發，刀劍無眼，誰也不敢保證兩軍拚殺時，自己不被流箭所殺。

「陛下！事發至今，左相陳大人、兵曹尚書韓大人及刑曹尚書傅老大人所獻皆是禍國之策，臣請陛下出殿，處置奸相黨羽！」這時，有人喊道。

百官循聲望去，見這人竟是殿閣大學士秋儒茂。

八府聯名一事後，秋儒茂再未生事，今日卻還是上了何家的船。也難怪，日後即便南興苟存，聖上也難再親政了。

百官不由看向工曹尚書黃淵和督察院左都御史王瑞，不知兩人會如何抉擇。

百官的目光猶如萬箭穿身，黃淵和王瑞彷彿被釘在地上，竟然不動也不說話。

沉默在這一刻有著山海般的力量，殿前的哭聲漸低，有人開始挺直脊背，像黃淵和王瑞一樣面朝太極殿，一動不動，一言不發。晨暉灑在染血的廣場上，沉默的臣子像一座座朝聖的山石。

何少楷冷冷地舉起手刀，水師兵將上前，將請君上朝的文武架到後方，其餘人等棄之不顧。

「進殿！」何少楷一聲令下便退向後方，留下陣前兩軍挽弓相向。

黃淵等人閉上眼，等著萬箭穿心，喋血殿前。

「慢！」千鈞一髮之時，史雲濤忽然喝住弓手。「切莫傷及幾位大人。」

禁衛本已開弓，聽聞此令，頓時不知如何死守。

「攻！」何少楷揚鞭縱馬，率數千精兵衝進了禁衛陣中。

禁衛陣腳大亂，史雲濤和楊禹成各率一部邊戰邊退，殿前很快被豁開一道口子，何少楷飛身落在大殿門前，一腳踹開殿門，提刀便進了太極殿！

隨何少楷一同進殿的有百餘人，但剛湧入內殿，兵將們便停了腳步。

只見後窗虛掩著，一屏衣架擺在內殿中央，金冠玉帶天威懾人，華袍舒捲宛若流雲。大風穿殿而過，剎那間彷彿有龍騰於衣袂，乘風而起，噓氣成雲，懾神奪魄。

兵將們驚慌後退，只留何少楷一人僵在了太極殿內。

殿中無人，唯有衣冠一副。

宮中有詐！

聖上不知去向。

時間稍稍往前。

水師攻入都城，兵鋒直指皇宮，不時有快馬馳向堤口，登船奏報軍情。

辰時初刻，崇華門失守，一隊快馬從宮中馳出，直奔東門。斥候在中，前後舉火而行，細碎的火星飄進一條暗巷，巷子裡有道黑影乍現。

嗖！

一支短箭從巷中射出，箭聲如同暗號，暗箭頓時從八方而出，斥候一行猝不及防，紛紛墜馬，幾息之間就死了個乾淨。

一道黑影掠上馬背，打馬進了巷子。斥候的屍體被一隊黑衣人拖了進來，幾人身背單刀，袖藏毒箭，赫然是江南水師先遣精兵的打扮。

眾人換上斥候的衣甲，奔出巷子，拾起火把，翻身上馬。

「依計行事！」為首之人一聲令下，率人馳出東門，向北直奔江堤。

「報——」這隊人馬在柳林道外翻身下馬時，戰船上的梯板已放了下來。

江上浪高風寒，眾將士拱衛之處坐著位老將，問：「如何？」

斥候跪稟：「崇華門已下！少都督率軍逼至太極殿前，文武百官已候在午門外！」

「好！」老將撫掌而起，目光炯亮。「爾等急告少都督，汴州軍已動多時，估計不出半個時辰必到，望少都督速決！」

「是！」斥候抱拳一揖，雙拳向前，袖中暗箭驟發！

這箭是先遣兵所配，箭上淬了毒，其光青幽，不易察覺，斥候離老將只有丈許，這箭可謂奪命。卻不料江風吹來，白浪翻上甲板，奪命之箭遭風浪一打，生生偏了半寸，穿喉之箭擦著老將鬍鬚便墜入了江中。

幾乎是在風浪打來的一瞬，斥候料到失手，毫不遲疑地拔刀一送！

袖箭墜江，刀光已至！

老將空手阻刀，灑著血退至兵架旁，拔出虎刀應戰。

甲板上大亂，大小戰船上的弓手紛紛奔至船首，瞄了又瞄，卻不敢放箭。江天昏昏，風浪呼號，兩人在白浪裡纏鬥，放箭很難不誤傷老將軍。

這時，主戰船上的三千兵將向船首湧去，斥候的隨行護衛只有六人，一人提刀助戰，將背後留給了五位同伴。

五人面對潮水般湧來的三千兵將，攻守之間竟頗得章法，他們的刀法不是軍中教頭教授的路數，出刀刁鑽，下手狠準，大有古怪。他們很惜氣力，不求殺敵千百，只求廢敵戰力。他們傷敵手腳必挑腕肘筋脈，傷敵臟腑必刺要害穴路，一旦失手，必有人補刀，列陣配合，協作殺敵，絕不肯多出一刀，多費一分氣力。區區五人，短短片刻，竟殺得甲板上殘兵遍地，使得衝上來的水師無處落腳，驚得心顫膽裂。

老將心驚不已，與他纏鬥的兩個刺客武藝不差，斥候似乎不擅使刀，卻勝在進退敏捷，助戰之人卻是個使刀的好手，刀法大開大合，勇猛時如虎，刁鑽時如狼，專攻人下三路，甚是卑鄙。

一個不擅使刀的刺客竟是刺客首領，一個護從的刀法像是身經百戰的老將，區區五人將三千水師殺破了膽，這些人是何來路？

老將拆開胸前一刀，往桅杆後一轉，作勢登杆，俯刺而下，刀尖兒往甲板上一杵，人隨刀走，潑風般朝著斥候斬去。

這一招老到精妙，斥候難以拆擋，被逼得連連後退。後方是他的戰友，避則傷及戰友，亂及陣型，且一旦老將衝殺出去，有三千兵將相護，他們很難再殺入敵軍陣中，今夜必定事敗。可若不避，死的人便是他。

如何抉擇，顯而易見。

須臾之間，斥候在戰友背後站定，在虎刀刺來的一刻，猛地將身體往刀上一送！

噗！

刀尖已在甲板上擦得通紅，入肉如削泥，斜穿左肩而出，冒著熱氣，江風一吹，說不出是腥味兒還是焦糊味兒。

斥候按住刀背，大喝一聲：「幾位將軍還等什麼？放箭！」

此話一出，聞者色變，無不疑船上的將領裡有皇帝的人。馮老將軍暗嘶一聲，分心之際，身後忽然有異風撲來，他暗叫不好，急忙拔刀，卻發現刀背被按得死死的，斥候任由虎刀絞著血肉，一口鮮血噴出，血水糊了老將的臉。

老將閉眼之時，身後刀風已至！

一刀破甲，一刀穿胸，馮老將軍踉蹌一步，虎盔被人挑落，染血的長刀從他背後抽出，架在了他的脖子上。

「誰敢妄動，老子就宰了姓馮的！」侯天高喝一聲，戰船上頓時靜得只聞風浪聲。

「都督！」兩名特戰營將士回身欲扶章同。

「戒備！」章同喝止兩人，取出密旨宣道：「聖上有旨——江南水師興兵謀反，朕念兵丁皆聽將令行事，身不由己，故赦其罪！凡棄兵甲者，赦！擒拿反將者，賞！抗旨不降者，誅！」

明黃的密旨上繡著金龍，龍身染血，旨意傳罷，章同扶著插在身上的虎刀，往船首一瞥。

只見大小戰船的船首忽然被勾爪勾住，翻湧的江浪中冒出無數尖兵，身穿黑袍，背負箭筒，攀索而上，速度奇快。

江南水師的目光在聖旨上，誰也沒留意船首，待發現人時，尖兵隊已翻上船隻，就勢躬身，背上羽箭齊發，射死弓手，搶弓奪弩，瞬息之間便掌控了船首。

混亂之中，副船上傳來一聲慘呼，有人趁亂摸到副將吳勇腳邊，對準大腿便是一刀！匕首是特製的，刀尖帶著鉤子，吳勇的腿頓時血如泉湧。

他揮刀斬向刺客，那人任憑長刀從頭頂削過，竟無畏無懼，猛地拽住他的腳踝，使力一拖！

吳勇的腿受了傷，經這一拖，撲通跪倒，脖頸遭人一絞，冰涼腥紅的刀便逼在了頸旁。

「別動，否則你會死得更快。」劉黑子往船頭望了一眼，船頭立即有尖兵向主船打旗語。

少頃，各船首皆有旗語打出——戰船已得手！

從宣讀聖旨到副將被擒、各戰船失守，不過是眨眼之間。

江南水師慌了——能不慌亂嗎？刺客的身分已呼之欲出。

堂堂江北水師新任都督，竟親自登船生擒了馮老將軍。江北水師區區五人，殺得主船殘兵遍地，那些奪下各船的尖兵是何時摸到船邊的，又在江裡潛了多久？此乃隆冬時節，今夜風高浪急，這些人沒凍死在江中已屬奇事，竟還能攀船奪舵，擒下副將，都是水鬼不成？

馮老將軍咳血笑道：「沒想到章都督有勇有謀，倒是個將才。可惜少都督已率軍兵圍太極殿，江上尚有十萬水師，憑章都督麾下的兵力是扭轉不了乾坤的，不如轉投少都督麾下，保個錦繡前程，如何？」

章同方才的放箭之言八成是唬人的，此人在生死之際還能有此急智，僅憑一言就亂了軍心，致他大敗，的確是個將才。

章同嘲諷道：「老將軍怎知何少楷進了宮，一定能出來？」

「此話何意？」馮老將軍一驚，不敢斷定章同之言是真有其事還是在擾亂軍心。

身受重傷的兩人對望著，都沒再吭聲。

兩人都在等，等著看是兵諫捷報先至，還是汴州兵馬先到。

這一等，直等到破曉時分，只見一線晨暉生於江東，滾滾大浪勢吞金烏，卻吞不沒官道上滾滾而來的黃塵。

馮老將軍閉上眼，彷彿失盡了一身熱血。

汴州軍以戰車為陣，載著床弩，應戰清路，一路兵馬緊隨戰車之後馳下江堤，精兵強將占滿了堤口，戰車強弩瞄準大小戰船，蓄勢待發。

「章都督可在？」一名將領揚聲問道。

「在此。」章同強撐著獨自走出。

將領見章同肩上穿著把長刀，不由露出敬意，抱了抱拳。

章同面向長堤，目光如鐵。「斬！」

一聲令下，侯天和劉黑子先後揮刀斬下，兩顆頭顱滾落在了甲板上。

「聖上有旨——朕念兵丁皆聽將令行事，身不由己，故赦其罪！凡棄兵甲者，赦！擒拿反將者，賞！抗旨不降者，誅！」侯天接過聖旨，替章同再宣了一回。

這一回，沒人再敢熬等捷報，水師一層一層地跪了下來，猶如潮落。

不久，堤上傳來隆隆聲，汴州軍憑藉十倍於守城水師的兵力闖進了城門，一軍精銳押著戰車到了北城牆下，巨大的鐵弩呼嘯著扎進城牆，猶如殘垣斷壁上生出的樹椿，精兵攀椿而上，潮水般翻入了城中。

天亮之時，伏屍萬餘，血浸長街，城門開啟的一刻，汴州總兵徐銳手提人頭高舉虎刀，喝道：「兵圍宮門！誅殺叛臣！」

汴州軍如同一把插進都城的利劍，捲著腥風馳向宮門。

徐銳喚來親兵長，吩咐道：「速請聖駕入宮平叛！」

第七章

甕中捉鱉

汴都宮依山面水而建，山川秀麗，闢有石路，半山腰青石鋪就，石碑為林，乃是一座廢陵。

廢陵四周有御林軍把守，李朝榮、陳有良、傅民生、韓其初皆在。

韓其初舉目東望，眼見天色大亮，奏報還沒有來，他不由看了眼陵園中央。

陵園中央有塊空地，站著一馬，坐著一人。

地上有口鐵鍋，深如大缸，鏽跡斑斑。鍋裡滿是枯枝敗葉，晨光灑來，鍋身沐著金光，彷彿盛著世間至寶。

除了李朝榮和少數侍衛，沒人知道這口鍋的故事。

當年，皇后曾在山中煮屍，帝后於一口鍋前論天下江山，談彼此之志。皇后從軍後，聖上命人將鍋放在陵園，後因政事繁忙，再未來過。

昨夜，聖駕自合歡殿下的密道出宮，到了陵園，見到鍋後便盤膝坐下，任月移星淡，宮裡宮外的奏報來去如飛，目光始終不曾從這一口鏽鍋上移開。

韓其初不由欽佩，辰時初刻，請君上朝之聲在此都能聽見，陛下的眼裡愣是只有一口鏽鍋。

破曉時分，何少楷闖入太極殿，發現中計，縱兵搜宮。史雲濤和楊禹成率部保護百官撤往神武門，神武門是冷宮禁門，出了宮門便是此山。何少楷若看出禁軍的撤離路線，定會懷疑陛下藏身山中。

當初聽聞聖意，左相大人認為陛下以己為餌太過冒險，陛下卻道：「鋤奸平叛，將士們皆拿命在拚，朕的命怎就拚不得？為了洗清朝堂，朕才將太極殿讓出來，一旦辨明忠奸，朕就不能讓人再死了。讓史雲濤和楊禹成把人都護送出宮，朕就在陵園等著何少楷，若江上失手，州軍來遲，朕就親手取下何少楷的首級。」

取了何少楷的首級，一樣能扼住江南水師，章兄其實不必非去冒險，但陛下命他去了，因為何家覆滅之後，總得有人統御江南水師。

陛下屬意章兄，但章兄一非名將，二無奇功，接手水師，只怕難以服眾。他必須要建奇功，要懾得住軍心，日後的路才好走。

陛下給了章兄建功的機會，章兄可一定要活著回來！

韓其初面東遠眺，覺得這一夜比盛京變天那一夜還難熬。

「愛卿也有心神不定的時候？朕還當你老成持重，萬事從容呢。」這時，步惜歡總算開了口，樹枝割碎了晨霞，細碎地灑在紫貂大氅上，他似披著一身星月，漫不經心地道：「你仔細聽聽，這不是來了嗎？」

來了？

韓其初回身，忽見樹梢掠過一道黑影，盤旋而下，落在了李朝榮的手臂上。

李朝榮解下密奏看罷，面色一凜。「啟奏陛下，江上得手，章都督身受重傷，軍醫已上船診治。徐總兵率汴州軍攻破城門，斬敵萬餘，此時正圍堵宮門，恭請聖駕平叛！」

州軍破城毫無懸念，江上得手卻是大捷，只是章同重傷，誰都喜不起來。

韓其初道：「陛下，何不命徐總兵撥些兵馬將御醫們從府中救出，護送出城，登船問診？」

「准奏。」步惜歡拂去身上的落葉，終於起了身。「命徐銳調撥兵馬殺進神武門，把人給朕救到山上來。」

「遵旨！」

約莫一炷香的時辰後，神武門方向殺聲大起，又過了大半炷香的時辰，山下才傳來了腳步聲。

史雲濤和楊禹成率禁軍護著百官上了陵園，眾臣見駕，無不喜極而泣。

「啟奏陛下，微臣兩人幸不辱命！」史雲濤和楊禹成齊聲覆命。

「二位愛卿平身！」步惜歡將兩人扶起，目光緩緩地從禁衛們被血糊著的眉眼上掃過，最後看向後頭。當他看見黃淵和王瑞時，眸底似有明波湧起，漸漸暖若春陽。許久後，他才道：「朕知道諸位愛卿受驚了，此刻必定驚魂未定，但朕可沒帶定心丹。朕想問一句，諸位愛卿剛從宮中死裡逃生，可有膽量隨朕再回宮一趟？」

眾臣震驚地仰起頭來，見天子負手而立，晨光斑駁，灑在貂毫上，那銀亮之色若隆冬雪融，早春已至。

步惜歡道：「這一回，諸位愛卿還走午門，朕領著你們。」

山風穿過陵園，眾臣望著帝顏，心頭似有熱浪在湧，齊聲道：「臣等誓死追隨陛下！」

這天，宮門被圍了兩次，一回是江南水師，一回是汴州兵馬。

何少楷命人搜宮，見禁軍往後宮撤去，便親自率軍追趕。

神武門外是一座皇家陵園，葬的是高祖遷都前亡故的妃嬪，荒廢已久，山高林密，倒是個藏身之處。

何少楷急令射殺禁軍，速往廢陵。可宮巷幽長，弓手極難發揮作用，只能與禁軍刀槍相拚。大軍行進緩慢，生生在幽巷裡耗到了天亮。

神武門外，負責把守宮門的水師遭遇了汴州軍，正想退入宮中躲避，不料一開門就撞上了禁軍。

前有汴州軍，後有禁軍，一個營的兵力很快被圍殺了個七七八八，朝中文武被接出宮門，宮門口一空出來，就露出了黑壓壓的州軍和戰車強弩。

何少楷頓時色變，高喊：「撤！快撤！」

巷子裡擠滿了人，要退談何容易？

粗如人臂的鐵弩射出，所經之處，劈山分海，血潑宮牆！

何少楷的戰馬被鐵弩掀翻，馬屍撞上兵潮，巷子裡人伏如草，他踩著人頭亂屍便掠出了宮巷。

太極殿前的廣場上，降臣們見何少楷狼狽逃回，不由大驚。

何少楷招來個小將道：「命大軍關上宮門，堅守不出，快！」

「報——」話音剛落，一騎快馬從崇華門外馳來。「稟少都督，汴州軍重兵圍宮，午門已破！」

降臣大驚！

何少楷一把揪住傳令兵的衣領，怒問：「汴州軍何時破的城門？為何不見來報！」

傳令兵道：「末將不知！末將沒收到城門的軍報，興許是……人都死了，或是被俘了。」

「你敢亂我軍心？」何少楷大怒，拔劍要斬此人。

「少都督，傳令要緊。」將領給傳令兵使了個眼色，催促道：「快命前方將士死守崇文門，待少都督搜出聖駕，論功行賞！」

皇宮御苑有宮殿院閣四、五十所，僅屋子就數千間，其中不知是否藏有密道。莫說聖上可能不在宮裡，就算在，要搜宮也非一朝一夕之事。但事到如今，只能如此傳令，否則軍心必亂。

傳令兵死裡逃生，剛要爬上馬背，忽聽何少楷道：「慢著！」

他進太極殿取來一只玉冠，說道：「你拿此物前去傳令，告訴徐銳，聖上已在我手中，若不鳴金收兵，他就會看到聖上的首級。」

「是！」傳令兵抱著玉冠上馬離去。

一刻鐘後，崇文門外，步惜歡端量著玉冠笑道：「這傳令兵倒是個不怕死的，敢傳要朕腦袋的話，人在何處？給朕喚來。」

少頃，兩個精兵押著個傳令兵進了軍陣中。

見這兵頭都不敢抬，步惜歡笑道：「朕剛還誇你膽子大，怎就縮回去了？」

傳令兵聞言猛地抬頭，只見面前一匹神駒，馬上之人披著紫貂大氅，月袖迎風舒捲，晨光之下似有金龍騰躍。

「陛下？」傳令兵面色煞白，陛下不是在宮裡嗎？怎會在汴州軍中？

「朕聽說何少楷揚言要取朕首級？朕這兒湊巧也有人頭，你幫朕提過去。」

步惜歡說罷，兩顆頭顱便骨碌碌地滾到了傳令兵面前。「給朕傳句話，就說江北水師都督章同率死士斬馮、吳二將於船首，水師已降，城門已破。朕念及江南水師乃聽令行事，故赦其罪，凡棄兵甲者，赦！開啟宮門者，賞！抗旨不降者，滿門皆誅！」

傳令兵驚得心膽俱顫，他想說這旨意傳不得，要是提著二位將軍的人頭馳過宮門，亂了軍心，少都督必斬他。

但當他望向馬上，卻見天子撫著馬鬃，漫不經心地抬了抬眼，那眸波凜如嚴冬，連晨光都被逼退了三分。

他忽然便明白了，他沒有選擇。

何少楷剛命人將天子朝冠送出宮門，傳令兵就去而復返。

「江上軍報！江北水師都督章同率死士斬馮、吳二將於船首，水師已降，聖上在汴州軍中！」傳令兵手提人頭，未馳過崇華門就揚手一拋，兩顆頭顱滾到了何少楷腳下。

降臣們定睛一看，驚得肝膽俱裂。

何少楷雙目血紅，見傳令兵竟連馬都沒下，怒道：「你果然是奸細！」

傳令兵急忙辯白：「末將冤枉！末將出去傳令，在汴州軍中見到了聖上，聖上有旨……」

「閉嘴！」何少楷揮劍便斬。

傳令兵早有所料，故而未敢下馬，見何少楷要斬他，掉轉馬頭，揚鞭便逃。

何少楷搶過弓來，張弓就射！

傳令兵肩頭中箭，心中憤恨，邊策馬奔逃邊高聲道：「聖上有旨：念江南水師乃聽令行事，故赦其罪，凡棄兵甲者，赦！開啟宮門者，賞！抗旨不降者，滿門皆誅！」

何少楷怒極，一連射失數箭。

一旁的將領呼道：「少都督，想對策要緊！」

這時，一聲長報自後宮而來：「報少都督，將士們敵不過角弓強弩，傷亡慘重！州軍眼看就要殺出後宮，往這邊來了！」

何少楷挽著弓，緩緩地轉過頭來，臉色終於顯出了幾分蒼白。

將領道：「少都督，末將去拖住後方，前方需得少都督前往，唯有少都督能穩住軍心！」

何少楷知道，眼下只能如此了，他馳到崇文門，舉劍高喝：「將士們！徐銳奸詐，切莫受他蠱惑！今日我與將士們同生共死，共守宮門！」

有人怯怯地問：「少都督，聖上真被您擒住了？」

何少楷見問話的是個陌長，於是淡淡地道：「自然。」

「那為何您不叫聖上來宮門前？汴州軍總不會不顧聖上的安危，強攻城門吧？」陌長越說聲音越小。

周圍越發靜得熬人。

何少楷看了陌長許久，下馬提劍走了過去。

人群呼啦一聲散開，何少楷目光沉鬱。「方才軍中混入了奸細，我就在想會不會有同黨，你莫非就是那同黨？」

陌長大驚。「少都督，末將——」

噗！

話未說完，陌長的胸膛便被長劍刺透，幾個伍長要撲過去，被同伍之人給拉住了。

何少楷舉著染血的長劍，高聲道：「聖上被看守在太極殿中，軍中混入了奸細，萬一聖上被救，諸位今日的血豈不白淌了？望將士們與我一同死守宮門！若再有亂我軍心者，軍法論處！」

何少楷被奉為少都督多年，軍中威望頗高，兵將們看著地上的屍身，看著劍上淌下的血珠，慢慢地往宮門湧去。

就在這時，忽聽轟的一聲，衝撞車撞在宮門上，巨響聲如春雷天降，萬壑石破！

水師在江上作戰，軍中並無衝撞車，衝撞車是攻城用的，車上裝有巨木樁，木樁前裝有鐵頭，莫說宮門了，就連城牆都能撞破。且州軍有戰車強弩，宮門一破，鐵弩先發，寒鴉箭後至，所到之處，遍地伏屍。水師軍中無重兵械，劣勢顯而易見。

「不准退！死守城門！」何少楷的呼喝聲被淹沒在轟隆聲中，他想斬殺幾個逃兵以正軍紀，卻被大軍擠得連連後退。

接下來的事猶如大夢一場，生死兩回。

巳時三刻，崇文門破。

午時初，崇武門破。

午時二刻，崇華門破。

此時，後方戰事已休，副將中箭身亡，四方宮門皆被州軍圍住，皇宮如同一口大甕，將水師兩路敗軍逼進了太極殿四周。

軍心惶惶，數萬殘兵敗將注視著崇華門外。

日高雲淡，血洗宮道，兩旁精騎馳列，有人遠遠行來。

神駒踏血如踏天霞，御馬之人氅衣已去，大袖舒捲若萬里祥雲，氣勢浩蕩，風華萬古。

帝王歸來，大軍列道，文武相隨。冬風捲過馬蹄，血氣乘風而起，直貫日月長空。

不到一日夜，朝中文武在宮道上走了兩回，這一回仍是踏血而行，卻無人畏懼。

敗軍退無可退，仰望著崇華門處的一人一馬。聖上胡鬧的那些年裡，江上年年大興龍舟，水師年年奉旨護駕，卻無人登過龍船見過龍顏，今日一睹，當真是一眼萬古，風華永存。

只見天子勒著馬，全然不懼會從哪兒竄出一支冷箭將他射落馬下，他掃視著軍中，似檢閱軍容，幾個來回後才問：「朕曾命水師軍中的一個傳令兵傳過旨意，此人何在？」

大軍面前，頭一句話問的竟是個傳令兵，數萬將士皆以為聽錯了。

半晌，徐銳稟道：「啟奏陛下，人在後面。」

「嗯？」步惜歡回望身後，見傳令兵被州兵攙來，肩上插著支箭。

這傳令兵死裡逃生後，馳到崇文門附近時打馬進了宮巷，佯裝傷重墜馬，此後便一直裝死，這才撿了一條命。

步惜歡一見人來的方向便猜了個八九不離十，笑道：「好小子，是個機靈的，你傳旨有功，賜銀千兩，封水師突擊校尉吧。」

「啊？」傳令兵傻了眼。

突擊校尉是掌一營衝鋒舟的實職，江上剿匪時常是先出動衝鋒舟警戒刺探、搜索追擊，突擊校尉涉險多，也最易立功。這職司一貫是士族子弟的，就算是花銀錢打點也得擠破頭，他怎麼也沒想到，大難不死會有這等後福。

「不想領旨？」步惜歡笑問。

「想！」傳令兵喜得忘了疼，叩拜道：「末將領旨！謝陛下隆恩！」

「去吧，叫他們扶你下去治傷，可別落下病根兒。」

「謝陛下！」

水師兵將看著傳令兵被扶了下去，而後見天子轉頭望來，掃視著人潮。

「朕聽說有人恨朕親信寒門？是誰在冤枉朕？朕要的是人才，文治武功，忠義智勇，凡有才學膽識之循吏能將，不問出身，朕一概用之。朝廷用人之際，正是爾等建立功業的大好良機，可瞧瞧你們，有勁兒不往外敵身上使，反倒興兵內伐！你們受人挑唆之時，可曾想過，贍軍的糧餉俸祿是國庫出的，不是襄國侯府的私庫出的？國庫的錢糧從哪兒來的？百姓身上！如今嶺南王與淮州叛黨興兵謀反，百姓眼看要受兵災禍亂之苦，爾等不思保家衛國，反倒跟朕兵諫，逞凶鬥狠，匹夫行徑，半點兒當兵的樣子都沒有。以後長點兒記性，記住了，你們不跟朕姓，也不姓何，江南水師守的，是家國百姓。」就算是訓斥，天子的語氣也跟閒話家常似的。

廣場上靜悄悄的，水師兵將望著天子，用近乎仰望的目光。許多人自參軍起就以為水師姓何，因久無戰事，操練散漫，軍中狎妓賭博之風盛行，少有人能憑軍功混個一官半職，大家權當混口飯吃，從來沒人告訴他們當兵該守什麼。

「行了！」步惜歡擺了擺手，那倦態就彷彿是自家子弟意氣用事胡鬧了一場，訓斥過了也就罷了。他瞥了眼太極殿，問：「何氏黨從可在殿內躲著？你們一個個的杵在這兒，可是要跟朕兵諫到底？」

「不！」大多數人還愣著的時候，軍中有人喊了一聲：「末將願降！」

那人是個伍長，正是在崇文門口被冤殺的陌長麾下的伍長。

「末將也願降！」

「末將也願！」

幾個伍長什長接連跪下，接著便是那一陌的百來個兵。

人潮好似塌了個洞，漸漸的，這洞越塌越大，數萬大軍沒一會兒就都跪了下來。

「末將願降！」萬軍山呼，聲勢震天，迴盪不絕。

這時，忽聞嗖的一聲，箭從太極殿中射來，趁著人潮跪降，山呼震天之時，射過萬軍頭頂，向著步惜歡的心口而來！

步惜歡抬了抬手，華袖一蕩，離崇華門最近的將士竟沒覺出風來，只見冷箭擦過袖口，似鴻毛掠過月河天池，明波一送，暗箭當空一折，從萬軍頭頂又射了回去。

噗！

大殿窗後濺開血花，血染了宮窗，窗紙上卻未添新洞——那箭竟原路射回大殿，未偏分毫！

水師讓出路來，州軍圍住太極殿，徐銳率精兵攻入殿中，少頃，身受箭傷的何少楷及其黨從被押了出來。叛臣們到了御前，抖如篩糠，跪都跪不穩了。

何少楷的傷離心脈只偏半寸，血汩汩地冒著，臉色青白。

步惜歡道：「愛卿啊，朕記得前幾日剛跟你說過，男兒志在報國是好事，可也得分時候，你想建功立業，日後有的是機會，怎就急成這樣？你蠱惑軍心，縱兵謀逆，方才又欲刺駕，而今被擒，還有何話講？」

日暈刺眼，何少楷像跪在塵埃裡，連龍顏都看不清。年少相識，他一貫看不慣皇帝，彷彿天塌了也乾坤在握。祖父總拿聖上的城府、心性訓誡他，哪怕聖上尚未建勢之時，祖父也認為他不及聖上。今日一敗塗地，他真想放聲大笑。

「成王敗寇，有何話講？臣到了黃泉路上會記得看著陛下的，看陛下能得意到幾時，看宮門被嶺南和淮州大軍攻破之日，陛下還能不能像今日這般風光。」

何少楷目光如豺，掃了眼水師，譏諷道：「何家三代戍江，他們都能背叛我，陛下以為他們能有多忠君？不過是怕死罷了！臣就等著看嶺南王破城那日，陛下也嘗嘗被人陣前背叛的滋味兒！」

水師將士低著頭，說無愧意，那是假的，可少都督要兵諫，他們軍令也領了，皇宮也闖了，賠了不少性命，最後事敗被圍。州軍的兵力兩倍於水師，前後有角弓強弩相逼，不降難道要被射殺在殿前嗎？誰不惜命？誰家沒有妻兒老小？

少都督恨他們臨陣投降，這番話說給了聖上聽，聖上日後必疑江南水師，將士們絕不會有好日子過。

這時，卻聽聖上道：「看來愛卿並不心服，君臣一場，朕就再教教你。愛卿口口聲聲地說叛軍破城，可朕似乎從來就沒說過大患未平啊。」

什麼！

何少楷仰著頭，文武百官皆不明此話何意。

步惜歡道：「卿等不是要請朕上朝嗎？朕就如卿等之願，叫你們再上一回朝。」

「上朝——」老太監的聲音尖利肅殺，像一把剔骨之刀，在隆冬的正午時分讓人禁不住打了個寒噤。

這是南興歷史上時辰最晚的一次早朝，也是氣氛最為肅殺的一次。

文武列班，叛臣由禁衛押在殿中，殿外跪著敗軍，角弓強弩列陣待發。

金鑾殿內，皇帝倚在御座裡，眼眸似開半闔，淡淡地道：「念！」

太監捧摺入殿，奏摺極厚，皆是奏事的白摺。

范通取來一本，滿朝文武不論站著的還是跪著的，皆屏息細聽。

范通揚聲念道：「臣淮州刺史劉振跪奏，為淮州叛臣作亂一事，仰祈聖鑑：今日辰時，淮陽文武奉懿旨於州衙候駕，聽候問政。衙內宮毯為道，鳳屏為簾，凡州臣所奏之築固江堤、重建村鎮、兩倉虧空、銀糧緊缺等賑災要情，皇后皆無一言一策。別駕曲肅怒責南巡無用，延誤州政，接駕之耗，勞民傷財。鳳駕震怒，叛臣趁機作亂，挾持汙辱皇后，逼取文印兵符，私放江洋大盜，血洗刺史府，逼降州臣。叛臣為淮州都督許仲堂、長史吳莊、錄事王英、把總劉大勇……降臣為……」

范通念著名單，百官聽在耳中，詫異在心。

這摺子裡言道的皇后應是何氏，淮州不是落入了叛黨手中了嗎？奏摺怎麼會到了宮裡？

這時，范通合上奏摺，取來一本，接著念：「臣淮南道總兵邱安跪奏，為皇后平叛一事，仰祈聖鑑：今日叛黨傾巢而出，挾持替子，謀奪淮州，事皆如聖上所料。臣交出兵符，隱忍而待，終得叛黨名單，幸不辱命！然為逼降，叛臣縱江洋大盜血洗刺史府，羞辱婦人，拋殺孩童，行徑卑劣，令人髮指。刺史劉振誓死不降，叛黨欲辱其妻女、殺其幼子，臣心不忍，正待平叛，不料鳳駕忽至州衙。皇后率神甲侍衛八名，救劉大人妻女庶子，斬江陽幫代幫主曹敬義，審淮州都督許仲堂。現已查明，北燕帝欲謀江南，命嶺南王勾結南圖大皇子，策反林黨餘孽，欲先挾替子謀奪淮州，再殺替子嫁禍朝廷，激反江南水師，置陛下於險地，用心險惡！皇后命臣瞞天過海，藉機肅清朝中奸佞。目前，臣已奉懿旨點人混入災民之中，監察城內。叛黨以為事成，淮州文武同寢同食，無敢擅離……」

摺子還沒念完，百官已震驚至極，不敢相信淮州之亂和這場宮變竟是帝后聯手撒下的一張大網。

何少楷神色癲狂，這不可能！皇后應在神甲軍中，護送巫瑾事關南興江山，她怎有膽量折返淮州平叛？這是謊言！

然而，摺子還沒念完。

「……皇后夜審叛臣，命許仲堂書密信一封與嶺南，謊稱事成，詢問後事。臣斗膽猜測，皇后欲圖嶺南，故而加急奏事，叩請聖奪。臣淮南道總兵邱安跪封，嘉康初年十二月初二。」

念罷，不管百官的神情是何等的精采，范通又取來一本摺子，接著念：「臣淮州別駕曲肅跪奏，為皇后問政一事，仰祈聖鑑：淮州水災發於八月，退於十月，被水沖淹的四百一十二村尚待重建，城中餘災民三萬，賑災糧僅夠三月之用。臣愧對聖上，愧對百姓，因林黨私取兩倉錢糧贍軍，又私販倉糧，致使兩倉虧空，臣為補虧空、為防富戶囤積居奇，故出低價收購富戶存糧之下策，致使商戶損失，在重建村鎮一事上盤剝倉司，致重建遷延日久，災民無家可歸，賑災糧消耗日重，錢糧告急，治災緊迫。」

「州僚商議之對策有二，一策主張以災民為先，用重典震懾商戶。一策主張勸糶之制，勸有力之家無償賑濟災民，給予爵賞。二策各有利弊，一恐傷及漕運賦稅，一恐州政難以監管，皆積弊深遠。二策各有附議者，爭執難下，本應上書恭請聖裁，因奏摺來去頗需時日，皇后恰至淮州問政，臣遂斗膽先請鳳裁。」

「皇后曰，朝廷救災之策單一，蠲免、賑給、賑糶三策皆有依賴儲糧之弊，應加行賑貸新策。皇后曰，以財投長曰貸，所謂賑貸，即大災之年，官府可借糧種於非重災戶，收取息糧，待民度過艱厄，大豐之年還粟於倉。朝廷可與民以契約之，准民分期還粟。如民借粟一斗，三年還清，年需還粟五升；五年還清，年需還粟四升；十年還清，年需還粟三升。縱觀古今，凡賦稅之策，無不日久累民，分期之策卻無此弊，民還粟之年越久，負累越輕，而朝廷所得之糧越多，可謂利國利民！臣以為，此策可救民而不傷民，可補倉而又富倉，假以時日，兩倉必豐，戰時亦有餘力賑軍，可謂萬全之策，利在糧倉，功在社稷！臣盼朝廷早議此策，跪請以淮州為試！」

老太監念著摺子，腔調裡竟生出幾分激越之情來。

百官如遭大浪擊身，已不知驚為何物。

而這摺子長得很，還沒念完。

「重建村鎮一事，皇后以為無需決斷。此前淮州曾上書，林黨與綠林草莽及漕商勾結私挪私販儲糧，奏請嚴查，後因治災，便擱置至今。皇后以為，不法漕商必定追隨叛黨，故而只需靜待，誰反拿誰，查抄之銀可從正經商戶處足價買料僱工，既不傷商戶，又可重建村鎮，還可將不法漕商一網打盡，一舉三得。」

「皇后問政淮州，賜賑貸之策，解建村之困，收民心之失，除不法漕商。淮州何其有幸，臣等心悅誠服，祈盼朝中肅清奸黨，建久安之勢，成吾皇長治之業。臣淮州別駕曲肅跪封，嘉康初年十二月初二。」

摺子合上，范通手邊竟還有兩本。

「臣神甲軍大將軍越慈跪奏，為何氏行刺鳳駕一事，仰祈聖鑑：皇后忽至淮州，何氏見駕驚慌，經審，南圖大皇子得一女幕僚，江南人士，身分不明，遊說何氏自薦，伺機被擒，以圖后位。何氏蠢鈍，信以為真，落入叛黨轂中，險釀禍國殃民之災。皇后平淮州之叛，欲清朝中奸黨，何氏圖謀落空，遂行刺駕之舉，現已被嚴加看禁，恭請聖裁！臣神甲軍大將軍越慈跪封，嘉康初年十二月初二。」

百官聞言看向何少楷，水師兵圍府邸時，信裡說的可是何氏因痴情而甘願為替子，半個字都沒提受人遊說、圖謀后位之事！

范通合上摺子，取來最後一本。

「屬臣南圖國巫瑾請皇上聖躬萬安，臣奉旨回國，歸途危機四伏，幸賴皇后親率神甲軍隨行，引蛇出洞，查明臣之大皇兄勾結嶺南王，欲以水蠱攻破神甲軍。臣早設防備，於淮州大莽山中潰敵，神甲軍斬嶺南軍一萬精銳，俘淮州叛將兩人、嶺南將領一人、幕僚一人及擅使水蠱的圖鄂神使端木胣。皇后因察知淮州有變，提前折返，現應已至淮州，臣在州界祈盼鳳駕萬安歸來，祈盼皇上肅清奸佞，帝業永祚。」

所有摺子念罷，疑問已清，百官心頭之驚卻難消解半分。

皇后護送瑾王回國，並折返淮州平叛，不僅意圖肅清朝堂，還想圖謀嶺南，這麼大的事，帝后竟瞞著百官！當然，若朝議此事，群臣必定反對。皇后身分尊貴，豈能當護衛的差？且自古就沒有女子入了宮還能出宮的，更何況是位主中宮，遠涉屬國。

當今皇后提點刑獄就已夠蔑視綱常了，摺中所奏之事隨意挑出哪一件來都稱得上是千古第一人。聖上也不遑多讓，算之深遠，動若雷霆，真可謂謀略大家！

如此帝后，豈能不叫忠臣折服、佞臣膽寒？

百官之中，唯獨陳有良等人面色無波，南巡之計，帝后並非算無遺漏，南圖大皇子府裡的那位女謀士料到皇后會前往南圖，皇后此行已然暴露，這也是聖上不忌諱將此事公之於眾的原因。

金鑾殿上靜悄悄的，步惜歡先開了口：「愛卿啊，你祖父醒來後，朕該怎麼跟他說呢？」

何少楷譏諷道：「陛下本就忌憚何家，怕何家擁兵自重，成為第二個元家。臣兵諫不過是遂了陛下之願，陛下龍心大悅著，又何必惺惺作態？」

「江南水師是朝廷之師，何家兒郎是領兵之將，三代戍江，而今把持兵權，視水師為私軍，難道不是擁兵自重？你年輕氣盛，激進妄為，自朕親政起，屢屢刺探朕的底線，叫朕如何能不忌憚何家？」步惜歡托著腮，言辭坦蕩，卻也犀利。「但若說朕怕何家成為第二個元家，朕還真不怕，你離元修，差遠了。」

此話如同掌摑，而且打在實處。

遠的不提，只說此番嶺南用兵、淮州叛亂和水師兵諫，看似樁樁是大事，究其背後，卻不過是二帝關於江山的一次博弈。論雄才大略，深謀遠慮，何少楷離二帝差得遠，他若有北燕帝一半的機謀膽略，就不會貿然兵諫。

步惜歡斥道：「何家擁兵自重，但有迎駕渡江之功，朕剛親政，求賢若渴，沒打算為除何家而失天下賢士。朕忌憚何家，只需徐徐圖之，待你祖父百年之後，水師兵權收歸朝廷，你自襲你的侯爵，朕亦會指你個美差，何家子孫自有朝廷養著，可你偏偏要兵諫自絕，叫朕如何赦你！」

何少楷笑了。「此話聽來真如施捨一般，朝廷養著何家子孫，也不過是給個虛職，縱有爵位可襲，也只是個閒散侯爵，難道臣看著何家日漸沒落，榮華不再，也只能謝恩嗎？」

步惜歡好生端量了何少楷一會兒，問：「莫非愛卿還想著何家榮華萬代不成？」

何少楷反唇相譏：「難道陛下就不想帝業永祚，千秋萬代？」

「此事是朕想就能成的？朕若想帝業永祚，千秋萬代，不僅朕得勤政愛民，朕的皇子、皇孫，乃至子子孫孫都得是個明君，出一個不肖子孫恐怕都會奸黨當道，民怨四起，各地揭竿，改朝換代。帝王之家，坐擁四海，尚且難求千秋，你何氏一族不過是手握一軍之權，難道還想握他個千秋萬代不成！」自兵諫事發，步惜歡一直氣定神閒，此刻卻龍顏大怒，隨手擲了本摺子下去。

「朕是君，你是臣，你可以羅列朕專寵皇后、縱其干政、寵信寒門、獨聽近臣之罪，你可以殺城門守將，屠北門戍軍，圍朝臣府邸，闖皇家禁宮，行兵諫之舉！朕卻不能忌憚你何家擁兵自重，不能收回水師兵權？你罵朕『置三綱五常於不顧，置天下恥笑於不聞，士族臣諫無路，忠將救國無門！』朕倒想問問，你是忠將嗎？三綱之首，君為臣綱，你守過嗎？三綱之二，父為子綱，你祖父那日剛領了布防的旨意，回府就病重不起，這是怎麼回事，你當朕不知情？要朕宣那府醫和丫鬟到金鑾殿上與你對質嗎？」

百官聞言俱驚，見何少楷似有慌態，正猜測著，忽聞天子道：「傳！」

「傳襄國侯府府醫與大丫鬟蘭香覲見——」范通的聲音傳出大殿，殿外的司門太監、司階太監依次唱報，旨意傳出金殿、廣場，經重重宮門，一直傳到了午門外。

午門外，禁衛扠起府醫和丫鬟，兩人的腿腳被拖在青磚上，待過了重重宮門，鞋面已然磨破，腳趾血肉模糊，地上的血痕怵目驚心。

兩人被押在殿階下，面朝金殿，叩稟己罪。

府醫道：「啟稟聖上，自從小姐走後，小人就受少都督指使，減了老都督日常服用的湯藥用量，致老都督憂思不寧。前兩日，少都督又命小人下重藥，老都督禁受不住，吐血昏迷，藥方就藏在藥箱底下。」

丫鬟道：「啟稟陛下，奴婢將藥渣埋在了後花園東湖石旁的樹下，奴婢不敢謀害老都督，都是奉了少都督之命！」

兩人驚惶不已，口齒不甚清晰，太監聽一句傳一句，傳入金鑾殿上，傳進水師軍中，百官色變，大軍譁然。

「少都督！下人所言可是實情？」一個將領不顧御前失儀之罪，朝金鑾殿中喊道。

金鑾殿裡傳來何少楷癲狂的話音：「聖上害我！」

「朕害你？」步惜歡冷笑一聲：「就憑你昨夜幹的那些事，朕就能誅你九族！還需宣兩個下人來害你？」

何少楷大笑，好似失心瘋了。

步惜歡眸光涼薄，淡淡地道：「朝廷設江南水師都督一職，卻從未設過少都督一職，二十萬將士捧著你，把你捧得都不知斤兩了！朕乃一國之君，擇賢任能乃天子之責，水師將士可以捧著你，只管把你捧高興了，朕卻不能不考慮把江防重務交給你，你能守幾天！汴江之防實為國防，乃朝廷第一緊要之務，若砸在你手裡，朕豈不有任人偏失之過？朕准你襲爵，賜你閒差，你說你怕何家沒落，你怎知何家日後不會出幾個好兒郎，文能治世，武能安邦？說到底，是朕不准你領兵，你這少都督當不成都督，心有不平，怕人恥笑，便把一切因由，都推說成是朕忌憚何家罷了。」

此話猶如棍棒，鞭笞在身，何少楷笑聲漸止，彷彿醒了幾分心智。

「你當真想過後世子孫？朕瞧你想的不過是自己的那點兒臉面。朕賜你閒差，你瞧不上；今日之後就算你想讓朝廷養著，朝廷都不能養你了。」步惜歡長嘆一聲，終是道：「江南水師軍侯何少楷謀害將帥，煽動兵變，屠殺戍軍，闖宮行刺，罪當凌遲，株連九族。朕念襄國侯之功，免其孫極刑之苦，判斬立決；禁襄國侯於侯府，一應用度遵照爵制，不得苛減；何氏九族流放黔西，永入奴籍，縱逢恩赦，不得量移。」

禁衛扠起何少楷就往殿外去，何少楷竟未掙扎，只是仰頭望著御階，凌遲之刑改判斬，株連九族改流放，滿門抄斬赦一人。他原本想為祖父求得一命，但求字終究沒能說得出口，可那人還是赦了祖父……他望著御座上的九五之尊，沒有哭笑怒罵，沒有毒咒叫屈，他一敗塗地，唯有報之以沉默，任憑禁衛將他拖出了金鑾殿。

將士們緩緩地讓出路來，一條幽長的路，兩旁彷彿聳立著黑山，冬風如刀，唯見一線青天，日高雲白。

今日天兒不錯，可惜見不著來年春至了。

金鑾殿上，人雖已去，血痕尚留。

「嚴愛卿。」步惜歡看向嚴令軒。「卿等那日死諫，說什麼來著？朕忽然想聽，准卿等奏來。」

「老臣……」嚴令軒口齒結巴，幾個老臣抹起了汗。

「年紀大了，記性不好？還是長本事了，抗旨拒奏？」皇帝的語氣聽來未怒，但任誰都知道，若承認年紀大了，皇帝下一句怕不得是告老歸田。若是抗旨拒奏，那便是殺頭之罪。

這話怎麼接都是錯，嚴令軒索性把心一橫，說道：「老臣說，皇后既已被叛黨所擒，理應自裁以保名節，不可使自己成為叛黨要脅朝廷的籌碼。」

群臣大驚，天子問：「那愛卿告訴朕，皇后可被叛黨所擒？可成了叛黨要脅朝廷的籌碼？可還需自裁？」

嚴令軒道：「老臣不知皇后娘娘已平淮州之叛，全然是因忠君憂國，才有此諫！」

「哦？這可就稀奇了。愛卿一貫迂腐，聽罷那些奏摺，難道不該彈劾皇后護送屬國皇子回國有辱國體，州衙問政牝雞司晨，隱瞞捷報有肅清異己之心嗎？」

一幫老臣顫了顫，嚴令軒頭抵宮磚，豁出去了。「啟奏陛下，若依綱常，的確如此。」

「那依綱常，愛卿說說，誰即南圖君位，關乎我朝安危，巫瑾回國凶險重重，朝中誰能替朕解憂，把巫瑾護送回國，排除萬難助他登基？淮州大災，誰能為朕出一富倉之策，既利國又不傷民，功在社稷，利在千秋？誰能解重建村鎮之困，收商戶民心之失，除不法漕商之害？朝中有誰能當此任，愛卿薦來給朕聽聽！」

「這……老臣以為，我泱泱大國，能人賢才輩出，未必無人能為陛下分憂……」

「嗯，這話朕倒是信。」步惜歡點了點頭，卻撈來賑災的奏摺擲了下去，摔在了一干老臣面前。「但你們告訴朕，朕上哪兒找能人賢才去？朕要改革，你們這也不可那也不可，動不動就跟朕提祖制，改革之事舉步維艱！現在朝廷要用人了，你們跟朕說泱泱大國，能人賢才輩出！能人賢才何在，朕是找不見，朕只知現在拿著朝廷俸祿的人是你們，你們卻不能為朝廷分憂，朕要你們何用？」

嚴令軒嚅了嚅嘴皮子，一幫老臣伏低而泣。

「你們以為朕願讓皇后涉險？朕曾問皇后，何時才能長相廝守，皇后說，國泰民安時。朕與皇后心繫社稷，而你們不為社稷分憂，反倒處處為朕添憂，見天兒奏著那些於社稷無用的陳詞濫調，朕看你們是真老了，再不去朝，換一批新血上來，朝廷就該從裡頭爛了！」

百官聞言，這才驚覺皇帝肅清朝堂，目的竟是為了清出職缺，好為改革新納的人才鋪路！

帝王心術驚了百官，金殿之上又生暗湧。

步惜歡道：「你們那日跟朕死諫，今晨又跟朕兵諫，朕就全你們一個忠臣之名。革御史大夫嚴令軒及其黨從官職，除其烏紗朝服，偏殿賜死。」

「陛下！」一幫老臣驚慌痛哭。

嚴令軒呼道：「陛下！老臣真的是忠君憂國啊！」

「朕不疑愛卿，但死諫是卿等自個兒說的，信義不可失，朕也無可奈何。」步惜歡涼薄地拂了拂衣袖。

禁衛上前，摘冠去袍，扠起人來就走。

宮人隨行，備白綾毒酒去了。

殿內一下子空出片地方來，唯剩秋儒茂幾人還跪著。

步惜歡道：「秋愛卿，朕跟你就沒什麼可說的了，今日黃愛卿、王愛卿皆未叫朕失望，獨獨你讓朕失望了。你稱丞相等人是禍國奸臣，朕實在不知你狎妓好色，德行有虧，怎麼有臉彈劾別人。禁衛！」

禁衛聞令上前。

「殿閣大學士秋儒茂狎妓成癖，德行有虧，誣蔑忠良，大逆不道，革其及黨從烏紗朝服，推出午門斬首示眾，流放三族，永不錄用！」

秋儒茂等人疾呼饒命，卻被禁衛拖出金殿，下了殿階，行過廣場，一路往午門去了。

金殿之上，反臣盡去，百官叩拜道：「陛下英明，吾皇萬歲！」

「吾皇萬歲！」金殿之外，萬軍山呼。

天子道：「查抄襄國侯府，所沒之銀用於撫恤陣亡的將士。襄國侯孫女何氏勾結外邦，叛國謀逆，行刺皇后，傳旨淮州，即刻將其押送回都。」

這天，午時過後，聖旨和十餘顆頭顱被提上江南水師的戰船，傍晚時分，水師返回軍營，上繳兵甲舟船，等待兵亂平息。

章同傷重，軍醫們取刀後卻直道萬幸，他挨刀時，刀在甲板上擦得火熱，入肉後封了血脈，故而出血不多，又幸虧聖駕遇刺時，皇后教過御醫縫合之法，御醫院奉旨打造醫療器械，沒少在豬、羊皮上練手，這才為章同縫傷止血，敷藥開方，診脈施針，如此折騰了三日，燒熱才退了。

三日後，百姓走出家門，都城仍是舊時模樣，唯有長街石縫裡的血、北城牆上粗如人臂的深坑、官道上密密麻麻的箭孔和城東那些封了的朝官府邸，在提醒著人們肅清朝堂的慘烈。

此時已近年關，街上卻冷冷清清的，百姓採買年貨無不行色匆匆，莫敢高聲喧譁。時局緊迫，許多學子沒有回鄉，他們一面為肅清朝堂叫好，一面擔憂淮州的叛亂和鳳駕安危。

不料小年當天，城門剛開，一匹戰馬就馳入都城，小將高舉捷報，一路高喝：「淮州捷報——十二月初二，皇后平淮州之叛，除不法漕商，淮州大安！」

詔書張貼於四門，學子和百姓湧向城門，滿城震驚，蜂議如潮。

大年三十，一道捷報又至，小將穿著嶺南驛的軍袍，高舉捷報，聲音高亢：「嶺南捷報——十二月十八午時，皇后俘嶺南王於仙人峽，斬嶺南王於南霞縣城樓之上！仙人峽大捷，南霞縣已下！」

人群又湧向四門，汴都城裡炸了鍋！

原以為皇后平了淮州之叛就會回來，不料她竟冒險去了嶺南，還斬了嶺南王，那可是割據一方二十年的嶺南王啊！

捷報頻傳，天子卻未下旨大宴，百官看得出，皇帝沒有過年的興致，大抵是皇后不在宮中之故。

宮裡宴慶從簡，百官自不敢鋪張，這年除夕，宮裡宮外都過得有些冷清，倒是民間張燈結綵，耍獅舞龍，炮仗聲一夜未絕。

嘉康二年，正月祭天祭祖，百官跟隨皇帝，為皇后、前線將士及淮州災民祈福，一連三日，儀式之隆重，遠勝除夕宴慶。

當今聖上勤政，除去休沐，每日必朝。民間還在津津樂道皇后的事蹟時，朝中已開始商討社稷要事。

此番朝中所去之臣近半數，要解決用人之需，改革取士勢在必行。

韓其初等人久經思慮，奏請以分科取士之法選拔人才，所謂分科，即經史論策，農工水利，醫算刑律等諸要，取之所長，人盡其用。

寒門學子眾多，分科取士是個好法子，可農工水利、刑律諸要需要經驗，這經驗無一不是為官之後經過多年治理民生、審訟斷獄積累而成的，學子們無為官的經驗，考農工水利、刑律諸要，他們能答到點子上嗎？經史策論倒是可考，可又怎能保證取錄之人有真才實學，而非空談之士呢？

對此，群臣顧慮重重。

皇帝似乎心情好了些，但又似乎還那樣兒，話音懶洋洋的，犯著春睏似的：「卿等可還記得臨江茶樓裡的那些學子？朕去年微服去過幾回茶樓，那些學子裡有幾人有兩把刷子。朕聽說他們擔心淮州之亂，皆未返鄉過年，有的人盤纏用盡了，借宿到廟裡去了。單憑這赤子忠心，朕就打算給他們個機會。分科取士可不可行，不妨一試，就在汴都城裡試！考時政，朕親自出題，就以淮州大災、建村之困為題，考賑災之策。」

群臣懵了，賑災之策不是有了嗎？只怕天底下難有一策能與皇后的賑貸之策相提並論吧？

皇帝笑道：「朕已傳旨淮州，命劉振等人守口如瓶，不得使賑貸之策傳入市井。朕倒要看看，那些學子胸中有幾分真才實學，能為朕一解淮州災患。」

群臣這才明白為何捷報中隻字未提賑災之策，當時，百官以為新策試行之前尚需詳加調研，在朝廷定出切實可行的細則之前，聖上不希望民間過多的議論，故而未提。沒想到聖上是存了試行新策、考校學子的心思。

寒門學子以往求仕無路，一旦為官，必定急著大展才學、報效社稷。這雖是好事，可高談闊論與治理民生之間有好長的一段路，若過於心急，盲目施政，必會鬧出亂子來。聖上以賑災為題，必以賑貸之策解之，以示棒喝。此舉可謂用心良苦，不僅恩威並施，而且思慮深遠。

這事怕是老早就在聖上心裡了，群臣算是服了，都說人有七竅玲瓏心，聖上的心也不知生了多少個竅。

百官皆無異議，皇帝便定了日子。「那就上元節後吧，卿等擬詔，不拘士族寒門，想科考的皆可到國子監中報名，二月初三於翰林院中大考。」

百官領了旨，早朝就退了。

上元節一晃就到了，當四門、州衙和國子監門口都貼上了詔書時，都城中凡有學子的人家莫不歡欣鼓舞，一些外鄉學子瘋了似的奔進廟裡，遍告友人。

晌午時分，一支州軍押著輛馬車進了城，滿城歡慶，沒人留意州軍進城後直奔襄國侯府，馬車在侯府待了半日，日暮時分又從府中出來，由禁軍押著進了宮。

第八章

攻城改道

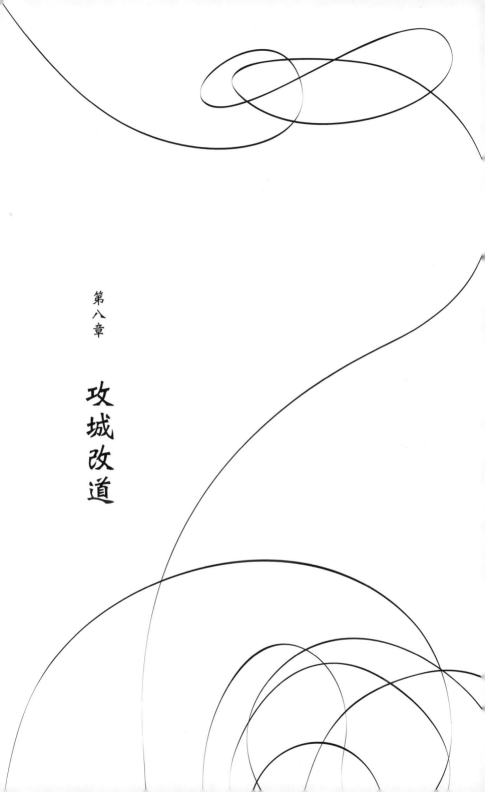

合歡殿。

香湯氤氳，水音淙淙。九重華帳之後，隱約見龍戲泉池，帝王沐浴。

小太監垂首入殿，伏在玉階下奏道：「啟奏陛下，何氏已在西配殿跪候聖駕。」

泉池裡久未傳來聲息，小太監不敢吭聲，就這麼候著。

浴檯子上，范通一揚拂塵，風拂下玉階，小太監繃著身子一拜，屏息而退。

步惜歡睜開眼，懶洋洋地舒了舒筋骨，范通捧來龍袍，他挑了身月白的穿上，慢步下了九龍浴臺。墨髮還溼，他沒擦拭，也沒束冠，只拿髮帶鬆鬆地繫了繫，便出了大殿。

西配殿的門敞著，宮燭照引，皓月隨行，男子緩步而來，寒夜風涼，墨髮間生了層薄霧，若落入人間的瑤池上人。

何初心跪在門旁，步惜歡到了西窗邊，窗外滿樹花燈，妝點得越是熱鬧，越顯得宮裡冷清。

「跟妳祖父好生別過了吧？」步惜歡望著燈景，聲音不比寒夜暖和多少。

何初心穿著身素裳，去盡簪釵，面容蒼白。出府前，她在閨房裡獨坐了半炷香的時辰，本應好好的跟那間承載了閨中記憶的屋子作別，她卻在梳妝檯前對鏡畫眉，薄施脂粉，只因不想讓他看見她憔悴的容顏。

他囚她祖父，斬她兄長，抄她家宅，流配她的族親，她卻還是渴盼見他一面，她用情至此，他卻不肯看她一眼。

何初心淚如雨下，心似刀剜。「臣女從未想過要害陛下，若知這是一場陰謀，就是死也不會危及江山帝業。」

步惜歡回身，眸光涼薄。「可妳想謀害皇后，朕與皇后夫妻同體，妳謀害皇后與謀害朕有何兩樣？」

「陛下的皇后本該是我！」被那句夫妻同體刺著，何初心歇斯底里地哭喊：「陛下什麼都不知道！當年你初登何府之門，我雖年紀小，卻知你是來求親的，我記得那年陛下就如今夜一般，穿著身月白的龍袍，少年君子，意氣風發。從那年起，我就知道我會嫁給陛下，我年年盼著陛下南下，盼你再來府上，我知道你縱樂無道是假的，我甚至偷偷跑去戲園子，只為見陛下一面！我記得那晚撞見陛下，月色如今夜一般，陛下一身的寂寞風霜就像摧著我的心肝一樣，我回府熬了碗醒酒湯，可奶娘說男子為成大業可以不惜名聲，女子卻不能不顧名節，我若名節有損，日後受天下恥笑的必是夫家，是陛下！陛下已背負罵名，我怎能再讓陛下因我而受人恥笑呢？那碗醒酒湯沒能送進宮去，我那夜有多煎熬，陛下不會知道！我好後悔，我真的好後悔，那夜為何要顧慮那麼多……」

何初心捶著心口，哭得喉口腥甜。「我一直都堅信陛下能剷除奸相、親政治國，一直都希望自己能配得上陛下，我嚴習宮規，謹守女德，廣交貴女，十年如一日，只盼陛下親政之後，我有手段和睦六宮，宣見命婦，施恩布德，母儀天下，助陛下心無旁騖的治國理政。可我等到的卻是陛下軍前立后，另寵新人！那人與陛下相識幾年？怎有我待陛下情長？她一介賤籍女子，竟把陛下半路奪了去，她難道不該死嗎？」

何初心含著口血，風自西窗撲進殿來，捲得步惜歡華袖飛揚，迎面就將那湧起的腥風給掃了回去。

「妳跟皇后比待朕之情？」步惜歡聽罷一番表露心意之言，話音淡得要藉著風力才能傳進何初心耳中：「元隆十八年六月，刺史府裡死了個文書，丟了封密信。事涉奸黨，皇后扮作男兒夜審州臣，怕人聽出她是女子，給朕惹禍，就拿灶底的柴煙熏啞了嗓子。」

「同年八月，西北葛州，隱衛殺了匪寨頭目和下俞村中的馬匪弓手，此乃密旨，皇后不知，卻在驗屍時看了出來，為了不叫朕損失暗樁，硬是違了仵作行的操守，將此事瞞了過去。」

「十一月，朕在西北軍中，朝中傳來議和旨意，大軍譁怒，朕身邊只有千餘御林衛，眼看有險，是皇后舌戰欽差，還朕清白，解了此險。」

「次年正月，朕殺了大內總管安鶴，因妄動內力險致功力盡廢，皇后一夜奔走內外城三回，為求一副鎮痛之方，把腳底磨得遍是血泡。」

「二月，恆王世子逼庶長兄服毒自盡，意圖誣其通敵叛國，以期元黨廢帝，立他為新帝。皇后憑遺書斷出事有蹊蹺，與朕的長嫂共謀於佛堂中，寧願冤殺一人，也要將案子審成他殺。她以天下無冤為志，那夜自絕志向，不懼背負人命之重，也要為朕化那一場廢帝之險。」

「去年十二月，藉南巡之機引出淮州叛黨並肅清朝堂乃朕之機謀，皇后看出朕意，先一步聲稱肅清朝堂是她的旨意，還讓邱安勸朕，說朕欲廣納四海賢士，不可留猜忌之名，而天下迂腐之士的口誅筆伐於她無礙，不過是牝雞司晨、專寵善妒、不堪為后。這對女子而言絕非善名，妳也說女子的名節要緊，可她從沒在乎過，她連命都不顧，假扮身分前往嶺南，以身犯險，擒殺嶺南王。妳說朕的皇后本該是妳，朕倒想問問，南巡路上妳也當了回皇后，這皇后可好當？」

這些事皆為密事，一樁樁的道盡了帝后相識以來的艱難險阻，風雨同舟。

有些事，何初心從未聽聞過，例如匪首之死、安鶴之死。

有些事，她聽說過，例如刺史府文書被害一案，有許多消息傳進了何府。事關聖上，她特意打聽過，得知案子是由一個來路不明的少年審的。她本以為這人是聖上招納的人才，今夜才知那人竟是皇后。

還有宣武將軍之死，兄長說聖上那夜有廢帝之危，她驚出了一身冷汗，還慶幸過此案是他殺，今夜才知宣武將軍竟真是自盡？

還有肅清朝堂之事……

「肅清朝堂是陛下之意？」何初心忽然覺得身子發冷，幾乎跪不穩。

「沒錯。」步惜歡走了過來，往殿門上一倚，跟何初心面對面。「朕就在妳面前，妳可敢刺駕？」

何初心仰頭望著步惜歡，他就倚在門邊，那神態閒散得彷彿在與她閒話家常，夜風送來髮香，清雅得醉人。她忽然便有些恍惚，下意識地搖了搖頭。

而後，她看見他的目光涼了下來，比那夜她在西園的小路上見到的目光還要霜寒。

「姑且不論妳兄長之罪，既是朕下旨斬的他，朕便是妳的仇人。妳行刺皇后，卻不刺朕，這族親之仇還分人不成？敢情那日妳行刺皇后是藉報仇行謀害之實，說到底不是為了族親，是為了后位！后位就這麼要緊？妳若是為了妳祖父和兄長，朕還當妳是將門之後，有幾分血性。」

「那是因為臣女不忍心傷害陛下！臣女待陛下之心，陛下怎麼就是不懂呢？」何初心含血哭喊，目光痛極。「臣女是閨中女子，沒那斷案殺敵的能耐，臣女唯有打聽陛下的喜好，知道陛下不喜瑰麗之色，臣女就連繡個帕子、荷包都要尋素淡之色。聽聞陛下對膳食無甚偏好，臣女便學了許多風味點心，只盼有朝一日服侍陛下，與許其中能有陛下喜愛的。這份心意，何曾輸於他人？不過是皇后有襄助陛下之能，陛下就寵她罷了！」

話已至此，何初心笑出聲來，神態癲狂：「江山帝業是陛下的，皇后軍功赫赫，來日羽翼漸豐，早晚會如何家一樣成為陛下的心頭大患。抑或待到國泰民安之時，陛下不再需要皇后，定會厭棄於她，到時陛下就會想要一個可心的人，溫言軟語，知冷知熱，只管服侍陛下，不問家國大事。到時，陛下就會知道臣女的好，就會知道臣女的好……」

此話似毒咒，一時間，女子的笑聲充斥著大殿，淒幽之調，似厲鬼呢喃。

許久過後，笑聲漸歇，何初心仰頭望向步惜歡，見他正望著殿外的月色出神。

「陛下的心事被說中了吧？」何初心有些快意。

步惜歡笑了聲，彷彿聽見了笑話。「朕可不敢……」

何初心以為聽錯了，一時有些錯愕。

「她早就跟朕明言過，她可以依靠朕，但不可以依附朕。她與朕這一生必定風雨不歇，她不想每逢風雨都要朕庇護，她不願享樂，願與朕比肩，同舟共濟。她是個心比天驕的奇女子，不以男子為尊，不以后位為榮，謀權是為朕，也是為她自己。若有一日，群臣相逼，朕可不畏，帝位無危。若有一日，朕有二心，她必遠走，無人能攔。初聞此話時，朕惱她絕情，卻又無可奈何。她擅察人於微，朕欺不了她，這心就這麼一直吊著，此生只怕是放不下了。」步惜歡嘆了一聲，笑意微澀，似六月煙雨，淒淒迷迷，愁煞了人。

宮燈煌煌，何初心任夜風吹著，彷彿失了魂兒。

男子瞥了眼月白的袖，殿外月光滿園，竟不及那一眸柔波溺人。「朕是不愛那妖豔之色，早些年甚至厭惡得很，可遇上她後，每把她撩撥得惱了，朕就愛極了那分妖豔。世間諸色本無優劣，愛之憎之，不過是情之所致罷了，如今她不在，那妖豔之色穿來何用？」

「她此生之願唯有斷案平冤，自從遇見朕，練兵謀權，問政平叛，不愛幹的事兒都幹了，就沒過過一天安穩日子。朕厭棄她？朕還怕她哪天厭煩這為后的日子呢！」

「朕初見她時，她待人疏離，不解兒女情長，朕像捂著塊兒石頭一樣，總算把她給捂熱了，還想著跟她白頭偕老，而妳卻想謀害她，就因為妳心悅朕，而朕的皇后不是妳？」

自從男子進了殿，一直淡言淡語，此時終於動了真怒。

「妳心悅朕，傾盡情意，朕就得娶妳，不然妳就害朕髮妻？朕看這江山不如姓何，好叫妳貴為公主，想尚誰就尚誰！」

「妳祖父避害趨利，妳兄長擁兵自大，妳謀奪后位，何家盡是些野心勃勃之輩，怎敢與皇后相提並論？她是朕的髮妻，是未來太子的母親，朕與她所謀的一切，將來皆由太子承襲，何患之有？且以皇后的志向心性，她希罕弄權營私？若不是因為她嫁的是朕，她巴不得天天在義莊裡擺弄那些屍骨。」

「朕為帝王，自有宮人服侍，何需皇后屈尊？朕娶妻，是讓她給這江山當女主子的，不是給朕當臣做妾的。」

「朕自幼孤立無援，自知真情可貴，並非瞧不上妳的心意，只是朕有朕的驕傲，不願被人強逼，更不喜被人算計。當年妳那一碗醒酒湯就算送來，朕也不敢喝，裡頭下了太多東西。」

何初心靜靜地聽著，聽罷這些話，已然不哭不鬧，身如僵死。

「朕今夜宣見妳，本是想著，妳若是為了族親而行刺皇后，朕就念在妳祖父的分兒上免妳一死，准妳在他跟前盡孝，送他終老。而今看來，沒這必要了。」步惜歡的神情淡了下來，說罷，人已出了殿去。「傳朕旨意，何氏勾結叛黨，行刺皇后，罪同謀逆，宮外賜死。」

皓月當空，殿外的青石上彷彿落了層霜。

跪在殿內的女子驚顫而醒，宮外賜死……

就連死，他都不想讓她死在宮裡。

「陛下！」眼看禁衛進殿，何初心發瘋似地問：「若當年祖父應了婚事，臣女會是陛下的妻子嗎？」

「……朕會立妳為后，但也只是皇后而已。」步惜歡腳步微頓，說罷，人已去得遠了。

禁衛上前，何初心再無掙扎，口中呢喃道：「只是皇后……只是皇后……」

只是皇后，而非髮妻，她是何家之女，而何家有外戚之患，他或許會與她恩愛幾年，但那只是帝王恩寵，意在牽繫前朝。他不會拒納妃嬪，不會棄那半壁江山。拋開帝后君臣，一個男子對女子的寵愛，她不可能得到。

這一生，究竟是被誰誤了？

這天，嶺南滇州城三十里外。

朝廷軍駐紮在此已十日有餘，年前皇后在南霞縣斬了嶺南王後，手提嶺南王的頭顱，三日之內連下三城，之後又下三城，一城比一城難攻。大年初三，朝廷大軍兵臨滇州城下，在州城三十里外紮了營，十餘日來一兵未出。

嶺南軍認為此事有詐，於是派出了小股騎兵，不分晝夜地襲擾朝廷軍大營，罵營放箭，擂鼓叫陣，意圖逼朝廷出兵，但朝廷大軍就是堅守不出，鎮守轅門的小將跟趕蒼蠅似地囑咐他們：「不戰不戰，哪來的回哪去，路上小心點啊，當心伏擊。」

這話竟不是威脅，次日夜裡，前去叫陣的一支騎兵遭到了伏擊，俘虜被押進了朝廷的軍營。

人沒殺，也沒打，第二天就挑了兩人給送了回去。

押送俘虜是一隊神甲軍，領兵之人是烏雅阿吉，他道：「本王是來傳懿旨的，皇后殿下口諭，為了讓你們長點兒記性，打今日起，每天送倆俘虜來，這倆是今天的，明天還有。」

守將陳飛氣得臉色鐵青，當即下令放弩，奈何神甲軍武藝高強，耗費了一批軍械之後，眼睜睜地看著敵軍絕塵而去。

隨後，一隊精騎馳出城門，將俘虜救回了城中。

此後，朝廷兵馬果然天天往城下送俘虜，嶺南軍中一片請戰之聲。幕僚們認為此乃皇后擾亂軍心之計，於是命州軍堅守不出，倒要看看誰能耗過誰。

上元節當天，烏雅阿吉照舊來送俘虜，卻多帶了一人。「陳將軍，今兒過節，多給你送一人來。皇后殿下口諭，這叫買二贈一，不必謝恩！」

副將怒不可遏，請命出戰，陳飛沒准，兩人吵嚷了幾句，烏雅阿吉看了一陣兒熱鬧，率人策馬而回。

一行人回到軍營時，已是傍晚時分。

烏雅阿吉一進中軍大帳就笑道：「啟稟殿下，人都進城了。一聽說買二贈一，嶺南軍的主副將惱得很，末將估計他們至多還能忍三天。」

暮青正伏案研看兩國邊界的地圖，聽聞此話問一旁的邱安：「還有多少人沒到？需要幾天？」

邱安道：「回娘娘，還有八、九人，要個兩、三天。其餘刺衛會從南圖摸進嶺南後方，待州城火起就一起動手。」

「好！」暮青吩咐烏雅阿吉：「俘虜繼續送，明天買二贈二，後天買二贈三。告訴他們，人在軍中養著，白費朝廷的糧餉，我們要清倉。」

邱安抽了抽嘴角，烏雅阿吉直把腮幫子都笑酸了。

滇州城依山而建，城池藏於險關之內，易守難攻。若不用奇策，就是打個一年半載也未必能打下來。南圖皇帝等不了這麼久，眼下的時局也容不得大耗兵力，於是聖上就召集刺衛，欲以刺殺之計速定嶺南。

可州城關了，刺衛們進不了城，皇后就想出了個損招。嶺南軍畏她如虎狼，朝廷按兵不動，幕僚們果然認為有詐，於是頻頻刺探叫陣，自動把人送進了朝廷的軍營裡。

前三天，為防嶺南軍嚴查，送回去的俘虜都是真的，後幾日送進去的都是刺衛。皇后親自審的俘虜，就差把人祖上十八代是幹啥的都審出來了，刺衛們經驗老到，扮幾日俘虜問題不大。

皇后說，陳飛頂多盤查三天俘虜，且他定會將俘虜調入城中，是何緣由，她未明示，只道城破之日自見分曉。

而大軍下一步的用兵之計，皇后也未明示。

「你們回去吧，夜裡加強戒備。」暮青說罷，又看地圖了。

邱安和烏雅阿吉道聲遵旨，一起走了。

但沒走多久，邱安去而復返，形色匆忙。

暮青神色一凜，問：「出了何事？」

邱安呈上一封書信，笑道：「好事好事！」

書信封在明黃的錦緞裡，不是軍情，是家書。

暮青捧著家書，一時失了神，邱安見了，悄悄地退了出去。

軍案上鋪著地圖，明黃的錦緞放在上頭，似墨色山河裡的一抹天光。這些日子，朝中的消息也常傳入軍中，暮青知道何少楷兵諫事敗，江南水師全軍皆降；知道章同勇斬叛將，負傷立功；知道何初心近日就會被押回都城……
她知道步惜歡日理萬機，起居搬到了太極殿，故而並不希望他百忙之中回家書，可當看到書信時，她才知道有多盼。
暮青匆忙將信展開，恨不能一目十行。不料剛掃了一眼，她的眉尖兒就顫了顫，猛地將信拍到桌上！
月殺望去，見紙風撲得燭火搖動，火光在女子的眉心躍動著，那臉色真稱得上是瞬息百變。
少頃，暮青出了中軍大帳，對尚未走遠的邱安道：「請瑾王前來議事，你和烏雅也來。」
邱安一愣，猜到所議之事應與計取州城有關，於是急忙去了。
這夜，四人齊聚於中軍大帳，直到三更時分，邱安和烏雅阿吉才走了。
暮青和巫瑾出了中軍大帳，一同仰頭望月。
巫瑾道：「百姓信奉陰司之事，此計只怕有損妳的名聲。」
「我只在意這場仗打下來會有多少傷亡。」暮青望著月色道。此月照著南疆的山河，此刻也必定照著汴都的宮牆。自爹過世後，她習慣了漂泊，從未像今夜這般盼著早歸。「只要攻下州城，後方就好過了，希望一個月內我們能走出嶺南。」

「辛苦妹妹了。」

「兄長出過力，將士們也皆在用命相助，非我一人能夠成事。倒是這一路走得慢，對不住兄長。」兩個多月了，還沒走出嶺南，她又是折道淮州平叛，又是平定嶺南的，兄長一句牢騷也沒發，父皇病重，他想必比誰都急。

「二十年都等過來了，還差兩個月？」巫瑾仰著頭，山月當空，廣袖迎風，眸底添了幾分惆悵。他離開故國太久了，久到已經記不起故國的明月了。說來諷刺，離邊境越近，他越發不知到底哪一邊才是故國了。

暮青看見巫瑾的神色，到了嘴邊的話又嚥了下去。

罷了，待攻下州城再說吧。

次日，朝廷大軍又往城下送俘虜，嶺南軍中怨氣重重，眼看俘虜在軍中跟引火繩似的，陳飛為穩軍心，一面以休養為名把俘虜遣入城中安置，一面去王府請命出兵。

如今嶺南由刺史李獻主政，由嶺南王的幕僚們調度大軍，一番商議，王府終於同意出兵。

嘉康二年正月十八，這天是嶺南王死忌滿月的日子，嶺南軍出動了兩個營的弓兵埋伏於州城十里外，打算在神甲軍押送俘虜的路上拚死一戰。

可從清晨等到傍晚都沒能等來神甲軍，陳飛命斥候前去打探，竟見朝廷有動兵之相。

二更時分，官道上火把綿延，朝廷發兵十萬到了城下。只見險道崎嶇，山關峻拔，滇州城如同坐落在黑天之上，巍巍城樓，火光煌煌，若黑崖之巔生著天火，令人望之生畏。

陳飛居高臨下地喊：「邱總兵，怎麼攻城了？該不是糧餉真不足了吧？若是，總兵大人說一聲，嶺南將士不打乘人之危的仗，軍中餵馬的草料多得很，可以分朝廷一些，吃飽了再來，也好做個飽死鬼。」

邱安笑道：「陳將軍說笑了，朝廷打下來的那六座城池，糧倉豐得很，將士們吃得飽、睡得香，養足了精神就是為了攻城的。話說回來，咱們都吃著嶺南的糧餉，說來也是自家兄弟，打打殺殺的多傷和氣？不妨打開城門，叫兄弟們進去得了。」

此話無恥，嶺南軍的哄笑聲頓時變成了罵聲。

陳飛問：「既是自家兄弟，朝廷何不撤兵？」

邱安道：「嶺南王割據一方，暗降北燕，勾結屬國，策反叛臣，他已伏誅，你們還要不臣？」

「我只知王爺愛兵如子，而王爺死於朝廷之手！」

「老賊在仙人峽時將親信當墊背，愛兵如子？收攬人心誰不會？你把城門打開，老子也能愛兵如子。」

陳飛斥道：「休想亂我軍心！朝廷害死王爺，還想辱他身後之名，我必與州城共存亡！閒話少說，叫我嶺南將士看看朝廷之師究竟有多少能耐，能從強弩長弓、巨石火油之下活命！」

「這可是你要看的。」邱安一抬手。「把給陳將軍的禮送來！」

陣前送禮，一聽就不是什麼好禮。

陳飛定睛望著城下，只見一隊神甲侍衛行出，肩上扛著重物，赫然是一口黑棺。

邱安道：「陳將軍，若說愛兵如子，我邱某人的弟兄也是爹生娘養的，就這麼往強弩長弓、巨石火油下送，老子也心疼。今夜不妨就讓老賊的屍骨開道，有什麼殺招儘管招呼，我讓老賊先替兄弟們接著！」

嶺南軍一聽棺裡裝著的是嶺南王的屍骨，頓時譁怒！

陳飛怒道：「朝廷之師做此不道之事，就不怕天下人恥笑嗎？」

邱安冷笑道：「難道為了臉面，就得把將士們的命往城下送？你們既然口口聲聲要為老賊報仇，老子倒要看看你們敢不敢毀他屍骨。」

陳飛怒不可遏，急忙命人去王府稟報軍情，自己在城樓上和邱安耗著。

可去稟報軍情的親兵久不見回來，陳飛一連派了三波人前去催促，可眼看三更的梆子敲過了兩回，邱安問了幾次要戰要降，人還不見回來。陳飛只得把副將差遣了回去。「你去看看怎麼回事，快！」

副將下了城樓，快馬出了甕城，往王府馳去。

城中宵禁，三更時分猶如黑城，副將馳到王府門口，馬未勒穩就跳了下來，三兩步上了石階，抬手就去拍門。「開……」

門虛掩著，他猛地撞進門去，腳下一絆，登時撲倒在地。血腥味兒直衝口鼻，他一抬眼，瞅見一具無頭屍，黑血淌了三尺，掌下一片黏糊。

王府裡沒掌燈，冷月森白，照見庭前殘屍為路，樹影如刀。

副將驚跳起來，抽刀四顧。「諸位先生？侍衛何在！」

庭前無人回話，唯有枝葉颯颯作響，他遲疑了片刻，提著刀往花廳奔去。

廳門關著，門外死了七、八個人，皆是陳飛的親衛。他壓低身子，見門縫裡湧著黑血，便使刀尖兒推了推門，門緩緩而開，月光灑進廳中，照見兩排闊椅，一屋無頭屍。

人坐在椅子裡，頭顱皆被割去，卻保持著議事時的舉止，上首之人朱袍錦帶，掛著玉牌，蹬著官靴，穿的是當朝刺史的行頭。

副將啊了一聲，死寂的廳裡彷彿平地炸起一道春雷，他被自己的聲音嚇了一跳，猛地轉身，忽見門外晃過一道黑影！

「誰！」副將提著刀就奔了出去。

門外無人，唯有風捲著喪綾，翻飛若舞，影如鬼魅。

副將看了眼掛在簷下的喪綾，又看了眼地上的影子，長吁了一口氣。氣還沒吁盡，忽覺有東西落了下來，他摸了摸頭頂，對著月光拈了拈，竟是一層灰白的木頭渣子。

他不由愣了愣，仰頭望向屋簷，見簷下漆黑，木渣隨風簌簌而下，若片片梨花零落，不知何時起，廊柱下已覆了層雪般，於這初春的夜裡在人眼前鋪開一道奇景。

副將面色悚然，忽然拔腿就跑，一縷寒光掠過，他的喉前滲出血珠，他一摸喉嚨，頭顱順著後背滾了下去。他看見一縷掛著血珠的寒絲從月下掠回，在廊柱上彈出一聲錚音，柱頂崩出一道白渣，斷木扯斷了喪綾。

花廳轟然倒塌，喪綾覆在人頭上，提刀奔跑的身子倒了下來。

嶺南王府塌了，巨響聲引來了巡邏兵。

巡邏兵急忙馳報城門，不料剛馳到街口，就見路口擺放著一排人頭。小將膽顫心驚地下馬來探，待看清相貌，不由啊了一聲：「快！叫開甕城！刺史大人及先生們遇刺身亡！」

陳飛等來等去，等到的竟是遇刺的消息，一顆顆頭顱經甕城抱上城樓，大軍驚惶之聲海嘯山崩一般，城池的基石都彷彿在晃，素有天下險關之稱的滇州城一夜之間彷彿從根基上被人鑿出了一道裂隙。

城中守衛森嚴，王府裡又有府兵，刺史李獻和一干幕僚怎會遇刺？為何現在才有人來報？他的親兵和副將又在何處？

陳飛揪著傳信之人的衣領，話到喉口卻蹦不出來，直憋得青筋暴起，面色猙獰。

這時，一個小將喊：「快看那邊！」

陳飛循聲望去，見小將所指之處升起滾滾狼煙，須臾間便火光沖天。

「報——」傳令兵奔上城樓，幾乎撲在陳飛腳下。「我軍糧草被燒！奸細武藝高強，逃出屯所後不知去向！」

陳飛連退兩步，險些跌下城樓。

城樓下傳來邱安的叫戰聲：「陳將軍，是戰是降給句痛快話！」

陳飛奪過長弓，開弓就射！

箭矢破空而來，邱安坐得穩當，長刀一翻，對月一挑，殺箭化作流矢，扎進護城河裡，濺起老高的水花。

陳飛怒道：「邱安！別以為你燒我糧草，嶺南軍就會降！嶺南還剩半境，皆是富庶之地，我軍有的是糧草跟你周旋！」

「我說陳將軍，滇州城乃天下險關，李獻都能被取走首級，你以為後頭那幾座城池裡的逆臣有命活？」邱安樂了，見陳飛驚住，不由說道：「行，那就周旋看看，嶺南富庶，燒了軍糧，尚有倉糧，本大帥倒要看看，嶺南軍會不會豪奪倉糧。」

說罷，邱安一聲令下，大軍後退十里，就這麼跟嶺南軍耗上了。

當夜，陳飛下令搜城，可搜到天亮也沒搜到個人影。

州城沒了主事之人，陳飛一邊下令死守州城，一邊命人去後方求糧，得到的卻是文官武將接連遇害的消息。

後方的守將派人來州城問計，聽說王府塌了，無不回城，閉門觀望。

嶺南無主，州城將破，誰也不肯在自身難保之際往州城調糧。軍中只能減灶，可糧草在三天後仍然被吃空了。陳飛勸將士們忍耐，承諾定會借到糧餉，可富商們聽說城中混進了大內刺客，且軍餉是個無底洞，因此無人願意借糧。

大軍生生餓了三天，陳飛仍然沒有借到糧餉，軍中有人主張殺馬，有人主張開倉。

「倉糧乃災荒之年用於賑濟災民的，我軍若奪儲糧，必失民心，此乃皇后之計，不可上當！」陳飛拒絕開倉，含淚斬了自己的戰馬，並命軍中斬殺老弱馬匹，讓將士們喝了一頓肉湯。可大敵當前，精壯馬匹殺不得，沒過兩日，大軍又挨了餓。

偏偏邱安常命大軍到城外開伙，專挑城樓上看得見、弓弩又射不到的地方，一道城門之隔，城外糧餉充足，城內忍飢挨餓。

二月初三這天，朝廷兵馬烹豬宰羊，大擺春日宴，飯菜的香氣飄入城中，餓了七、八日的嶺南大軍終於發生了暴動。

一個軍侯率麾下將士開倉搶糧，陳飛以兵符為令率軍阻止，大軍譁怒，兩軍鬥殺於街上，死傷不計其數。

兩倉屯所前的長街上成了戰場，餓紅了眼的州兵竄進百姓家中，搶奪口糧，凶惡如匪，甚至有恨富商不肯借糧而闖入商戶家中、見人就殺的。

陳飛率部苦戰半日後，望著血流成河的長街，滿城搶掠的慘象，頹然地閉上了眼。隨後，他回到府中，摘盔卸甲，沐浴更衣，於午時上了城樓。

陳飛披頭散髮，白衣赤足，取下王旗，掛上了一面白旗。

入了城。

未時，吊橋放下，城門大開，陳飛率部卸甲，上繳刀兵戰馬，迎朝廷兵馬一進城，邱安就率部止亂，烏雅阿吉則領兵進了嶺南王府，一番搜抄之後，一把火將嶺南王府給燒了。

熊熊大火彷彿把嶺南的天給燒出了個窟窿，傍晚時分，白煙遮了半城晚霞，街上遍是屍首刀盔。殺人搶糧的州兵被綁赴法場，按軍規問斬。

這天，哭聲響徹法場，鳳駕親自監斬，百姓不敢靠近，只見日暮時分，鳳車從法場行出，朝廷兵馬引路，神甲衛軍護從，一路往刺史府去了。

到了刺史府門口，鳳駕下輦，一襲白衣，束袖簪冠，風姿比世間男兒還驕。那容顏明明脂粉未施，卻叫人想起今日時節，碧樹新芽，杏花滿頭，眨眼又是一年春了。

這一天是嘉康二年二月初三，皇帝在汴都以賑災之策為題考問天下學子，以試取士新策。皇后在嶺南計取州城，耗時僅僅一月，未傷一兵一卒。

傍晚時分，嶺南刺史府，官吏們跪迎鳳駕，暮青直登公堂，只宣了降將陳飛。

陳飛披頭散髮地跪在堂下，不見駕，不抬頭，也不吭聲。

暮青問：「你想求死？」

陳飛答：「望娘娘成全。」

暮青問：「你為保倉糧而開城，可見是一代良將。而今嶺南後方潰不成軍，不日就將權歸朝廷，你可擔心朝廷會治理不好嶺南？」

「敗軍之將，連故主的城池都守不住，有何資格擔心社稷？」

「那你可知敗在何處？」

陳飛沒有吭聲，他萬念俱灰，只待一死。

暮青問：「那些送回來的俘虜，你只盤查過三天，是嗎？」

陳飛聞言顯出幾分僵態，朝廷軍不打不殺的就把俘虜給放了回來，他嚴加盤問過，推斷皇后的用意有二——一是使他生疑，干擾他的決斷。二是想以此計煽怒軍心，逼嶺南大軍出城一戰。

那時，軍中一片請戰之聲，他實有心力交瘁之感，為穩軍心，只能以休養為名把俘虜遣入城中安置，難不成是這批人裡出了問題？是他大意失了州城？

暮青道：「州城之失絕非是你大意之過，而是你即便想查，軍中的聲勢也容不得你查。嶺南王已死，其親信部下、幕僚乃至州官各懷鬼胎，嶺南群龍無首，此乃事實。領袖在群體中擁有絕對的重要性，失了領袖，群體情感便會缺乏約束，猶疑不定、缺乏判斷力和情感誇張。這時，出於本能，群體會尋找共同目標來加深凝聚力，以獲得缺失的安全感。本宮把俘虜放回去，這對嶺南軍而言是雪中送炭，正是那些俘虜讓他們找到了同仇敵愾之感。你仔細回想一番，自從嶺南王死後，軍心是否從未像請戰時那麼齊過？你的謹慎雖無過錯，可在全軍請戰的關頭，你把自己推到了軍心的對立面，如同孤身立於洪流之中，唯一能做的就是盡快把俘虜調離甕城——三天是極限，否則暴動會來得更早。」

暮青的言辭陳飛聽不懂，卻也聽得懂，他終於抬頭，女子的容顏在高堂之巔有些模糊破碎。

原來，從朝廷兵臨城下的那一天起，軍心就都在皇后的手心裡握著了。她把大軍逼得強搶倉糧，自失民心，把他逼得開城投降，朝廷兵馬入城止亂，不僅收了民心，她還到法場監斬，以鐵血手腕威懾了城中豪強。

「州城之失非你之過，你為救百姓而降，實有大功。如此，你還要求死嗎？」暮青問。

陳飛譏笑道：「末將效忠王爺，而非朝廷，難道末將不死，朝廷還敢用我領兵不成？」

暮青反問：「若朝廷敢用你，你可有背負罵名苟活於世之勇？」
陳飛沒有回答。
暮青也未再勸，只道：「匹夫不可奪其志，你若一心求死，本宮絕不攔著。你死之後，本宮會上奏朝廷，以開城之功保你族親。」
「謝娘娘。」
「不必言謝，儘管你的忠心不過爾爾，但本宮依舊敬佩心懷百姓之人，故而願幫你安頓族親。」說罷，暮青道聲乏了，起身欲去。
「且慢！」陳飛出聲攔駕，問：「何謂不過爾爾，望娘娘指教。」
暮青道：「滇州是嶺南王的封地，他雖已死，百姓尚在，不問滇州誰主，不畏世俗罵言，即便舊主已故，也會替他守好一方百姓，鞠躬盡瘁，死而後已，此謂大忠大勇。而你一心求死，顯然將名聲看得更重——不過爾爾，不是嗎？」
說罷，暮青便下了公堂，往二堂去了。
侍衛將陳飛帶出了州衙，押回將軍府看禁。
暮青避在二堂，對邱安道：「此人忠義，希望本宮一番口舌沒有白費。你記得跟聖上提一提此人，如何用人，看他的了。」
「是！微臣今夜就傳捷報。」邱安抱拳領旨。
「命州吏還家，本宮不見。」暮青吩咐完，又對月殺道：「掌燈，備文房四寶，素宣丹青。」

這時辰掌燈早了些，月殺卻不問，點了個侍衛去備筆墨，自己守在了公堂門口。

公堂裡，燈燭掌起後，暮青從懷裡取出錦袋，其中有信紙兩頁。她拿起上面那頁湊近燭火，火舌一捲，「刺衛」二字便化作了灰燼。

此番計取州城，動用刺衛實屬不得已，自古綠林少涉朝堂，她原本擔心萬一消息洩漏，刺月門會被罵作朝廷鷹爪，而那些與刺月門結怨的門派會將仇恨轉嫁到朝廷甚至皇帝身上。

但她沒想到，步惜歡對刺月門的後路早有安排。信中說，這些年來朝廷黨爭不斷，無心監管江湖，江湖上門派林立，匪幫橫行。匪幫與贓官勾結，蛀食朝廷鹽礦水利及賑災錢糧，中飽私囊，禍患甚大。去年，朝廷藉清剿林黨餘孽將江陽幫一網打盡，但江湖上仍有許多匪幫，尤以星羅為甚。

星羅海寇猖獗，有門派勾結海寇，魚肉漁民，腐蛀海防。刺月門搜羅了名單罪證，魏卓之奉旨興建海師之後，又查出一批與海寇匪幫牽連的贓官，名單年前已上書朝中，只等著朝廷處置。

步惜歡下了道密旨，命魏卓之清剿匪幫贓官，而被朝廷清剿的匪幫之中，除了名單上羅列的，還會有刺月門。

刺月門會被以勾結海寇、暗殺朝廷命官等罪名予以清剿，從此以後，江湖上不會再有刺月門。朝廷會設立監察院，刺衛們會藉機改換身分，以大內密探的身分混跡於市井江湖，繼續搜羅情報。

如此安排不得不說巧妙，暮青懷疑步惜歡早有此策，一直沒動，只是在等待時機。星羅的密奏傳入朝中時，朝廷正在嶺南用兵，他應是料到她過嶺南不易，於是才將清剿之事留到了現在。

這人明明身在汴都，嶺南卻好像在他眼皮子底下似的。仙人峽大捷那日，她本以為淮州大軍要過些日子才到，沒想到邱安當夜就趕到了南霞縣，這才有了一夜連下三城的大捷。待到了州城下，她以為有場硬仗要打，步惜歡又派了刺衛前來相助。

所有人都來得正好，所有事都無需她善後。

這人也就在謀定乾坤時才有個帝王的樣子，瞧瞧他那家書，像什麼話！

暮青將目光落在桌上，家書扎著她的眼——淡淡青山兩點春，嬌羞一點口兒櫻。一梭兒玉一窩雲，不曾真個也銷魂。

她是說想他，可說的不是那個想，論起曲解人意來，這人可真是祖宗。

暮青心下惱著，不由提筆蘸墨，落筆飛快。一更的梆子聲敲過三遍，她才從公堂裡出來，將錦袋遞給月殺，吩咐道：「交給邱安，與捷報同傳。」

月殺一愣——好厚！

「偷看者斬！」暮青撂下句狠話，又回了公堂。她在公堂裡用了晚膳，聽著朝廷接管嶺南軍政的奏報，四更天才歇。

天曚曚亮時，烏雅阿吉帶著從嶺南王府裡查抄出的密信到了刺史府。嶺南王的書房裡並未留下密信，烏雅阿吉沒有搜找，只是點了把火。大火燒了一夜，他在王府裡站了一夜，五更時分，房倒牆塌，密室顯了出來。烏雅阿吉從中搜出一只機關木盒，裡頭的密信足有一遝，皆是嶺南王與南圖、圖鄂往來的密信，甚至有三封密旨來自北燕。

天剛破曉，刺史府公堂上掌著燈，暮青看著北燕密旨，燭光交映，風聲搖作，恍惚間公堂外颳起的是一陣西風，風裡帶著黃土味兒，送來聲聲意氣之言。

你是周二蛋？

你這小子，怎麼哪兒都細？這身子也太單薄了些。

我欠你這小子一條命！

如果將來有一日，妳爹的仇報了，妳可願……可願嫁我？我們去西北戍邊，大漠關山，自由自在，不在這盛京過拘束日子。

我與他的君臣之約裡沒有妳，妳未嫁，他未娶，妳的名字一日未寫進他步家的玉牒裡，我如何走我的路都不過是各憑手段。

阿青，後日我就要回西北了。邊關久無主帥不行，我回去坐鎮，能保邊關無事。妳放心，一年後狄部與朝廷和親時我會回來，水師閱兵時我會在，不會讓妳出事。

……

可她還是出了事，自那以後，金甌缺，北燕立。過往種種，皆如黃沙，隨風散了。

元修……

暮青看著北燕密旨上那熟悉的字跡、陌生的言詞，回過神來時，指尖已捏得覺不出疼來。「去瞧瞧王爺起身了沒？傳景子春一同前來議事。」

景子春隨巫瑾來到公堂時，暮青正閉目養神。堂威肅穆，女子的倦容在燭影裡少了幾分清冷疏離，添了幾分女兒嬌弱。

「妹妹可是昨夜沒歇好？」巫瑾問話時已到了暮青身邊。

「嗯，昨夜聽奏報，四更才歇。」暮青將幾封密信和名單遞給了巫瑾。

巫瑾對圖鄂族中的勢力和南圖朝堂的黨爭早已了熟於心，一封封密信在手中翻過，目光不由生了涼意。

「南圖國內此番真是下了好大一盤棋。」暮青此前以為南圖是因皇位之爭才與嶺南王聯手的，而今看來，她小看了南圖的目的。

南圖朝中一直有復國之聲，奈何大興兵多將廣，圖鄂神權強勢，南圖皇室一直沒能如願。如今大興分裂，南興帝剛剛親政，北燕帝意圖謀奪南興江山，又恰逢圖鄂族內神官大選，這成就了天賜良機。於是，大皇子一派與嶺南王聯手，想刺殺巫瑾於淮州地界，嫁禍南興。

聖女若得知愛子死於南興內亂，勢必問罪南興，一旦圖鄂對南興用兵，南圖便會坐收漁翁之利，甚至可能平定圖鄂，復大圖國業。

有趣的是，與嶺南王來往的密信中，除了大皇子一派，還有神官的人。聖女手握重權，引得神官和長老院不滿，神官想藉巫瑾之死誘聖女出兵，再借南圖之手除掉聖女。看得出來，南圖朝廷和圖鄂族內的紛爭頗為複雜。

暮青道：「這盤棋下砸了，他們必有後策。」

「嗯。」巫瑾許久後才應了一聲，他把密信遞給景子春，尋了把椅子坐了下來。

暮青道：「他們有何後策，我大抵能猜得出。他們應該會點齊兵馬、擺開儀仗，到兩國邊境迎接兄長回國。」

巫瑾垂著眸，神色晦暗難明。

正逮閱密信的景子春抬頭望向暮青。

暮青道：「江南水師已降，淮州之叛已平，嶺南也不日就將平定，南興非但沒有內亂，朝中反而一派新氣象。這種時候，左相一黨絕不敢再招惹南興，他們知道我在軍中，定會擺開儀仗恭迎，將兄長風風光光地迎回朝中，到時群狼環伺，兄長只怕凶多吉少。」

景子春憂道：「臣等出使之前，皇上已在宮中安排好了人。您一進入國內，使節團便會擺開儀仗，您則喬裝經暗路趕回都城，只要您能進宮面聖，替皇上醫治重疾，令皇上能主持朝政，皇上便會清算后黨。可若朝中命大軍和儀仗前來接駕，您身邊都是眼線，只怕非但見不到皇上，還會凶多吉少。」

「那景大人之意是？」巫瑾面色平靜得看不出情緒來。

「微臣一時也沒有主意。」景子春瞄了眼暮青。

暮青淡淡地道：「本宮有個主意，聖女手握重權，神官和長老院想趁大選之機奪權，萬一事成，兄長在圖鄂和南圖都將失去立足之地，所以眼下應改道圖鄂，先接掌圖鄂大權，再回南圖。」

景子春不是沒有主意，而是不敢獻策，他是臣子，怎敢勸皇子棄父皇於不顧？

其實，當暮青得知行蹤被人看破時就想提議改道了，但一直沒開得了口。

她總是想起當年去汴河城尋爹的時候，百里的路途走得那樣煎熬，而兄長離家二十餘年，歸國之路何止千里，她怎忍心勸他以奪位為重？

可拖來拖去拖到今日，見了密信才知上蒼留給他的是誅心之題。

爹娘皆身陷險境，救父還是救母？

回南圖見父皇，則娘親有被害之險，可若襄助娘親，當他回到南圖時，極有可能見到的是一座帝陵。

世間最殘酷的取捨莫過於此，暮青忽然很惱自己的理智。「我可以命侍衛前往圖鄂保護聖女，而後我們盡快走出嶺南，趕在接駕的儀仗到達之前進入國內，依原計畫行事。」

一隊侍衛未必保護得了聖女，暮青心知肚明，她只是在賭，賭聖女已察知殺機，賭她未必會敗，這是唯一的求全之法。

景子春心中憂忡，三殿下因是皇族和神族的血脈，故而朝中復國派的老臣對三殿下繼承大統抱有極高的期望，圖鄂之權是三殿下的倚仗。若聖女遇刺，三殿下失了倚仗，莫說復國，連奪位都不可能。

景家請旨出使南興，把希望都押在三殿下身上，成則權傾朝堂，敗則滿門覆滅，景家賭不起也輸不起。

景子春瞄向巫瑾，見他竟淡淡地笑了笑，隨即起身離去。

天光如雪，青階無塵，男子緩步而去，背影被天光勾勒得飄虛不定，彷彿要踏入天光裡，就此絕塵而去一般。

暮青沒有阻攔，她知道巫瑾需要時間。

但正當她以為巫瑾要考慮一些時日再做定奪之時，卻見他在庭院中住了腳步，平靜的話音隨晨風入了公堂——

「改道圖鄂。」

第九章

鄂族聖器

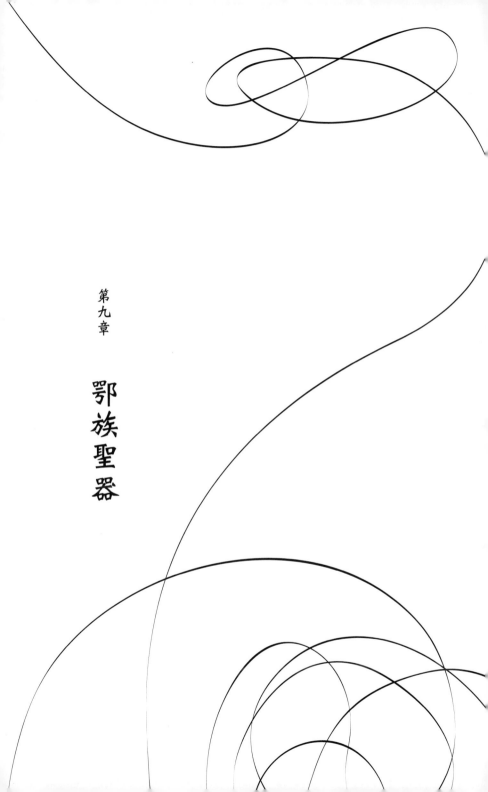

嘉康二年二月十八日，滇州大捷的捷報震醒了都城。市井熱鬧起來的時候，宮裡早朝剛下，皇后未動一兵一卒便計取嶺南州城的捷報驚了百官，呼賀之聲猶然在耳，帝駕便匆匆往太極殿去了。

一進太極殿，步惜歡就從懷中取出只明黃的錦袋，這家書可有些厚，誰知道裝了些什麼？就算是十八般刀槍，他都接著。

但信一取出，他就愣了——這似乎不是家書。

錦袋裡裝的是宣紙，紙幅頗大，疊有數層，故而手感頗厚，紙背墨色暈透頗淺，乃是宮廷畫師常用的素宣。

這是畫？

她的畫可從來都不同尋常……

步惜歡的心提了起來，開得頗慢，一層一層，像面對內心的期許，心中默盼著這畫可莫再驚著他。可千盼萬盼，當畫入眼，他還是被驚著了，且少見的顯出幾分慌亂之態。

他抬袖一覆，遮了畫時，瞥了眼身後。

老太監垂著眼皮子，跟睡著了似的，嘴上道：「老奴老眼昏花，什麼也看不見。」

步惜歡頓時氣笑了，范通躬身而退，將殿內的宮人全都領了出去。

殿門關了起來，步惜歡坐了一陣兒，待內心的波瀾平息了些，才看向那畫。只見畫有二尺，素宣作布，小筆勾畫，畫中一對璧偶，正行夫妻之禮。男子雌伏，紅袍似火，眼媚如絲，女子騎於仙杵之上，平原縱馬，桃源尋途。

畫中璧偶姿容栩栩，分明是他與她，畫旁還題了行字——不曾真個也銷魂！

步惜歡伏案笑出聲來，好個一語雙關！

就算他的心再多生十個竅兒，也想不到他豔詩寄情，她會還以春宮。她性子冷，他怕她離開久了，好不容易被捂熱了的心再涼了，故而寄詩撩撥，以解相思。哪知她惱了，竟寄幅畫來罵他。

「混帳。」步惜歡笑罵一句，殿窗開著，花瓶裡一支海棠占盡春色，卻不及那畫那人春態撩人。

她可真沒白驗那些屍身，瞧瞧這畫，眉目栩栩，肌骨如生，真可羞死宮廷畫師。

步惜歡丹關處生出一股濁氣，不由惱得抬袖遮了畫，調息了片刻才起身望向窗外。

煙雲空濛，青瓦如墨，又是一年江南春時，又是一年孤身賞春。再過十日，科考就該放榜了，他多想去嶺南尋她，可朝中文武也好，邊關將士也罷，無一不在為了社稷鞠躬盡瘁，他身為一國之君，若拋開重任前去尋她，她才會真惱了他。

且依眼下戰事的情形，等他到了嶺南，她必定已走出嶺南了。

步惜歡沒猜錯，嘉康二年二月二十八日，這一天是載入後來的《大齊史記》的日子。

這天，恩科放榜，朝廷分三等取士，於千餘考生中點錄四十九人，甲榜八人，為天子欽點。

這天，八人朱袍加身，進宮陛見，與百官同行，與宰相同列，一朝得志，意氣風發。

天子上朝，雍容矜貴，風華依舊，卻已不再是那位臨江茶樓裡的白卿。

八位學子見駕，宮人捧著玉盤前來，盤中放著一份考卷，正是學子們的時策題答卷。答卷上有朱筆御批，策論下皆有一問，問御筆圈點之處如何實施。

殿試可沒有時間思量策論，身在金殿上，上有天子，下有百官，即問即答，可謂極難。

八位學子對自己策論中的利弊知之甚深，御筆圈點出來的皆是不易實施之處，論治國方略，聖上的眼比誰都毒。

殿上靜了下來，八人苦思難得其解，沒半炷香的工夫，額上就見了汗。

最終，甲榜頭名的學子跪奏：「啟奏陛下，學生以為，天下沒有萬全之策，賑災濟民，賦稅傷民，自古就難以兩全。朝廷既然要賑災，那自當以濟民為本。淮州兩倉虧空，罪責重在貪官私挪偷販，而不在於倉儲之策陳舊，故而學生認為賑災之根本不在於新策，而在於吏治。」

「吏治清明才是根本，此話不錯。可朕這兒若有兩全之策呢？」天子問得漫不經心，卻驚了八位學子。

又一撥宮人捧著玉盤來到學子們面前，學子們跪接策論，一看之下，驚為奇策。

甲榜頭名的學子情緒激越地問：「敢問陛下，此策出自哪位大賢之手？」

天子笑了一聲：「可別誇她是什麼大賢，傳到她耳朵裡，又該說朕一高興就尋個名號褒美自家婆娘了。」

這話耳熟，似乎是白卿初至臨江茶樓那日，一位周姓的白衣少年說的。

白衣，姓周，敢將皇后說成婆娘……

八位學子忽然明白了什麼，一時間呆若木雞。

這天，八位學子金殿面聖，意氣風發而去，面帶愧色而回，一道賑貸新策之論，叫天下學子敗得心服口服。

同樣是這一天，二十萬石倉糧自嶺南運抵淮州。

淮州文武同至城門前接收倉糧，曲肅欣喜若狂，扯著劉振的官袖問：「刺史大人，下官沒作夢吧？倉糧到了？二十萬石啊！」

劉振苦笑道：「是，快接糧吧！」

曲肅回身背對城門，衝嶺南方向拜謝道：「謝皇后娘娘賜糧！」

那天皇后娘娘說去會一會嶺南王，順道替淮州謀一謀倉糧，本以為此事萬難，沒想到這才三個月，嶺南王死了，倉糧到了，二十萬石，一斤不少！

曲肅大笑一聲，起身就往城中奔去。

劉振喊：「你去何處？不接倉糧了？」

「刺史大人接吧！下官給商戶們請罪去！」曲肅頭也不回地奔遠了。

這天，曲肅回到官邸，脫去官袍，身背荊條，三步一叩，到商戶府上還糧請罪。自古民不與官鬥，從沒聽說過官府強收去的糧還有再還回來的，更沒聽說過州官跪民之事。商戶們受寵若驚，看著曲肅赤著的上身清瘦見骨，想起他為官清廉，災後捐盡家財，八十老娘都跟著吃糠嚥菜，不由感慨。

當天，眾商戶收下糧食，傍晚聚到州衙請願，願助官府重建村鎮，安置災民。

淮州大災至今將近半年，這天終於官民一心，齊力賑災。

還是這一天，嶺南最後一座城池的守將開城獻降，嶺南全境平定。

是夜，神甲侍衛馳出縣城，護衛著鳳駕和南圖使節團一路往兩國邊境線而去。

三月初一，雞鳴時分，緊鄰國界的山坡上，神甲侍衛們騎著戰馬迎風遠眺，彷彿一道連綿起伏的黑峰。

山坳裡，荒草隨風伏擺，宛若一條黑河，天邊一道魚肚白壓得極低，遙遙望去，恍若天地倒置。

「下面就是了。」烏雅阿吉率先策馬下了山坡。

暮青揚鞭跟上，神甲軍緊隨其後，勢如決堤一般進了山坳。

山坳裡是燒得青黑的殘道，荒草裡的房屋皆被火焚塌，腐木壓著焦屍，朽箭殘刀隨地可見。烏雅阿吉坐在馬背上，像佇立在荒寨上的石人，面南而望。

暮青下馬步行，往南而去。

寨子只剩一座遺址，南高北低，越往南，房屋結構越複雜。到了緩坡盡頭，暮青拾階而上，眼前豁然開闊，圓形的祭祀廣場上刻著蟾蜍圖騰，面朝南面。南面高處，一座王殿背山而建，殿高七層，呈半月形，遠遠望去，仍能見其宏大瑰美。

暮青穿過廣場，上了高坡，進了王殿。

月殺緊隨其後，對大殿中央擺著的幾具屍骨視而不見，只掃視著焦黑的殿柱、大梁和殿窗，防備著萬一。

暮青看了幾具擺得整整齊齊的屍骨一眼，目光在其中一具屍骨的王冠上定了定，又環顧了一眼燒得焦黑的殿柱和地上的零星殘布，隨即轉身走了出去。

烏雅阿吉立在祭祀廣場上，只是遠遠地望著王殿，並沒有進殿的打算。

南圖使節團候在下坡，後頭押著幾輛鐵皮囚車，左相黨羽被關押在囚車中，衛哨於四周戒備著，巫瑾上了祭臺，身後跟著雲老、景子春和方子敬，三人見暮青從高坡上下來，紛紛躬身行禮。

暮青一到烏雅阿吉面前就問：「火燒寨子的是你吧？村道上有打鬥的跡象，說明當年外敵屠寨時，烏雅族人曾抵抗過。那麼，路上該有屍體才是，可我在路上只看到了刀箭，族人都被埋於倒塌的房屋下。屠寨之人皆為狠辣之徒，怎會將戰死之人抬回家中，再點火燒屋？而王殿裡的情形更為反常，宮帳被一一點燃，屍體被整整齊齊地擺於大殿中央，與其說是縱火焚殿，不如說是火葬儀式。縱火之人對烏雅族人頗有感情，極有可能是族中之人，而烏雅族據說只剩你一人了。」

「這世間有哪樁案子是皇后殿下解不開的？」烏雅阿吉扯了扯嘴角，面色蒼白得像戲臺上的伶人。

「你是烏雅王還是王子？」暮青問，王殿內有具屍骨頭戴王冠，但未必就是烏雅王，也有可能是替子。

烏雅阿吉目光幽沉，彷彿一潭死水。「什麼烏雅王，區區小族，我父王充其量就是個族長。」

風蕩進山坳，嗚嗚之聲裡彷彿捎著鄉音，勾人回憶。

「烏雅族是大圖內亂那年被劃入大興的，此後，因聖器不知所蹤，神殿開始了對眾族的監察刺探，唯有烏雅族因在大興而未被滋擾過。自從二十多年前起，大興國力日微，烏雅族人便再沒過過安寧的日子。」

「族寨裡先是常有探子潛入，神官又多番遣使造訪，以祭祀祖神為由脅迫父王前往神殿。父王想方設法地與神殿周旋，為防神殿打我的主意，我自幼就被關在王殿，冬去春來，整整十五年，從未邁出殿門一步。」

「我出走那年曾質問父王，烏雅族為何要守護聖器？聖器乃古鄂族祕寶之鑰，這不過是個傳說，既不奪寶，留之何用？禍端罷了！要麼奉還，要麼砸毀，要麼奪寶，好過將一把鑰匙奉為聖器，滑天下之大稽。父王大怒，動了族法，我受刑後，有天夜裡制住王衛逃出宗祠，悄悄地離開了寨子。」

「我浪跡江湖，逍遙了兩年，後來聽見鬼軍屠殺小族的風聲，急忙回來報信，卻不料姜靳老賊與神殿勾結，嶺南戒嚴，我費了一番工夫才潛回寨子，晚了一步。族中百姓遭屠，婦孺皆未倖免，我父王、阿娘和兩個妹妹都死在王殿裡，死前受了極大的拷問折磨……我一怒之下把整座寨子都燒了，用一把大火把鬼軍和嶺南兵馬給引了回來，那天……也是這個時辰，我就在這祭壇上大開殺戒……」

烏雅阿吉看了眼腳下，曙光籠罩著祭壇，黃塵敗葉覆住了祭壇上的圖騰，卻蓋不住斑斑黑血，就像那夜的記憶，永生難滅。

雲老三人對視一眼，眼底皆有驚濤——如此說來，聖器真在烏雅族中？那可真是天要助三殿下！

「那夜，我負傷殺出重圍，一路逃到汴河城，碰上西北徵兵，為躲追殺而入了伍。當時我身上僅有一份遊歷江湖時用的身分文牒，迫不得已才用烏雅族人的身分參了軍。後來，殿下遇伏，我回營報信途中宰了幾個殺手，惹了魏少主的懷疑，但他查無實據，也就沒再盤問過我。直到這回南圖使節團出城，我從章都督處聽說殿下已前往南圖，這才自請陛見。」

身分文牒的事跟暮青當初猜測的相差無幾，只是沒想到事情的前因後果是這樣的。

「你的族名是？」暮青問。

「烏雅喆。」這名字就像荒廢的族寨一般，已入土多年了。從他離開族寨的那天起，世間就沒有烏雅喆，有的只是一個浪蕩子罷了。

半晌，烏雅阿吉問：「我有一事不解，殿下臨行前宣召了章都督和劉軍侯，為何獨獨瞞著我？莫非生死之交抵不過身分之疑？」

暮青道：「此行艱險，我料想必有一場殊死博弈。你有族仇在身，必請命前來，若有個三長兩短，烏雅族豈不是連僅存的血脈都保不住？」

此事應是步惜歡的機謀，烏雅阿吉武藝高強，身分成謎，性情乖張，步惜歡自然不放心她身邊有難以掌控的人存在，所以便靜待良機，讓他自己坦明身分。

此行便是一次良機，如非領了聖旨，章同怎會將她的行蹤告知於人？

「您比當都督那會兒愛操閒心了。」烏雅阿吉笑了笑，望著國境線南邊道：「我在御前坦明身分，請旨潛入嶺南，還好不負此行。如今老賊已死，只剩神殿未滅了。」

暮青問：「這麼說，鬼軍屠寨受的是神官之命？」

烏雅阿吉道：「與他脫不了關係，他覬覦祕寶，所圖必定不小。」

「鄂族當真有祕寶？」

「只是傳言，有幾分可信，我也不敢說。」烏雅阿吉看向巫瑾，問：「王爺可有聽過聖器之說？」

巫瑾道：「本王只知聖器本是鄂族之物，大圖內亂時，兩件祕寶——聖典和聖器不知所蹤。聖典乃古鄂族聖書，凡神族之說、宗規戒律、治國綱法，皆出自此典。聖器乃祕寶之鑰，傳說寶藏之豐厚，足以建國。這兩百餘年間，連皇族都在尋找兩件祕寶的下落。皇族有復國之心，聖典亦是法典，乃立國教民之基，有掌聖典者掌天下之說。聖典之蹤難覓，倒是聽聞祕寶埋於古神廟下，恰逢近年來天下局勢多變，神殿和皇族都在備戰，自然就急於先尋聖器了。」

「古神廟？」

「就是那座用來鎮壓先代聖女的神廟。」

暮青默然，此去南圖，她抱著助兄長奪位的心思，對身世並無究根問柢之心，沒想到臨時決定改道圖鄂，竟又聽到了與先代聖女有關的事。

「那敢問殿下，聖器可在烏雅族中？」雲老見暮青和巫瑾都沒問聖器何在，不由開了口。

烏雅阿吉目光譏誚。「怎麼？王爺也有奪寶之心？」

巫瑾道：「本王的根基不比其他皇子，我娘也並非獨攬大權，此番回國奪位，料想必有戰事，若真有祕寶，而殿下肯賜聖器，那自是求之不得。」

況且，古神廟下鎮壓著先代聖女，事關暮青的身世，既然聖器就在烏雅族內，自然沒有不求之理。

但這話巫瑾沒提，雲老三人在此，而先代聖女有罪在身，此去圖鄂本就有險，若被人知曉此事，只怕會險上加險。

雲老道：「事關兩國帝位，還望殿下賜還聖器，他日報仇之時，便是建功之日。」

烏雅阿吉譏笑道：「可惜聖器在本王眼裡是個禍害，為保一件死物，父王連妻女族人都不救，那晚本王放火燒寨，將那禍害之物從王族密室裡取出毀了。」

景子春和方子敬驚住，雲老險些暈厥。

暮青卻不關心聖器，只問：「你領了什麼旨意？」

烏雅阿吉磨著牙道：「來之前因為著急，一不留神就著了聖上的道兒，被戴了頂官帽！聖上說，皇后殿下要是偷偷過了嶺南就罷了，要是打過來的，我就得留下任節度使，節制嶺南。」

當時，他為求出京，想也沒想就答應了，後來才明白是個套兒。姜靳老賊要擒皇后，怎可能讓人溜出國界？八成要靠打的。他一貫不愛受束縛，就這麼被聖上給綁在嶺南了。

暮青無語，邊州才有節度使，形同地方軍政長官。朝廷吃過一次地方割據的虧，不可能再封一個嶺南王，但嶺南需要一個主事人，這人得熟知嶺南的風土人情，得有與大姓豪族博弈的精明，得有懾得住根植於嶺南那些勢力的狠辣手段。

嶺南是個龍潭虎穴，不知多少勢力瞅著朝廷欽差，一個不小心就會連骨頭都不剩，烏雅阿吉是最合適的人選。

不過，步惜歡把人留在嶺南，只怕還擔心烏雅阿吉背負著滅族之仇，一旦去了圖鄂，未必能理智行事。

「既然你不同去，那我們就該走了，否則撞上南圖迎駕的大軍就走不了了。」暮青道，兩個時辰前，探子來報，南圖大軍離國境線只有七、八十里了。

「慢！」烏雅阿吉卻喊住暮青。「國境線那邊是一片山丘，往南十里便是神脈山。進了山中就得棄馬而行，囚車拖累腳程，恐怕用不了多久就會被南圖大軍追上。族中有條密道，是當年先祖帶著族人躲避戰亂時所建，直通神脈山腳下，跟我來吧。」

門。

王殿依山而建，密道口就在一塊鎮山石後，撥開密密麻麻的棘藤才見了石門。石門一開，塵土撲面而來，裡頭幽深狹窄，只能容兩人並行，容不得戰馬和囚車進入。

「這密道直通神脈山下，沒有岔口，也沒有機關。殿下把戰馬和囚車留下，我來善後。」烏雅阿吉站在石門旁道。

景子春面露遲疑之色，密道經年未啟，從此地到神脈山下有一段路途，誰也不敢保證密道裡毫無險情，倘若有險，豈不是要被活埋在裡頭？

暮青卻毫不遲疑地道：「下馬卸車！」

神甲侍衛聞旨而動，一隊人馬去卸囚車，一隊人馬去尋火把。

烏雅阿吉倚著山壁，風搖著棘樹，晨光細碎，叫他想起遇刺那夜的星光。他搶了戰友回營報信的機會，有人疑他貪生怕死，唯有一人指向斷崖山，用堅定的聲音告訴他撤退的路線。而今，一條密道面前，他不帶路，只說善後，誰也不敢說密道之內無險，那人卻依舊敢進。

火把點了起來，月殺命百名侍衛先行入內探路，留暮青在後頭與烏雅阿吉道別，也與南興的疆土道別。

暮青道：「我走了，嶺南治理之初必有險事，你要小心，切不可太使性子。」

「您先看看您幹的那些事兒，再來囑咐微臣吧。」烏雅阿吉哭笑不得。

「眼下百廢待興，嶺南就託付給你了。」時間緊迫，暮青縱有千言萬語，也只能說這一句了。

烏雅阿吉一改吊兒郎當之態，抱拳跪別。「殿下放心！」

暮青將他扶起便打算進入密道，哪知剛要放手，忽覺掌心裡一涼！她愣怔之時，大風迎面將她掃入了密道，月殺黑風般掠了進來，只聽轟隆一聲，石門關上，晨光被擠成一線，烏雅阿吉欠揍的笑臉慢慢消失不見。

密道裡只剩下火把的光亮，暮青面向石門，袖口垂著，感覺手裡有塊寒涼之物。

她沒看，但能猜到那是何物——鄂族聖器。

這天清晨，趕往邊境迎駕的南圖軍，在國境線附近的山坡下發現了千餘戰馬、數輛囚車和遍地的刀兵。馬有死傷，刀有折損，囚車空了，就是沒有一具人屍。

南圖軍在戰馬的蹄鐵和刀兵的柄首上皆發現了「神甲」的官烙，不由驚出一身冷汗，欽差命禮兵奉國書越過國境線，到南興的邊境小城泰安縣報信。

新上任的嶺南節度使趕來，一看見這情景就揪著南圖欽差的衣領子問：「怎麼回事？你說！」

南圖欽差被罵懵了。「我等剛到，怎知出了何事？貴國皇后殿下要出國境，難道貴國未派大軍護駕？」

烏雅阿吉罵道：「放屁！本官親自率兵護送的，出國境時還好好的，怎麼會出事？」

南圖的欽差回答不了這問題，只覺得遇刺的場面古怪。而烏雅阿吉陰沉多疑，竟盤問起他來。

「南圖國君病重，國書不會有假吧？上回國書裡可沒說會派儀仗迎駕，時隔數月才想迎接，不會有何陰謀吧？不然你們怎麼事先不遞國書，來了才遞？且我們皇后殿下偏在此時遇刺，戰場又如此古怪？」

南圖欽差有苦難言，皇上病重，國書還真出自左相之手。但陰謀歸陰謀，嘴上不能認，於是他義正辭嚴地表示這是誣蔑，是挑釁！

烏雅阿吉蔑笑一聲：「我們皇后殿下在南圖境內失蹤，奉勸你們在事情傳到我國朝中之前，把皇后殿下完好無損地找出來，否則就等著天子一怒，血染河山！」

南圖在權力更替的緊要時期，禁不住邊線戰事，這話是赤裸裸的威脅。

欽差覺出烏雅阿吉的態度古怪，按說皇后失蹤，南興人應該更急，可他只責令南圖尋人，而無幫忙之意，實在有違常理。

思及此處，他嘶了一聲，暗道：是啊！英睿皇后是何許人也，莫非她事先料到左相會派兵馬迎駕，故施此計，意欲騙過南圖大軍？假若如此，神甲軍能藏匿的地方只有兩處——南興境內抑或神脈山中。

假如神甲軍在神脈山，那嶺南節度使應該怕南圖尋人才是，現在催促甚急，只能說明英睿皇后和三殿下還在南興。這是調虎離山之策，神甲軍假作遇刺失蹤，意圖誘騙南圖兵馬折回搜尋，待南圖兵馬離去後，神甲軍便可悄悄前往都城。

呵！真是好一齣遇刺的戲！

「谷將軍，你看此事……」南圖欽差假裝要與領兵之將商議，將人拉去遠處，一番嘀咕，忽然嗓音一揚：「那就有勞將軍率將士們四處搜尋了。」

谷將軍拱了拱手，帶著千餘人拖拖拉拉地走了。

南圖欽差回到坡上，皮笑肉不笑地道：「請節度使大人放心，貴國皇后殿下是在我南圖遇刺失蹤的，我國朝廷絕不推脫責任，下官這就命大軍在此紮營，尋不到皇后殿下的下落，絕不班師回朝！」

皇上病重，三殿下已在嶺南耽誤了好些時日，倒要看看誰會沉不住氣。

或許，就這麼耗著也不失為一個好法子，耗到皇上駕崩，大殿下登基，豈不更妙？總比迎英睿皇后和三殿下回朝攪動風雨要好得多。

方才，谷將軍已率人回都城報信了，在相令傳回來之前，他就在此紮營靜待，不走了。

烏雅阿吉的臉色陰沉了下來，內心卻罵了一句——傻子！

第十章

神權之國

神脈山蜿蜒千里，形如臥龍，大圖國人將此山視為龍脈，故得此名。而今，神脈山卻如一把巨大的鐮刀將大圖攔腰斬斷，成為了南圖和圖鄂的國界山，以此為界，二族分治。

日似盤盂，草木葳蕤，神脈山腳下的老林裡，一塊山石轟隆而開，青苔震落，群鳥驚飛，數道黑影掠上樹端。少頃，幾道咕聲傳來，洞內才陸陸續續地走出人來。

「慢些。」巫瑾和暮青結伴而出，行至密道口，巫瑾一抬衣袖，遮了暮青頭頂的日光。

日光細碎，公子如玉，暮青一身烏袍負手而出，立在斑駁的袖影裡，凜凜英氣，鋒銳逼人。

侍衛在樹端探察了一番，大軍此刻身在神脈山腳下的老林裡，林外未見南圖兵馬。

方子敬是使節團中的嚮導，時值陽春，神脈山中悶熱潮溼，古木參天。他率領一隊神甲侍衛在前驅蟲開路，暮青、巫瑾和使臣們跟隨在後，左相黨羽被押在後方，因幾人眼前蒙著黑布，故而大軍行進得不快。

侍衛每個時辰奏報一回軍情，直至傍晚，後方也沒有追兵進山的跡象。

天擦黑時，方子敬將大軍帶到了一條溪邊，溪水清淺，前有石灘，側有崖壁，崖下立有一塊神碑。

方子敬道：「啟稟皇后殿下、三殿下，大軍今夜可在此露宿，明日過河而上，估計再走五日就能見到人煙。」

侍衛們身上背著乾糧，撐個四、五日不成問題。因前後三、五里皆有衛哨，暮青便命人生了火，眾人圍火而坐，就著乾糧清水就是一頓。

而後，侍衛們伐竹做榻，暮青和衣而臥，蓋著紫貂大氅便睡了。

山中無更聲，朗月偏西時，暮青悄悄起了身，繞過南圖使臣，停在了巫瑾榻旁。

「兄長。」暮青喚了聲巫瑾，示意他禁聲，而後往西邊的崖壁走去。

巫瑾怔了怔，起身理了理衣袍，跟隨暮青往西崖走去。

西崖不高，崖間有松斜生，一道細瀑飛入潭中，水聲吟咚，如奏高樂。崖旁有片松林，暮青入了林中，將手探入懷中，摸出一塊玉珮遞了過來，問：「兄長可識得此物？」

「這是？」巫瑾見暮青拿著塊烏黑的玉珮，外鑲金翠，內刻陰雕，綴有彩絡，華美至極，頗似貴族男子的隨身佩物。

暮青見巫瑾神色茫然，頗為意外。「這是進密道前，烏雅阿吉塞進我手裡的。」

「妳是說此乃聖器？」巫瑾驚了驚。

暮青道：「他在那種情形下給我的，除了聖器，難作他想。」

巫瑾搖了搖頭。「聖器絕非這個模樣，族中保有聖物之圖，我記得聖器是由烏玉所製，形似鉤月，雕有開天寶紋。開天寶紋是何樣子，我已記不清了，但絕非此珮上所雕的登高圖，且此珮之形也不同，唯有玉質像些。」

巫瑾摩挲著玉珮，覺得玉質涼潤，如非配有金托，拿在手裡怕是真會有寒涼入骨之感。

「聽我娘說，烏玉取自神山北麓聖泉之下的神石，此石自上古時起，經熔火淬煉，寒泉冰封，乃成寶玉，眼觀色如幽潭，透光色如烈火……」巫瑾提起玉珮對著月光瞧了瞧，奈何松林遮擋，月光細碎，金托又華美厚重，幾縷薄光實難照透玉身。

暮青的目光隨著玉珮而動，見巫瑾往林邊挪了幾步，玉珮晃著，月光照來，頂珠上似乎有異光亮了亮！

暮青道：「頂珠！」

巫瑾一愣，暮青將玉珮取回，仔細查看頂珠。頂珠是顆小巧精緻的金葫蘆，上雕五隻蝙蝠，蝙蝠拱衛之處恰似珠形，那異光正是由此珠四周而生——這珠子四周有細如髮絲般的縫隙，是顆活珠！

暮青對準活珠便按了下去，只聽喀答一聲，活珠推入葫蘆身中，向下一墜，頂珠忽然裂作兩半！

頂珠一裂，金托也裂開半寸，玉珮猛不丁地從中掉了出來。

暮青急忙去接，不料玉珮落入掌中竟也裂成兩半，一半被她抓住，另一半掉進了枯葉松針之中。

暮青的心也跟著墜了下去，巫瑾嘶了一聲，只見暮青手裡躺著的殘珮形似鵝蛋，邊緣光滑，像是打磨好的，由這塊殘珮的形狀推斷，缺失的那小半塊……

暮青面色一凜，蹲下撥開枯葉松針，一縷月光照來，殘珮烏黑寒潤，形似鉤月，雕紋橫川疊嶂，刀法凌厲，渾若開天之勢。

「聖器……」暮青拈起聖器一角，對月一瞧，松林裡彷彿生出一彎血月，噬人心魄。

暮青望向巫瑾，見明月照在松間，飛瀑潭上生了薄霧，男子兩袖堆雪，明明不似塵世中人，隔著聖器，眸子彷彿蒙了層妖色，顯出幾分疏狂來。

「怪不得神殿找不到，原來是改頭換面了。」巫瑾拾起金托。

暮青吸了一口山風，涼意入腑，醒人心神，她將聖器拼回玉珮之貌，而後遞給了巫瑾。

巫瑾沒接。「烏雅王子只信任妹妹，此物自然歸妹妹。」

「他信我，我信兄長。」暮青攤著掌心，聖器幽光逼人，卻不及那雙星眸懾人心神。

巫瑾的心彷彿被那目光撞了一下，隨即朝暮青禮了禮。「那妹妹就權當替為兄收著吧。」

「為何？」

「烏雅王子說聖器已毀，神殿未必會信，只怕也會疑他早就將聖器獻給了妳我。妳我到了神殿後，免不了要遭刺探，妹妹貴為南興皇后，南圖和圖鄂會將妹妹奉若上賓，我則不同，聖器由我保管反倒有遺失之險。」

暮青倒沒想過這個問題，她到神殿可不是去當上賓的，但此行未有定策，她也說不準會以何種姿態出現在神殿，故而不能說巫瑾之慮沒有道理。

「那好吧。」暮青這才將聖器收回了懷中。

巫瑾道：「切記隔著神甲收存，以免寒氣傷身。」

「知道了。」暮青見山月西沉，於是抓緊時間問：「兄長可有睡意？若睡不著，不妨跟我說說圖鄂的事。」

巫瑾笑道：「妳這麼說，我就是想睡也得陪著。」

暮青揚了揚嘴角。「你剛看過聖器，一時半刻哪會有睡意？還是說說圖鄂吧。」

不遠處有棵倒下的老松，暮青走了過去，撩著大氅拂開松針落葉，坐了下來。

巫瑾立在月光下笑問：「想聽什麼？」

「所有的。」暮青道。

那可就多了……

巫瑾苦笑。「我知道妳不信鬼神，可鄂族信奉神權，妳若想瞭解圖鄂，大抵還是要聽一聽鬼神之說的。」

暮青道：「好啊，夜半三更的，鬼神之說提神醒腦。」

巫瑾笑了聲，娓娓道來：「妳一貫膽大，鬼神之說恐怕嚇不著妳。我曾說過，當年戰亂之時，鄂族遺失了兩件聖物——聖典和聖器。而今聖器已尋到，還缺聖典。聖典乃古鄂族聖書，凡神族之說、宗規戒律、治國綱法，皆出自此典，傳說此典乃祖神之諭，祖神乃天帝之子，而大圖國則是天帝賜予祖神的，祖神在此稱帝，繁衍後人，乃古鄂族的宗祖。他創立了神殿、宗規戒律和國法綱要，神殿內的《神說》、《祭書》、《咒文》、《法類》四書皆脫胎於聖典。傳說，祖神功德圓滿返回天界之際，留給後世子孫兩件聖物，即聖典和聖器，聖典可使後人明天理、知法理、禁人欲、得永生，而聖器能使後世子孫永享富足、強盛不衰。」

「大圖尚未禍起戰亂之前，國內神權至上，皇室立儲需諸皇子同至神殿，由神官卜問國運，占點天命之子，而新帝即位亦需駕臨神殿祭祀祖神，由神官占賜國號，唯有神殿占選之人方能被百姓視為正統。」

「百姓奉神為天，莫說祈豐求雨、求財求子，便是遇上盜搶之事，也是問神裁斷，求天罰惡。神殿替官衙行了斷訟決獄之權，一面向百姓徵收錢糧供奉，一面代天傳諭命朝廷輕賦稅重農桑，仁政愛民。可朝廷輕賦稅的結果便是國庫缺錢缺糧，官吏的俸祿、辦學的經費，乃至築堤修道、賑災濟民、護城贍軍、打造兵械，哪樣都得用錢。」

「每逢災年，災民罵朝廷築堤不力，湧入神殿尋求庇護，神殿開倉放糧救濟災民，百姓便對神殿歌功頌德，此後，錢糧供奉又被進獻給神殿，而國庫窮困，朝廷挨罵，神皇二族之間豈能不生嫌隙？加之神殿權大，多番在立儲、立后上控制朝廷，終致兩權刀兵相見，戰亂七年，以大圖一分為二，皇族、神殿各治其國而告終。」

「而今，在南圖，洛都及地方州縣雖仍設有神殿，但只供百姓求籤問卜，如大興的寺廟道觀一般。但在圖鄂，神殿便是官府。圖鄂掌慶、平、中、延四州之權，神殿在中州鄂都，由神官掌權，長老院輔政。其餘州縣下設神廟，稱為州廟、縣廟，主政者為州祭、縣祭等大小祭司，以神權治民，戒律森嚴。」

「神官並非世襲罔替，而是二十年一選，由各地祭司參選，經卷考、州試、殿試和天選，擇為神官。卷考涉及《神說》、《祭書》、《咒文》、《法類》四書，州試考決疑斷訟，殿試考治國策論，而天選是由天擇定掌管神殿之人，即為神官，過程凶險，每回大選總有喪命之人。」

「聖女通常會在神官大選後，由上一任神官的嫡女繼任，與新神官成婚。聖女終生居於神殿，占星、預言、驅禍、祈福，養育下任聖女。倘若聖女未能誕下女兒，一般會從神官的宗族裡過繼一女抑或兩女，後經天選，擇定新聖女。」

「現如今，圖鄂正在舉行神官大選，新聖女尚未繼任。我為質後，我娘才改嫁現任神官，與之育有一女，我從未見過這個妹妹，只聽我娘在信中說，她性情外冷內戾，自幼就盼著繼任聖女，母女之間早有不睦。」

說到家事，巫瑾的神色黯了幾許。

暮青問：「所謂的天選是真由天擇定，還是藉天選之便行內定之擇？」

巫瑾道：「自然是內定的，州祭、縣祭們皆是貴族子弟，長老也由大姓豪族之中有名望的長者擔任，大族之間難免有利益之爭，能通過殿試的無一不是各族保薦的後生，加之大選相當於神官為女擇婿，故而每到天選，必有廝殺。」

暮青嘲弄地道：「這麼說，所謂的天選，不過是讓貴族之間明著廝殺的一塊遮羞布而已。」

巫瑾笑而不語，算是默認。

暮青問：「今日出密道時，我見密道旁有塊石碑，西崖下也有一塊，這石碑是何物？」

巫瑾道：「那是神碑，大圖建國時所立，經年日久，已看不清碑文了。聽說神碑上刻畫的是祖靈受封下界、創立大圖及賜予人間聖物的故事。」

「神碑？」暮青聽著耳熟，隨即想了起來。「我聽說神碑上刻的是聖女為質生子之事，宣頌的是你們母子的止戰之功。」

巫瑾笑了笑，眸中有抹柔色。「那些神碑立在兩國的神廟裡，神脈山裡的神碑是頌揚祖神功績的，即便我娘有心宣揚止戰之功，也不敢動祖神之碑。」

暮青心道這也不易了，需知神廟內日日有百姓進香朝拜，神碑立在兩國神廟內，可比立在這深山老林裡管用得多。

「說起神碑，為兄倒是想起個傳言來。這傳言是從聖物遺失後才在民間傳開的，說是……戰亂觸怒了祖神，故而將聖物收回了天庭，聖物重現之日，便是祖神轉世下界，復大圖國業之期。」巫瑾看向暮青，目光揶揄。

暮青嗤笑一聲：「那我們今夜看見的是何物？民間傳說要麼猙獰可怖，要麼願景美好，只可一聽，不可輕信。」

巫瑾道：「可百姓信得很，神殿四處搜尋兩件聖物的下落，甚至不惜屠滅小族，也跟這傳說不無關係。誰不願成為那轉世之子，復國稱帝呢？」

暮青不信民間傳說，她見明月已沉入崖後，這才起身道：「再有個把時辰天就亮了，兄長回去歇會兒吧，一早還要趕路。」

兩人結伴出了松林，各自回到竹榻旁，躺下歇了。

天明時分，在竹榻上將就了一晚的使臣們無不腰痠背痛，早餐仍是烙餅，湊合了一頓後，眾人便整軍出發。

如此走了五日，第五日的傍晚，大軍站在半山坡上眺望山腳下的村子，使臣們相互扶攙著，彷彿打勝了一場苦仗。

村子臨水而建，村頭一棵老柳，幾畝古茶，淡淡晚霞，昏昏如畫。

暮青立在山崗上，烏髮如旗，人似青松，挺拔之姿直叫一干使臣汗顏。

「此地是何處？」暮青問。

「回皇后殿下，是慶州大安縣小柳村。」方子敬稟道。

「為何村中不見炊煙？」

「回殿下，許是有待嫁之女。按鄂族戒律，待嫁之女需行淨法，此前一日，族人需誦經齋戒。」

巫瑾道：「《神說》中言，人生而不淨，一生需受淨三次，誕生時、成婚時和離世時。誕生時結帶洗身，謂之淨嬰靈，可使嬰孩不帶惡念來到世間；成婚時入廟齋戒，謂之淨肉身，可使女子洗淨汙濁；離世時祭火焚化，謂之淨欲，可焚除在世時的一切欲念，以便乾乾淨淨地再入輪迴。」

「淨肉身？」暮青直覺得觸碰到了黑不見底的東西。

巫瑾眼簾一垂，說道：「能行祭祀、淨法的唯有神殿、州廟、縣廟的神官、祭司、廟祝、宗正那些人。《神說》中言，神官之靈可通六界，可聽祖靈之諭，傳達世間，教化黎民；而祭司則是祖神座下聖仙。《祭書》中言，誘使男子墮落乃女子天性，女子可使賢士背離正道，使明君背離仁道，唯行淨法，可除汙濁。」

「怎麼個行法？」

「那要看女禍輕重了，輕者誦經受淨，重者需於聖火前承受祭司仙體來受洗。」

「那如何知曉禍輕禍重？」

「仙體自有聖目。」

暮青氣笑了。「不就是以姿色論之？既是禍水，想來姿色平平的女子還不足以將男子迷得神魂顛倒，故而罪孽輕，而傾國傾城之色自然罪孽深重。什麼行淨法，不過是以神說宗法之名迫使少女入廟待選，姿色平平的打發回去，稍有姿色的留下洩慾，好一個神權治國！」

如此暴政，竟無人揭竿，圖鄂百姓也是麻木得很了。

景子春咳了一聲，使臣們無不面色尷尬。

暮青道：「這麼說，村中的待嫁女子會被送往縣廟？」

方子敬稟道：「回殿下，按宗規族法，待嫁之女會夜裡出村，由保正和村中的青壯年送往神廟。」

「那好！」暮青盤膝坐了下來。「那就等吧，待到入夜，見機行事。」

入夜。

陰雲吞月，山風颯颯，一場春雨將至。

一乘小轎從小柳村頭上了官道，數支火把迎著山風，火星飄入茶園，似螢火成群。

「快些快些，務必趕在其他村子前頭把人送到！」

「您也太難為人了，咱們村子離得遠，怎麼能趕上其他村子的人？」

「那就抬著轎子跑呀！縣祭大人要待選神官，再過三日就要去州城了，沒聽說神殿的接引使明日傍晚就會抵達縣廟嗎？咱們村裡的姑娘要是能由神殿來行淨法，那可是光宗耀祖之事。」

幾個莊稼漢子只好舉著火把跑了起來，火光流緞般地淌向後方，後方的官道上不知何時多了幾道黑影。

破風之聲自後方而來，剎那之間，一顆人頭飛起，七、八個人倒下，轎子哐噹一聲落了地，裡頭傳出一聲嬌呼。

嗖！

一顆飛石射入轎內，呼聲立止。

暮青從茶園坡後走出，上了官道後瞥了眼轎前的屍身，保正的頭顱正提在月殺手裡。

「主子先行一步，不出半個時辰，面具自會送到。」月殺將人頭遞給了身後的侍衛。

「不必送我手裡，送他手裡。」暮青指向一個身形跟保正有幾分相似的侍衛，隨即繞到轎前，撩開了簾子。

轎中歪著個少女，身穿雪羅裙，頭戴白紗笠，山風入轎，白紗飄起，隱約可見容貌秀麗，頗得幾分嬌媚姿色。

暮青鑽入轎中，換上了少女的衣裙。

月殺打了聲暗哨，茶園坡後又現出百人。

神甲軍並未全下山，暮青只點了百名侍衛下山蹲守，巫瑾和景子春都在，但還沒上官道，巫瑾就住了腳步。

只見官道上立著個白衣女子，深山疊樹，腥風拂衣，她兀自面南而立。今夜無明月，那白紗下恰似故人的容顏卻比山間明月動人。

景子春一句「聖女殿下」差點兒喊出口。

巫瑾回過神來，一上官道就問：「妹妹莫非要扮作齋戒之女混入神廟？」

暮青道：「不然呢？」

巫瑾皺了皺眉，少見的有些強硬。「不可！妳若只想混入城中，使何計策為兄都不攔妳，萬萬不可進神廟！」

暮青道：「混進城中何用？我們帶了大軍千人，身分文牒都不好弄到手，更別說去往中州的路引了。路引是官憑，唯有官府能蓋發，何不找大安縣祭來替我們辦？」

景子春剛上官道，聽見此話心頭猛地一跳。

巫瑾道：「神殿的接引使明日傍晚抵達大安縣廟，妳一向聰慧，豈能不知這些少女此時被送去是供人淫樂的？侍衛們喬裝成村民只能將妳送入縣廟，卻逗留不得，妳孤身在那淫窟裡，可想過後果？」
暮青道：「神殿之人抵達，縣祭自要盛情款待，酒足飯飽後再淫樂，侍衛進城後有整整一日的時間來備身分文牒，他們會接應些人進城，入夜後潛入神廟助我成事。」
圖鄂國內有朝廷安插的密探，此番隨軍之人有南圖使臣，暮青自然不會把底牌亮明，在聽說有待嫁少女要前往縣廟齋戒時，她就在盤算此計了。
這一路走來，很少有機會撇開南圖使臣單獨行事，今夜剛好有此良機。侍衛們從神廟離開後，月殺可以與密探聯絡，讓探子把這百人接應進城，而不必擔心聯絡網會暴露。
神殿的人傍晚才到，白天她待在縣廟裡危險不大，關鍵要看夜裡。
「妹妹有所不知，凡是待選神官，神殿皆會派人護送，護衛隊是神殿鬼軍。鬼軍是神殿豢養的蠱人，奇毒無比，狠辣無情。明日抵達的神殿接引使必定帶著鬼軍，哪怕只有三、五十人，侍衛要對付他們也很棘手。」
「所以說，這回需要兄長襄助，我要今夜隨我下山的人一同前往大安縣，天亮之前於縣城附近藏身，等待接應。到了夜裡，懇請兄長放倒神廟內的所有人。」暮青望著巫瑾，山風疾湧，火舌翻狂，似要把天燒個窟窿。「我要拿下大安縣廟，而且要不聲不響地拿下，懇請兄長助我！」

暮青抱起軍拳，衝巫瑾恭身一禮。

巫瑾默然良久，幾次想要開口，卻被那彎折的腰身給逼了回去，半晌過後，終是一嘆：「助妳，也是助我，妹妹何需如此客氣？」

「不客氣些，兄長哪能答應？再爭執下去，天都要亮了。」暮青笑道。

得知中計，巫瑾一時語塞，搖著頭低低地道：「難怪他總拿妳沒辦法……」此話聲音頗低，轉眼便被嗚咽的山風所吞，巫瑾從懷中摸出只玉瓶遞給暮青。「此乃迷香，藥性頗烈，妳帶在身上，倘若有險不可逞強，知道嗎？」

「知道了。」暮青將藥瓶收入袖中，而後喚道：「景子春。」

景子春急忙吱聲：「臣下在！」

「大安縣祭可識得聖女之貌？」

「回殿下，應當不識。大安縣偏遠，縣祭是木家旁支的一個子弟，名叫木兆吉，算是木彥生的遠房堂弟，無甚學識，只因是嫡子，他爹當年在大族傾軋時替嫡支頂罪而被處死，族中便將他安置到了大安縣，任他荒唐縱樂，只要不惹麻煩，一概不理會他。」

「哦？他既無大志，為何要參選神官？」暮青問。

「殿下有所不知，神官大選雖說由各地祭司參選，但各族一般只舉薦一名德才兼備的子弟，舉一族之力保其爭奪神官之位。木家絕不可能舉一族之力保一個木兆吉，故而木家很可能要放棄神官大選。」

話到此處，暮青已明白了。

巫瑾淡淡地道：「木家轉投盤川一黨，為表誠意，自然會指一個毫無奪位之能的子弟參選。」

景子春譏嘲地道：「木兆吉一旦進入天選，只有死路一條。他一死，不但空出個大安縣祭的位子，還除了個惹事的禍根，木家不虧。」

暮青問：「接引使可識得聖女之貌？」

景子春道：「接引使常在神殿行走，理應識得。」

暮青點了點頭。「你路上跟本宮說說入廟齋戒的規矩，免得出錯，惹人疑竇。」

「是。」

「事不宜遲，動身吧！」暮青一聲令下，一名侍衛便把那待嫁少女抱了出來。她掃了眼被打量的村民，知道侍衛們自會善後，便上了轎子。

月殺點了幾個侍衛換上了村民的衣裳，留下一隊侍衛善後，餘下的人都跟在轎後一同趕往大安縣。

景子春回頭望了神脈山一眼，暗道希望恩師等人在山上苦等他們不回，覺知英睿皇后之計時，莫要犯了心疾才好。

第十一章

神廟屠惡

慶州大安縣。

陽春三月，南國已是姹紫嫣紅。

鄂族以中為貴，神廟屹立於城央之巔，由箭樓圍牆拱衛，下建官邸，層級相遞，從城門望去，彷彿煙火繚繞的市井之中坐落著一座高城。青石古道，錦樹繁花，煙雨一攏，就將那高城攏在了輕雲淡霧裡，明明是人間官邸，卻如雲闕仙府。

天青古道，春雨如絲，十幾頂小轎沿路上行，默如朝聖。

百鳥啼林，花開成海，一頂頂轎子停在箭樓下時，神道之門開了，花海石梯入得眼簾，一人行來，衣袂袖口繡有咒文，身後跟著兩個少年門子。

「叩見廟祝大人。」各村保正忙領著村人叩首。

廟祝攏著袖道：「今日神殿來使，縣祭大人要清修，爾等不得叨擾。齋戒之女入廟，送行者返回靜待。」

「謹遵法旨。」眾人無敢不從。

門子宣道：「齋戒之女入神道門——」

話音落下，十幾名少女下了轎子，排著長隊進了神道門。

暮青走在隊伍後頭，聽見厚重的門聲在身後拖起了長調，而後轟然而閉。

門關上後，各村抬起空轎，默然而歸。進入市井後，到了驛館。

小柳村的人分在一間通鋪陋舍裡，房門一關，月殺便給侍衛們使了個眼色，打開後窗翻了出去。

神道門內。

暮青隔著面紗不著痕跡地打量著沿途的布局，只見繁花擁著神道，煙雨流霧遮著人眼，神廟如在奇門幻陣之中，難窺布局全貌。就只見亂花零落在青石梯上，少女們同著雪羅裙拾階而上，風拂來，面紗飄搖花也飄搖，似一群仙子初登瑤臺。

石梯有一百零八級，望見神廟前門時，周圍已是雨霧繚繞，回頭俯瞰，已然只見重重花海，不見凡塵街市了。

「齋戒之女入神廟——」這時，門子唱喝道。

神廟內石道抱廊，秀殿雁塔，翹脊飛簷，南國清雅秀逸之風撲面而來。鄂族自治以來，神廟即是官府，卻仍是廟宇的風貌布局。

前廟名曰神見，殿內正壁塑有祖神金身寶像，四壁設有壁龕，供放著鄂族歷代神官牌位，祖神像左側立有神碑。

大殿中央擺著織錦蒲團，暮青在左後方跪下，面朝神碑，按景子春路上教授的規矩頂禮而拜。

禮畢，少女們頂禮不起，聽廟祝訓示。

「《祭書》曰：『女子愚，誘人墮落乃其天性，明君背離仁道，賢士背離正道，無不為女子之禍。唯行淨法，可除汙濁』……」

暮青左耳進，右耳出，餘光落在神碑上，可惜她不能抬頭，只能耐著性子等。

可廟祝絮絮叨叨沒完沒了，正當暮青懷疑他要把《祭書》裡的糟粕之言都背完時，少女們紛紛直起腰身，雙手交疊，垂首聽頌。

暮青有樣學樣，聽廟祝又誦起了咒文，便瞥起了碑文。

神碑高約七尺，飛鳳頭，盤雲座，上刻金文：「永盛初年，兵爭再起，慶州生靈塗炭。聖女親臨為民祈福，時逢南圖新君親征，兵鋒所向披靡，慶州遍地伏屍。聖女素衣赤足，孤入敵營，自請為質，以止戰亂。南圖帝囚聖女於洛都神殿，聖女察知南圖伐我之心不死，遂計懷聖胎。永盛三年春，聖女誕下一子，以皇嗣為質，逼南圖議和。永盛五年春，兩國議和，聖女歸國，攜子為質，居於神殿。聖女愛民，寧毀聖潔之身，不棄佑民之責，功德無量。稚子無辜，半為神族，半為皇族，生而為人，唯為止戰，百姓安樂，無此子之功乎？止戰之功，恩被萬民，立此神碑，布告世人，此後萬世，永受香火。」

碑文不長，暮青閱罷後，覺得仍有疑點。

比如，當年南圖新君親征，既然兵鋒所向披靡，說明南圖勝算頗大，至少有可能奪取慶州，那麼南圖皇帝為何要議和？

又比如，碑文說聖女生子是為了以子為質，逼南圖議和。可巫瑾在諸皇子中排行老三，即是說，南圖皇帝並非苦無皇嗣，那為何會因一個聖女所出的孩子答應議和？

這些在碑文中被含糊過去的事，興許才是當年的真相。

暮青出著神，不知過了多久，忽覺殿中一片死寂，四周目光如針。她將目光從神碑上收回，見少女們的面紗皆已撩開，這才知道咒文念完了，而她的心思在碑文上，不慎引人注目了。

但暮青見慣了風浪，心中連層波瀾都沒興起，只把面紗一撩，搭在了斗笠兩旁。

大殿上頓時傳出嘶聲。

女子之色，千嬌百媚易得，孤清之姿難覓。大安神廟裡的花海開了一年又一年，從未生出過一枝迎霜之竹、傲雪之松，以至於乍然得見，廟祝和門子皆失了神。

半晌，少女們急忙挪開，唯恐挨著暮青。

廟祝給門子使了個眼色，少年摘了暮青的腰牌，見上頭寫著：小柳村，柳媚兒。

這名字與姿容甚不般配，但女子叫什麼並不要緊，要緊的是侍奉接引使的人選有著落了。

廟祝臉上平靜無波，收了腰牌後便從少女們面前走過，停在誰面前，門子就摘誰的腰牌，腰牌被摘的少女無不面如紙白。

被摘了腰牌的五人需上祭壇行淨法，而被留在神見殿內的人只需在祖神金身寶像前靜思一日，日落前就可以回家婚配了。

一時間，有人喜有人悲，門子命齋戒之女隨他前往後廟。

後廟離神見殿不遠，暮青留意著各所的布局和崗哨。門子帶著她們繞過三道曲廊，過了一座飛橋就進了後廟。一下飛橋，暮青的視野就被海棠林所遮，隱約可見紅海綠林外有座雁塔，門子帶著少女們到了雁塔外，說道：「爾等白日在塔內面壁齋戒，夜裡到了吉時方可前往祭壇。」

說罷，他打開塔門，待少女們入了塔，便關門上了鎖。

塔底還關著些少女，足有三十多人。

暮青打量起了塔內，見塔有七層，底層供有祖神金身寶像，四壁繪有色彩斑斕的壁畫，東側有座樓梯。她上樓到了二層，發現上面也是四壁繪畫，塔內有窗，從塔頂小窗向外眺望，能看見雁塔東邊立有七柱神像，神道之後有座闊大的高臺，煙雨天裡火都未熄。

依景子春之言，祭壇之火終年不滅，那裡應當就是祭壇了。

暮青記住了方位，而後下了塔樓，一到塔底，就見所有人都盯著木梯口。

「妳不會想尋短見吧？聽說此前有個姑娘從塔頂的高窗跳了下去，後來滿門被誅了。」一個少女望著暮青問。

暮青聽她話裡有關切之意，於是答：「我沒想尋短見。」

「那妳去塔頂做什麼？」

「初來乍到，隨便逛逛。」

塔底頓時靜了，少女們盯著暮青，目光甚是古怪。

暮青本打算到人堆裡坐著，見此態勢索性就地坐在了樓梯上。

女子無才便是德也好，無貌便是德也罷，病根在哪兒，多說無益。

等吧！

等到夜裡，拿刀說話！

◯

傍晚，大安縣城門大開，一輛華車進了城門。馬車飛簷朱門，雕窗半敞，裡頭絲竹繞耳，四周戰馬高駿。

護軍約有五十來人，皆頭戴黑斗笠，裹著黑披風，披風上繡著血紅的咒文，咒文形如鎖鍊，將人死死縛住，像捆著閻羅殿裡的惡鬼。

護軍護華車慢慢悠悠地駛向城央時，神廟內，雁塔的門開了。門子入塔喚道：「柳媚兒，隨我來。」

少女們縮在一起，誰也不知為何有人能單獨出塔，也不知被留在塔內的人命運終將如何。

暮青也沒頭緒，只是猜到自己八成會被安排去侍奉接引使，於是便出了雁塔。

夕暉似火，燒紅了半片海棠林，林道西邊通著一座幽殿，細瀑峻石，朱粱花窗，一木一瓦都透著秀雅之美。

殿開三間，門子將暮青引進了西殿，吩咐：「在此候著。」

此殿挨著飛瀑潭水，西窗開著，窗臺上擺著盆石景，飛瀑水濺在其上，石窟生煙，靈逸秀美。殿內的牆上掛著三十六幅春宮祕戲圖，春帳後擺著玉勢、骨鞭、紅燭、銀針等物，錦枕上放有《素女經》一本。

此殿顯然是囚禁禁臠之地。

暮青環視著殿內，心中剛有計較，忽聽喀答一聲。

門子把殿門鎖了。

神見殿後殿裡掌起了燈，仙樂聲聲，華席美酒，縣祭木兆吉端杯朝接引使敬了敬。「大安縣乃偏遠之地，大人遠道而來，粗茶淡飯，招待不周，還望見諒。」

接引使笑道：「公子謙虛了，大安縣的茶食遠近聞名，本官難得來一趟，自要嘗個鮮。」

兩人說著客套話，酒過三巡，木兆吉仍不提大選之事，接引使不由訝異。聽說木兆吉不學無術，今日一見，此人眼下青黑，骨瘦如柴，一副被酒色掏空了的病弱之態，沒想到竟如此沉得住氣。

眼看著氣氛有些尷尬，接引使只好道：「過兩日就要去州城了，公子放心，一切皆已打點妥當。」

木兆吉這才問：「族長真打算保我爭神官之位？」

接引使道：「本官不是來了嗎？路都鋪好了，公子有何可疑的？」

木兆吉笑道：「我受族長之恩方得以安身立命，怎會疑他老人家？只是知道自己的斤兩，怕是連州試也過不得。」

接引使笑道：「公子何需妄自菲薄？有人鋪路，莫說州試，便是殿試也過得。」

「那殿試後呢？」木兆吉貌似不經意地問。

接引使乾笑道：「公子不必擔心，這回不同以往。我們木族以聖女為尊，聖女殿下心中的人選在景、木二族，景家擇定了景少宗，木族擇定了公子，可想而知天選時，各族必定輕視公子，而將殺招衝準景少宗。正所謂鷸蚌相爭，公子就等著漁翁得利吧。」

「族長高明，那這杯酒就敬他老人家吧。」木兆吉笑著舉杯。

接引使舉杯一飲而盡，未見到木兆吉眼底的戾氣，待他將酒杯放下，木兆吉已是一副醉醺醺的神色了。

「過兩日就要啟程了，還有些齋戒之女等著行淨法，既然大人來了，不妨幫下官個忙？」木兆吉問。

「這……不大妥當吧？」接引使推拖道。

「百姓知曉大人要來，專挑這幾日送女齋戒，就是想沾沾貴氣，大人只當給那些女子添添福氣，切莫推辭。」

接引使為難地道：「既是百姓有意，那就恭敬不如從命吧。」

「多謝大人體恤。」

「公子言重了。」

兩人相視一眼，仰頭大笑。

……

夜幕初降，細雨方歇，神柱前點起了祭火，祭壇四方掛起了祭幡，中央鋪上了華貴如雲的駝毯。

十餘名待嫁少女上了祭臺，盈盈一跪，嬌音化骨：「叩見縣祭大人、接引使大人。」

接引使負手而立，熊熊祭火映在眼底，一躍一躍的。

「合心意的，大人儘管挑，挑剩的……」木兆吉掃了一眼祭壇兩側的神殿鬼軍，意味顯而易見。

接引使詫異地問：「怎麼？公子無意？」

木兆吉道：「下官今夜多飲了幾杯，不勝酒力，恐怕難以奉陪了，望大人莫要介懷，務必盡興。」

接引使更詫異了，木兆吉明明換上了祭袍，竟說不奉陪了？

木兆吉打了個躬，吃定主家用得上自己，接引使不會為難他，於是就這麼下了祭壇，一步三晃地走了。

出了祭壇，一入海棠林，木兆吉的臉色就陰沉了下來。

聖女殿下心中的人選在景、木二族？把他當傻子蒙呢！

聖女籌謀多年，心目中的神官除了聖子怎會有旁人？只怕是因聖子要回南圖，趕不回中州奪位，才想先保一個無名無勢的旁支子弟上位，待聖子回來再行禪讓。

就算他得了神官之位，也不過是個傀儡，聖子歸來之日，就是他的死期。

木兆吉冷笑一聲，悲涼憤恨無處宣洩，於是向西而去。

幽殿外的侍衛們一見木兆吉急忙行禮。「縣祭大人。」

「滾開！」木兆吉一腳將侍衛踹倒。「滾滾滾！都滾！」

侍衛自認倒楣，爬起來就招呼左右退下了。

木兆吉進了殿，把門一關，順手插上了。只見殿內掌了燈，一名女子立在鶴足銅燈旁，見他來了，既不叩首，也不言語。

木兆吉想起廟祝的話，心道：果真是個清冷的人兒。

這女子本該獻給接引使，可木家讓他去送死，美人獻給那等狗輩還不如自己享用。

「本官乃本縣縣祭，是特地來為妳行淨法的。」木兆吉展開雙臂，給暮青看了看祭袍，而後猛地一撲。「過來吧！」

暮青轉身一避便到了大殿中央。

一截雲袖從指尖擦過，撩得木兆吉心神蕩漾，不由耐著性子道：「本官知道妳怕，可怕有何用？人各有命。妳出身低微，本官又何嘗不是？本官不過是個無名無勢的旁支子弟，來此當個縣祭靠的是祖蔭和施捨，生不由己，死不由己。」

說話間，他逼近了一步。

暮青則往窗邊退了一步。

「當然，對妳而言，本官位高權重，所以可以玩弄妳的生死，就像本官的生死任由族老玩弄一樣。」

「妳看，妳我皆是身不由己之人，何不能快活時且快活？」

「妳放心，本官一向憐香惜玉，保管叫妳食髓知味，不思還家。」

木兆吉邊說邊逼近，暮青一退再退，已退到了窗邊，背靠著飛瀑石景，輕煙淡攏，宛在雲中。

木兆吉心馳神往，忍不住再近一步，終於到了暮青面前。他見暮青沒再退避，便去撥她的面紗，邊撥邊道：「實話告訴妳，本官此番參選神官，十之八九能奪大位。妳今夜若肯侍奉本官，興許本官會帶妳前往中州，待本官成了神官，就立妳為聖女……」

聖女豈由神官來立？這話一說出口，木兆吉自己都覺得可笑。他大笑起來，笑聲裡藏著說不盡的悲涼諷刺，直把自己笑岔了氣。

他呼哧呼哧地喘著氣，笑容忽然詭異地一僵！

他仍然看著暮青，暮青也仍在窗邊，夜風把面紗送來他指間，也送來一絲香甜的氣味，叫他忽然想睡。

他就這麼倒了下去，看見風撩起面紗，聽見自己的脖子喀嚓一響。骨斷聲被飛瀑聲掩蓋住，木兆吉剎那間明白了暮青退往窗邊並非想躲，而是蓄意刺殺，可荒唐的是，他人生中最後一個念頭竟然是——果真是天人之姿。

咚！

人倒在地上，死了。

暮青收起藥瓶，邁過屍體，透過門縫往外看了一眼，見殿外沒了護衛，便回到屍旁，俐落地換上祭袍戴上風帽，出了幽殿，進了海棠林。

她已與眾人約好今夜在祭壇相見，以殺接引使為號，拿下縣廟。可木兆吉見色起意，鬧了這麼一齣，月殺等人尋不見她，今夜只怕要亂！

來時的路和衛哨所在暮青已熟記在心，她避在樹後往林蔭道上看了一眼，卻見道旁落花滿地，不見一個護衛身影。

沒道理這裡的護衛也被撤走……

這裡不見衛哨，要麼是兄長等人已到，藥倒了侍衛，要麼是祭壇生亂，驚動了護衛。若是祭壇生亂，護衛理應急報縣祭，不見急報，莫非是……

暮青思量著，忽然瞥見樹影黑了一塊，不由就地一滾，抬手就射！

「主子！」那人出聲時已跪了下來。

暮青急忙收手，見是月殺，便說道：「木兆吉死了，我沒事。現在是何情況？」

月殺道：「回主子，入夜後，侍衛們得王爺相助藥倒了神道門的崗哨，潛入神廟後便分頭行事，屬下到了祭壇未見到主子，便出來尋找。為防生變，王爺與侍衛們先動了手，眼下未有回稟。」

他解決了雁塔的崗哨，進塔一問才知柳媚兒被帶走了，於是與侍衛們分頭打探，發現了雁塔西邊的幽殿。

殿內死了個男人，屍體還溫著，地上扔了頂紗笠，主子顯然沒走太遠。幽殿附近唯有此林可以掩人，他便入林找尋，果然見到了她。

「神殿來了多少人？」

「五十人。」

正說著，一個神甲侍衛長掠而來，見到暮青如見救星。「主子，出事了！接引使挾持了一名少女為質，王爺動用蠱王頗耗精血，撐不了多少時辰，懇請主子決斷，殺不殺那女子？」

暮青聞言一驚，說道：「爾等速去換上神廟護衛的衣袍！」

說罷，她返回幽殿，把門一關，便坐在了梳妝檯前。

殿內脂粉簪釵一應俱全，暮青將髮髻拆下，稍加額飾，眉心畫朱，然後來到衣櫃前，挑了身月色襦裙換上，解下斗笠上的面紗蒙了面，再拾起祭袍披上，將風帽一戴，出了大殿。

月殺見到暮青愣了愣，侍衛們險些沒認出來。

暮青一身聖女的衣裝，行路時衣袂凌厲生風。「速去祭壇！」

夜黑風高，祭火狂搖，十二神柱上綁著幾名少女，衣不蔽體，宛如腐屍。

幾條蜈蚣游進一個鬼軍袖中，那人的斗笠翻落在地，面容青黑猙獰，蠱蟲咂食之痛隨時會令他暴斃，他盯著空地中央傳聞中狠辣無情的惡鬼們，面色驚恐。

巫瑾面色蒼白地立在毒蟲黑血之中，指端托著隻蠱王。金蠶圓胖，頭生觸角，口中吐著一縷金絲，那金絲刺入他的指尖，因久食精血，觸角已化作血紅色。

巫瑾手指青黑，枯如老樹，手背上生著幾縷黑氣。
祭壇上跪著名少女，身上鞭痕累累，身後避著個人。
夜風寒凜，接引使打著哆嗦問：「你究竟是何人！」
這話已不知問了多少遍，卻從未得到過回應，接引使猜不透白衣男子為何既不殺他，也不搭理他，只看出他和侍衛們似乎在等著什麼。
問話的工夫，巫瑾的臉色又蒼白了些許，月光下如一尊玉人，一觸即碎似的。
兩個侍衛相互使了個眼色——看樣子只能殺那少女以保瑾王了。
兩人豎起掌心，殺機驟生之時，一道清音由遠而至，春雷一般！
「你說他是何人！」一名女子踏著神道而來，身沐月華，赤袍月裙，行止之間衣袂生風，直往祭壇而來。
女子戴著面紗，眉心間的一點朱砂驚了接引使。
「聖女殿下？」接引使如遭雷劈。
就在他驚疑聖女怎會來到大安縣的工夫裡，暮青上了祭壇臺階，只見她身著月裙不假，卻非供錦；袍是赤袍不假，襟邊繡的咒文卻不對。
這是縣祭的祭袍！
接引使一愣，猛然驚醒。「不對！妳不是——」

話未說完，他的雙眼忽然被寒光照亮，寒光起於暮青指間，瞬發而至，勢如天雷。

咚的一聲，好似瓜破，接引使慘叫著跌倒，顱頂插著把刀，鮮血糊了眼。就在他眨眼的一瞬，寒光自他喉頭劃下，血潑在駝毯上，彷彿開了一地梅花。

屍體倒在毯上，無聲無息，卻宛若巨石崩塌。

暮青解下祭袍扔下祭壇，目光從鬼兵們身上掃過，厲喝：「殺！一個不留！」

嘉康二年三月初六，失蹤的英睿皇后忽然出現在圖鄂慶州，殺神殿接引使、縣祭木兆吉及神殿鬼軍五十餘人，接管了大安縣廟。

此事機密，尚不為人所知。

次日清晨，神廟放回了十餘名齋戒少女，文書上寫著：「無罪還家，擇良婚配。」

鄂族女子是禍，從未有無罪之說，有人猜測是縣祭要去應試，為圖吉慶，便赦了這些人。各族歡喜來迎，爆竹開路，城中熱鬧得如同年時。

就在這熱鬧的氣氛裡，一些不起眼的人分散著進了城，身分文牒、官憑路引皆由縣廟簽發，絲毫沒有引人注意。

三月初八夜裡，城門一闔，幾頂轎子就上了青石古道，進了神廟。
轎子落在神見殿前，雲老領著南圖使臣匆匆進了後殿。
暮青在上首喝茶，景子春在苦哈哈地伏案疾書。
這兩天，他是又當縣祭又當書吏的，為防少女們回鄉後說起見聞惹人起疑，英睿皇后命人連夜灑掃祭壇，命他扮作縣祭為那些少女齋戒，頌念祭文直到天明，而後簽發文書，赦眾人無罪還家。
這兩天，大安縣廟裡的所有官憑都是他簽發的，差點兒沒把手累斷，害得他這兩日總疑自己犯了大過，被朝廷貶到大安縣當書吏來了。若不是三殿下受了內傷，正靜養著，他一定前去哭訴。
「面具還有多久做好？」暮青問。
「回主子，快了。」月殺道。
「景家的人呢？」暮青看向景子春。
景子春急忙回道：「回殿下，明早一定到。」
這話剛落，雲老由人攙進殿來，率使臣們行了禮。
前夜，本以為英睿皇后只是率人下山探察，沒想到她把大軍撂在山上，乘著齋戒的轎子進城去了。
眾人在山上見到火把遠去時，險些驚厥過去，奈何神甲軍不聽差使，硬是盯著他們在山中熬了一夜。

昨日清晨捷報傳來，直到今夜，他們的心情都未能平復，誰敢相信一縣官府竟能在一夜之間就換了主子？要是神殿得知神甲軍進入圖鄂的路引是官府發的，不知臉色會如何？

「皇后殿下，聽說三殿下受了內傷，不知傷勢如何？」事情既已做成，雲老只能問一問巫瑾的傷勢。

暮青道：「靜養了兩日，好些了。」

「那不知殿下今後有何謀算？」雲老也算吃一塹長一智，主動問：「老臣聽說娘娘前夜假扮聖女伺機殺了接引使，往後不會想一直假扮聖女吧？」

以英睿皇后的膽量而言，這種事情她做得出來。

這時，侍衛進殿稟道：「主子，面具做好了。」

暮青接了過來，在臉上比了比，而後嘴角一揚，眉眼間的意氣忽如青雲蓋日。

她道：「本宮對假扮聖女沒興趣，倒是有興趣假扮一下大安縣祭，去選一選那……圖鄂神官！」

三月初九清晨，大安縣祭前往州城參選神官，除了神殿的接引儀仗，同行的尚有大小華車三輛，親隨護衛百人。

大安百姓夾道叩送，卻不知叩送的已非大安縣祭，而是聞名四海的英睿皇后。

大安縣到州城約莫要走十來日，沿途有驛館接待。晌午時分，儀仗歇整，暮青從縣祭的馬車裡下來，上了接引使的華車。

車內四角置有斗櫃繁花，中間焚著藥爐，巫瑾盤膝坐著，手中握著本古卷，面容在花前香後顯得有些蒼白。

暮青問：「兄長可覺得顛簸？」

巫瑾打趣道：「比跟著妹妹行軍舒適。」

暮青把頭一低，咳了一聲。

「縣廟裡都安排好了？」巫瑾這才問起了正事。

「嗯，我命人將木彥生等人關押在雁塔內，神甲軍接手護衛職責，縣務交給景家人，其餘侍衛化整為零，喬裝前往中州。考慮到沿途需與各州縣官吏接洽，接引使由景子春假扮，待到了驛館，恐怕得有勞兄長屈尊假扮縣祭的長隨。」

巫瑾失笑。「這天下間敢在圖鄂攪動風雨的女子，除了我娘，就只有妳了。」

暮青低著頭，一板一眼地道：「我們本就不是來作客的，這風雨自是攪得越大越好。」

說罷，她取出一只面具呈上，說道：「衣袍傍晚會有人送進來。」

巫瑾這才發現暮青甚是規矩，不由問：「妹妹怎麼了？」

暮青垂首說道：「我一心拿下大安縣廟以圖後事，致兄長身受內傷。是我思慮不周，對不住兄長。」

巫瑾愣了愣，眸底生出暖意，說道：「怎能怪妳？這一路，妹妹殫精竭慮，偶借為兄之力，我卻把自己折騰成這副樣子，說來也是我無用。」

暮青道：「兄長不懂武藝，那夜能以一己之力懾住數十蠱人，又何必妄自菲薄？」

巫瑾笑了笑，笑容在藥爐的嫋嫋香絲後顯得蒼白而苦澀。「是啊，若有武藝護身就好了……」

此言話音頗低，暮青不由問：「有件事，我一直不明白，《蓬萊心經》乃無上祕笈，兄長為何自己不練，反將其贈人？」

暮青久有此惑，以前時機不對，今日話趕話說到了此事，見巫瑾對習武一事耿耿於懷，她索性便問了。

卻見巫瑾忽然僵住，唯有那捏著古卷的手尚有幾分力道。

馬車裡靜了下來，撕開半頁的紙聲彷彿寒刀割開了久遠的記憶，窗外的人聲馬聲剎那間化作無數鞭聲、淫語、辱言、恣笑，連身前身後的香絲花影都彷彿無數粉面髑手，從四面八方聚來，撕扯不休。

巫瑾猛地抬袖，大力一拂，幻影滅去，卻見暮青正詫異地望著他，他頓時面色蒼白，垂眸道：「叫妹妹見笑了……一些骯髒事，不提也罷。」

暮青一聽此話便能猜個八九不離十了，蓬萊心經大成前須是童子身，怪不得巫瑾不練，怪不得他好潔成癖……真恨當初殺安鶴老賊時，沒讓他受盡折磨！

馬車裡氣氛死寂，暮青見巫瑾坐在窗旁，似玉雪堆的人，顯得孤單冷清，不由自責，沒話找話：「對了，阿歡有舊疾，他說藥在圖鄂，可有此事？」

暮青挑此時問起此事，一是想轉移巫瑾的注意力，二是心中記掛。既然來了圖鄂，藥方之事不妨問上一問。

巫瑾過了會兒才道：「……哦，是。」

暮青問：「是何舊疾？怎麼落下的？」

巫瑾垂著眸，話音輕飄飄的。「是他初練功時急於求成落下的，後來因江湖爭鬥，他妄動神功，累下了病灶。我製了一味香藥，他常年熏著，如今神功大成，已無甚大礙。妹妹放心，待此間之事了了，為兄尋來那藥，自會為妹夫根治痼疾。」

這話跟步惜歡當初之言一模一樣，暮青卻沒接話——她該信的，可若此話屬實，兄長為何不敢看她？

「那就有勞兄長了。」看著巫瑾蒼白的臉色，暮青沒忍戳穿逼問，聽月殺前來報說車隊打算啟程，她便下了車。

回到了縣祭的馬車上，暮青的心裡沒著沒落的，兄長既然說了會尋藥，她還是信的。

只盼此去神殿能速戰速決。

慶州城乃圖鄂四州之一，傍晚時分，晚霞燒紅了半城。古道兩旁，紅英遍開，馬蹄踏著落花進了州城。

神廟矗立在城央，紅日在上，無山與齊，舉頭望去，如見仙府。

車隊上了古道，盤行不久就到了驛館。

大安縣的車馬是最後抵達的，其他縣生早到了，連日來詩會不斷，試探不絕，已將各族保舉之人摸了個底。明天就是州試，一些子弟紛紛遞送名帖，邀木兆吉夜飲，暢論國政。

不料守門人倨傲得很，來者一概回絕：「縣祭大人舟車勞頓，恕不見客！」親隨們回去添油加醋地回稟了一番，貴族子弟們惱了，夜裡聚在一處，正罵得起興，忽聽人道：「諸位怎知大安縣祭定是草包？眾口相傳之言未必可信，南興帝親政前不也被人罵做昏君？諸位怎知大安縣祭不是在韜光養晦？」

說話之人名叫藤澤，當今的長老會中，除了景、木二族，數姬、藤二族勢大。當今神官出身姬家，這屆大選，數景少宗和藤澤最有可能奪位，有傳聞稱，神官早有屬意的繼位人，那人正是藤澤。

藤澤把木兆吉比做南興帝，未免高看他，可細一思量，他的話不無道理，否則難以解釋木家為何擇定木兆吉參選。

「他今夜不來赴宴，許是防備試探。」藤澤笑著望出長廳，眼底幽光似劍。「明日州試，有無才學，一試便知。」

第十二章

神官大選

神官大選乃圖鄂二十年一遇的盛事，州試的場所設在官衙，那是大圖朝所建的州衙，後經大改，前衙平闊，中設高臺，四面圍有看臺，上方建有閣廊，可容納看客三五千餘，像極了演武場。

百姓一大清早就湧進了官衙，沒半個時辰，看臺上就擠滿了人。

州試的主考官來自長老會三司，由州祭監理、各縣接引使觀考，為期五日，擇錄三人。

慶州入選的有十人，十中取三，名額自然是世家子弟的。縣生們心知肚明，多數人只是求個展露才學的機會，以期大選之後，新神官招賢納士，自己能為人所用。

州試考的是斷訟決疑，皆是五證俱全或稍缺，尚未定罪的案子。有偷拿盜搶、殺人害命的，也有嫁娶通姦、繼承之爭的，哪日州試、抽到哪樁案子，全憑運氣，每人僅有半日時間審斷。

吉時一到，州祭陪同三司長老於東閣入座，十位接引使坐於左右，閣廊四周皆是望族看客。下方高臺之後是原先州衙的公堂，考生就坐於堂內，一個門子捧著只籤筒到了考生面前。

門子先到了藤澤面前，手扶著籤筒，稍抬衣袖，擋了外頭的視線。

藤澤抽了一籤，門子高聲報導：「藤縣祭，第十籤——」

看臺上嘩的一聲，藤澤看向下首。

門子將籤筒捧到了暮青面前，施以同樣的手法，暮青見籤筒中有支籤子高出了半寸，便不動聲色地將其抽出，門子高聲報導：「木縣祭，第九籤——」

籤號是應考順序，頭籤是第一日上午，以此類推，第九籤是第五日上午，第十籤是第五日下午。

神官大選是盛事，百姓對開試日抱有極大的熱情，案子審得不好必有噓聲，就算審得精采，後面也難免被人遺忘。州試准百姓觀審意在為權貴子弟造勢，藤澤最後應試占盡好處，不僅能觀看考生們的表現，為招賢納士做準備，還可以精采收官，大獲民心。

暮青不由冷笑，藤澤應考的案子必是安排好的，而木兆吉無才無學，木家安排他與藤澤同日應試，真是為了投靠神官，臉都不要了。

這時，門子捧著籤筒去往下首。

藤澤笑道：「木兄與在下同為縣祭，同日應考，說來真巧。」

暮青見此人含笑揚眉，身子微微傾向自己，舉止神態都在訴說著他對自己有興趣，不禁生疑——藤澤要是知道木兆吉在大選中扮演的角色，絕不會把他放在眼裡，而今如此試探，只能說明木家倒戈一事極為機密，連他都不知情。

那此事聖女是否知情，可有防備？

諸般念頭掠過，暮青冷淡地應了一聲：「嗯。」

嗯過之後，就沒後話了。

藤澤沒話找話：「那就期待拜學木兄之才了。」

「嗯。」

「那先祈祝木兄得中州試。」

「好。」

「你我最後一日應考，這幾日閒來無事，不知木兄有無空閒把酒夜話？」

「沒空。」

藤澤出身世族，一向善於攀談，沒想到今日會碰個釘子。

這時，籤已抽完，首籤的州試生起身理了理衣袍，走向公堂門口，高聲道：「學生周縣尹禮，恭請案卷！」

門子捧著案卷上了高臺，臺上已擺下了法案，尹禮上臺入座，而後就審閱起了案卷。

暮青對圖鄂官員如何審案頗感興趣，一樁案子從審閱案卷、熟記口供、翻看物證、洞察疑點到開堂審理、斷凶定罪只有半日時間，不可謂不苛刻，但尹禮從審閱案卷到開堂只用了半個時辰。

告人、被告及人證被帶上臺後，經一番詢問，暮青便瞭解了大致的案情。

皋縣有戶周姓人家，娶了個新婦趙氏，婚後不久便腹大如鼓，周家惱趙氏失節，將趙氏休棄後，又將趙家告上縣廟，不僅要求返還聘銀，還想將趙氏沉塘處死。不料趙氏自縊身亡，趙家又將周家告上了縣廟。

趙家稱，趙氏是患了腫病，周家因知趙氏患的是惡疾，心疼聘銀及請醫問藥之耗，於是狠心將趙氏休棄，栽贓其失節，致趙氏自縊身亡。

如此，兩家各執一詞。

趙家有個證人——穩婆李氏。李氏說，趙氏被休後，她受趙家之請看過趙氏的肚子，趙氏非有孕之相。

周家也有個證人——穩婆王氏。王氏稱，她受周家之託看過趙氏的肚子，她成婚剛三個月，卻有五、六個月的身子。

兩個穩婆各執一詞，而趙氏已死，萬萬沒有剖腹驗身之理，於是，趙氏是有孕還是有疾，關鍵供詞落在了郎中身上。

可郎中說他從未去周家問診過，趙家疑郎中被收買，案子就這麼扯起了皮。

尹禮道：「你們兩家各執一詞，而趙氏已死，難以據其是否產子來驗斷真相，為今之計只有恭請神證了。」

說罷，他起身朝州廟的方向恭敬地道：「學生周縣尹禮，恭請聖穀！」

少頃，門子端著個托盤上了高臺，托盤上放著五只茶碗，盛有稻、黍、稷、麥、菽五穀，另有線香一捆，油燈一盞。

尹禮道：「此乃在祖神像前供奉的聖穀，爾等敬香叩拜。」

門子將五碗聖穀放在了周父、趙父、郎中、王婆子和李婆子面前，一人賜了三炷香，命五人焚香後，將香插在穀碗裡。

尹禮問：「周父，聖穀面前，你可敢發誓，周家休棄兒媳是因其失節，而無貪惜錢財之心、構陷栽贓之舉？」

暮青在公堂內看不見涉案人，只聽得出周父言語結巴，說不準是敬畏神明還是心裡有鬼。

尹禮又道：「趙父，聖穀面前，你可敢發誓，你替女伸冤是因其有冤，而非因你愛惜顏面，唆使穩婆謊供？」

趙父有氣無力地道：「小人發誓。」

尹禮又問過郎中和兩個穩婆，待眾人都發過誓後，這才道：「好！待香焚盡，爾等便將聖穀吃進腹中看看吧。」

線香燃得快，片刻後，門子將殘香取出，讓到了一旁。

這五碗聖穀不知在神像前供奉了多久，上頭落了層香灰，任誰都下不去嘴。趙父卻端起茶碗，將一碗穀子連同香灰倒入口中吞了下去。

接著，李婆子、王婆子、郎中也依次端起穀子，周父見了，不得不抓了把穀子塞進了口中。

五穀硬如砂石，混著香灰的味兒，其中不知是不是摻進了麥麩，周父吞嚥時竟覺得嗓子刺癢，還沒嚥下就咳了起來。

穀子噴出，門子喝斥：「放肆！」

尹禮怒拍驚堂木，也斥道：「還不拾起來！」

周父嚇得一顫！

說來也巧，郎中口中塞著穀子，正往下嚥，被驚堂木聲一嚇，當即便掐著脖子倒在了地上。

看客們紛紛站了起來，暮青憑耳力判斷著情形，心道莫非是有人嗆著了？可高臺上，尹禮並沒有命人施救，門子、皂吏漠然觀望，像杵在法案旁的石人。

公堂內，一個學子道：「市井刁民，讓司徒兄見笑了。」

複姓司徒的州試生愣了愣，隨即笑道：「瞧我這記性，差點兒忘了于兄是皋縣人。這雖是皋縣的案子，卻與于兄無關，無需介懷。」

于姓學子嘆道：「如此同鄉，實在羞見諸位。」

藤澤笑道：「司徒說得是，于兄無需介懷。」

于姓學子受寵若驚，忙朝藤澤一禮，藤澤含笑受了。

高臺上，有人正在生死關頭；公堂內，州試生們卻忙於攀附結交。

這時，看臺上有人喊了一句：「郎中不動了！」

臺上，皂吏道：「稟大人，郎中身亡。」

周父和王婆子聞言，面色煞白。

尹禮喝道：「神蹟已現，郎中自食惡果，你兩人還不從實招來？」

王婆子哭號：「大人，這不關民婦的事，趙家姑娘腹大，周家懷疑她失節，請民婦問診，好坐實其罪。可趙姑娘非有孕之相，民婦告知周家人後就走了，沒過幾日就聽說了周家休棄兒媳之事。周家人找到民婦，塞了些好處，叫民婦保守祕密……民婦發誓不知他們會告到縣廟，後來知道了，因收了好處，怕擔罪責，就……一錯再錯了。」

尹禮冷笑著問周父：「如此說來，郎中也是你買通的吧？」

周父道：「大人，這不能怪小人，誰家娶媳婦不是傳宗接代的？雞還沒下蛋就先得了病，買雞的錢還沒賺回來，就得先給雞看病，這買賣攤在誰身上都不划算吧？這病是惡疾，治不好就得死，到時喪葬錢還得小人家裡出，犬子需過個一年半載才能再娶新婦，再娶的聘財還是我們周家出，這是招誰惹誰了？趙家女沒給夫家添喜，反添了喪事，還沖走了夫家的錢財，這等剋夫之女難道不該沉塘？」

「胡言亂語！」尹禮斥道：「我問你，趙氏嫁入周家，可有三媒六聘？」
周父答：「有是有……」
「可拜過天地，宴過賓客？」
「這是自然。」
「既然如此，她便是周家明媒正娶之婦！莫說是趙氏成婚三個月便身染惡疾，便是只成婚一日，也該由夫家生養死葬，豈可因其染疾，便生休棄之心？人是正室，而非妾寵，豈可視為買賣？且人非禽畜，豈可比雞？你上有高堂，這番言語可敢對令慈言講？」
周父道：「大人，趙氏生的是惡疾，在嫁人前興許就已有疾，趙家明知女兒將死，卻貪圖聘財，小人氣不過，這才犯了糊塗……」
「我呸！」冤情大白，趙父老淚縱橫。「我只此一女，若知她有疾，何苦叫她嫁去夫家受人白眼？」
「你女兒已死，死無對證！誰知你當初嫁女時是何盤算？」
「住口！」尹禮打斷兩人，問周父：「方才命爾等吞食聖穀，可記得誰先誰後？是趙父、李氏、王氏、郎中，最後是你。趙父端起聖穀仰頭吞盡，其舉如同飲水，其態悲憤決然，若非含冤，何至於此？穩婆李氏因未說謊，自然敢食。反觀穩婆王氏、郎中和你，因心中有鬼，食起聖穀來挑拈揀抓，遷延猶豫，不提神罰，都足以看出說謊的是你們三人。」

此話一出，周父瞠目結舌，看臺上議論紛紛。

尹禮執起驚堂木來重重一落，結案陳詞：「趙家有女，嫁周家子為妻，新婚三月忽發惡疾，人既已娶，木即成舟，無下堂之條，非七出之例，周家卻以市儈手段、貿易心腸汙趙氏失節，將其休棄，事後因怕趙氏『懷胎』足月而不臨盆，自證染疾而非失節，竟賄賂人證，告上縣廟，意圖滅口！如此歹毒，令人生寒，褻瀆祖神，罪不容誅！按律當判磔刑，以儆效尤！」

磔刑即剮，割肉離骨，斷其肢體。

周父啊了一聲，登時暈死過去。

尹禮又道：「穩婆王氏，受賄在先，假供在後，眼見趙氏無辜受辱，仍助周家將其逼死，實為從犯。判王氏割扯謊之舌以祭神明，斷受賄之手以慰冤魂！郎中已受神罰，判其曝屍七日，以儆效尤！」

王婆子這才知道犯了重罪，可叩頭求饒為時已晚。

趙父頂禮叩拜道：「蒼天有眼，祖神有靈，草民多謝大人替小女平冤。」

「此為州試，我非官身，此案尚需三司裁斷，你靜候官文便可。」尹禮起身朝閣樓一禮，高聲道：「學生周縣尹禮，業已結案，恭請三司裁審。」

所謂裁審，是裁決州試生斷訟是否公明，策略是否出眾，判罰是否得當，據其表現，擇定前三甲——當然，這只是明規。

尹禮首日首試，可見其出身小族，難入三甲。門子將案卷捧走後，他面色平靜地下了高臺，進了公堂。

藤澤率州試生們起身恭賀，眾人一番吹捧，尹禮恭敬回之，不卑不亢。

暮青默然旁觀，心中已有計較。

所謂神證，通俗地講就是請神斷案，這在古代的確時有發生。古代法國有一種麵包乳酪審法，即官府要求嫌犯在規定的時間內吞下約一盎司的大麥麵包和乳酪，且不可飲水，若嫌犯吞下了，即表明其無罪，反之有罪。此法聽來可笑，實則有一定的科學性，因為大麥麵包是粗纖維食物，而吞嚥乾乳酪也十分困難，兩者都需要口腔分泌唾液，而人在恐懼不安的情況下唾液分泌會減少，嫌犯口乾舌燥，自然吃不下。

聖穀審案同理，五穀不知供奉了多長時間，任誰吃進腹中都會略感不適，而圖鄂人信奉神明，嫌犯見要請神斷案，自會恐懼不安，這種心理會放大身體的不適，審案者便可以藉此查明真相。

讓暮青意外的是，尹禮斷案並沒有全靠神蹟，且從判詞來看，此人頗有幾分正氣。

州試是半日一場，首樁案子審結後已近晌午，晌午衙署戒食，眾人只能坐等。

下午的應考生是皋縣的于自忠，審的也是一樁命案。

永定縣的劉大順開了家布莊，家境殷實，他的族兄劉大運好賭成性，三番五次借銀，又常賴著不還。三個月前，劉大運再次借錢，被劉大順拒絕，兩人起了爭執，次日清晨，劉大順發現堂兄吊死在了自家鋪子門前。

因兩人曾約定，若劉大運還不清欠銀，將以祖屋抵債，故而劉大運死後，他的妻兒便將劉大順告上了縣廟，稱其為圖祖屋逼死堂兄。

劉大順則稱堂兄吊死在自家鋪子門前是為報復，望縣廟能做主為他洗刷惡名。

這又是一樁兩家扯皮的案子，于自忠也是先將前因後果問了一遍，比對供詞，而後就請了聖穀。

焚香過後，于自忠對劉大順和劉大運的妻兒道：「容我提醒你們，上午那樁案子，郎中因假供而當場暴斃，你們可要想仔細了再答。」

這話果真有用，劉大運的兒子沒等吞食聖穀就招了。

原來，劉大運那天回家後對妻兒說，他要吊死在劉大順的鋪子門口，叫妻兒為他收屍後一定要到縣廟狀告劉大順逼人致死，如此一來，債主們就會因為怕擔逼死人的名聲而不敢上門討債，不僅祖屋能保住，若告贏了，興許還能得些撫恤銀兩，給劉大順找些晦氣，叫他的鋪子開不下去。

此計雖說是為保妻兒，可用心陰毒，于自忠判劉大運的妻兒各五十大板，將祖屋判給劉大順，案子就這麼結了。

暮青聽審聽得直皺眉頭，這案子破得著實靠著幾分運氣。

劉大運生前曾將計畫告知妻兒，所以他的妻兒在面對神證時才會害怕，那倘若他吊死之前什麼都沒講呢？他白天與堂弟起過爭執，夜裡就吊死了，若他什麼都沒講，他的妻兒很可能會認為他是被人逼上了絕路，那麼在面對神證時，他們還會害怕嗎？

若原、被告雙方都認為自己是如實供述，那吃下聖穀的結果會如何？聖穀被供奉已久，萬一哪個鬧了肚子，豈不是誰先鬧肚子，誰就是謊供之人？

神證之法如若活用，的確有助於斷訟決疑，可若生搬硬套，必會釀成冤案。州試首日只有兩樁案子，兩樁都請了聖穀，暮青忽然有種不妙的預感，圖鄂以神權治國，官府不會每樁案子都請神證疑吧？

——這還真讓她猜對了。

次日起，暮青把聖火、熱油、蠱毒等神證之法見識了個遍，每樁案子都離不開神證，審法越來越離奇。

暮青忍了又忍，忍到州試第四日，險些忍出內傷來。

這天是複姓司徒的大族子弟應試，這人名叫司徒峰，審的是一樁江洋大盜案。

一夥流竄於慶州的匪盜被通緝了數年，近日，匪首在山中被一個獵戶擒殺，獵戶找同村的人趕來牛車，拉著屍體到縣廟領賞錢，不料同村的人竟然冒功。因兩人都能說出擒殺匪首時的情形，又都沒有人證，誰殺了匪首就成了說不清的事。

司徒峰命人尋來一個與匪首的身量塊頭差不多的護衛，命獵戶和村民輪流與護衛決鬥，打不贏的就是冒功之人。

身量塊頭相似，不代表武力相近，以決鬥審案實在兒戲。

暮青心裡燒起一把火，越燒越旺。

景子春假扮接引使在閣樓上看得瑟瑟發抖，生怕暮青會拍案而起，走上高臺，一腳把司徒峰給踹下去。

但暮青硬是忍了下來，終於忍到了州試第五日。

——州試第五日上午，應試者木兆吉。

州試最後一日，兩位應試者皆出身望族、官居縣祭，慶州百姓的熱情前所未有的高漲，天剛破曉，州衙外的長街上就擠滿了人。

辰時一到，三聲鼓後，公堂內行出個青年男子。

男子面龐削瘦，眼下見青，像個病秧子。「下官大安縣縣祭木兆吉，恭請案卷。」

門子將案卷捧上高臺，相請時態度甚是恭謹。

木兆吉上臺落座，一翻開案卷，州衙內就靜了下來。

縣祭不同於州試生，想來應考的必是要案，故而無一看客出聲，生怕攪擾了縣祭大人審閱案卷。

然而，正當眾人都以為案卷一時半刻看不完的時候，忽見木兆吉將案卷一合，冷聲喝道：「帶告人及嫌犯！」

看臺上嘩的一聲——這麼快？

可當看客們定睛一看，又炸了鍋！只見一堆人上了高臺，有好事者一數，竟有十七人之多！

慶州百姓的胃口被吊得老高，想知道這是樁什麼奇案，於是紛紛豎直了耳朵聽審。

只聽木兆吉問：「告人何在？」

答話的竟有十幾張嘴：「小人在！」

一個老漢道：「小人是濟縣張莊的農戶張大，後頭的是張三、張五、張小六、張春子、張狗子……」

一連串兒的人名叫下來，告人竟有十五人！

木兆吉看向餘下兩人，問：「這麼說，你們兩人就是嫌犯張大年和張麻子了？」

張大年道：「回縣祭大人，小人是張大年。」

張麻子道：「回縣祭大人，小人是張麻子，可小人不是嫌犯，小人沒偷他們的雞！」

張大年把眼一瞪。「這意思是說偷雞賊是我唄？」

張麻子眼朝天看。「是誰我不知，反正我沒偷雞！」

張老漢道：「不是你還能是誰？雞毛是在你家門前發現的，雞骨頭也是從你家院子裡掘出來的。」

張麻子道：「誰看見我偷了？誰看見我吃了？誰敢斷言不是哪個王八羔子跟我有仇，栽贓我的？」

「咱們莊子裡多是老實人，哪個會栽贓你？」

「哪個？多了！」張麻子往人堆裡一指。「張小六，我欠他三十文錢，他天天要債；張狗子，那天聚賭我出老千，他非要逼我把以前贏的銀子都還回去；張五，我不過是從他家田裡順了塊白薯，他就要我給錢；張春子，我摸了他媳婦屁股一下，他拿砍柴刀追了我半日！還有張大年，咱莊裡好吃懶做的又不只我一人，興許是這王八羔子偷了雞，栽贓我呢？」

張大年直擼袖子。「我想吃雞？莊子裡前前後後丟了十幾隻雞，我吃得下這麼多嗎？反正雞骨頭是在你家院子裡掘出來的，你別想賴我！」

張老漢道：「反正不是你就是張大年，莊子裡好吃懶做的就你們倆！」

張麻子和張大年一聽此言，爭相辯解。

高臺上十七張嘴，你一言我一語，亂如菜市。

看臺上，慶州百姓的下巴掉了一地。

「啊？偷雞案？」

「神官大選，本州州試，考偷雞案？」

閣樓上，慶州權貴們打著眼底官司，暗潮湧動。

這幾日，眾人都想一觀木兆吉的深淺，以便推測木家的意圖，故而今日之試，雖說重頭戲在藤澤身上，但各族更想看的是木兆吉審案，只是誰都沒想到木家會安排這麼一樁案子，這豈不是在說木兆吉真是個草包？

貴人們紛紛看向木家的接引使，那人聽著審，臉上看不出絲毫端倪來。

景子春啜著茶，放下時使勁兒捏著蓋碗才沒讓碗抖起來。

偷雞案！真有木家的！

臺上坐著的可是英睿皇后，斷案如神的主兒，讓她審一樁偷雞案？如非此刻不好離席，他非躲去沒人的地兒大笑一場。

臺上，村民吵得不可開交，暮青由著他們，一直沒有喝止。

村民們吵得嗓子都啞了，這才發現縣祭大人沒吭過聲。也不知是誰先住了口，張老漢叩頭道：「草民們無狀，請縣祭大人做主！」

此時，慶州百姓仍在議論。

「此案好審，請聖穀一證便知！」

「這偷雞摸狗的案子也用得著請聖穀？」

閣樓上，景子春搖頭暗笑，他敢打賭，英睿皇后絕不會請神斷案，但她會如何斷案，他也猜不透。

圖鄂鎖國已久，百姓雖對諸國之事知之甚少，但士族貴胄的耳目都通著天，英睿皇后名揚四海，斷案奇法不少人耳聞過，今日她顯然不能用擅長之法斷案，否則有暴露之險。

這時，暮青問：「張麻子說是你們當中有人栽贓陷害他，可有人想悔過認罪？」

村民們面面相覷，爭相喊冤：「縣祭大人，草民們沒有栽贓！」

暮青又問張大年：「你與張麻子不睦已久，雞可是你偷的？」

張大年也喊冤：「大人，那雞骨頭是在張麻子家裡掘出來的，怎可能是小人偷的？」

張麻子道：「大人，小人真不知雞骨頭是誰埋在小人家院子裡的。再說了，雞骨頭上又沒刻著誰家的名姓，他們憑啥說那是他們家的雞骨頭？」

「你簡直無賴！」張老漢氣得渾身哆嗦。

暮青道：「這麼說，無人認罪了？」

一聽此話，百姓頓時來了精神——要請神證了？

暮青道：「既然無人認罪，那就跪著吧。」

啊？

一聽此言，衙內上上下下的人都納了悶兒，村民們不敢問，只能乖乖地跪直了。

看客們的胃口都被吊了起來，暮青卻跟門子要了壺茶自斟自品了起來，三司長老見了，不由大皺眉頭。

這時，日晷指向辰時二刻，距離午時還有一個半時辰。

百姓七嘴八舌地議論著木縣祭這壺茶要喝到何時，正當閒言碎語越來越多時，茶壺見了底兒。

見茶壺倒不出茶了，百姓們跟盼到了大年似的，心道：這回該審案了吧？

「吵什麼！」暮青將空茶壺往桌上一擱，壺聲不大，脾氣倒大得很，她招來皂吏吩咐：「本縣審案不喜吵擾，爾等巡視看臺，見有吵擾者，一律攆出去！」

皂吏們不敢有違，手持長杖就到看臺下傳令，百姓聞令生怯，衙內很快陷入了死寂，上上下下的人都瞅著高臺，等著縣祭繼續審案。

暮青百無聊賴地坐著，陽春三月，南國已暖，和風裡盡是百花香，沒一會兒，她就被日頭晒得有些犯睏，索性把茶壺一推，把案卷一收，往法桌上一趴——睡覺！

眾人瞠目，無不絕倒！

閣樓上嗡的一聲，三司長老登時黑了臉。

州試大考，喝茶睡覺，鄂族自有神官大選以來，只怕還是頭一遭。

景子春臉色發苦，這姑奶奶是在鬧哪樣兒啊？

看客們都在納悶兒，暮青卻只管埋頭大睡。

一刻的時辰過去了，人沒動。

兩刻的時辰過去了，人沒動。

一個時辰過去了，人還睡著……

百姓因禁令而不敢吭聲，慶州權貴們卻坐不住了。

「怎麼著？真睡了？」

「案子不審了？可就剩半個時辰了！」

半個時辰說快也快，眼看著日晷上的時辰指向巳時三刻，再過一刻就要到午時了。

張莊的村民們已有些跪不住了，可又不敢吭聲，只能繼續熬著。

景子春恨不能抓個物什扔下去把暮青砸醒，距午時已剩不足一刻了，這姑奶奶再不起，此案審得完嗎？

就在眾人以為暮青要睡過頭時，忽見她動了動。

這一動真可謂盼星月一般，竊竊之聲霎時止住，四面八方無數目光都定在了高臺上。

「……嗯？什麼時辰了？」暮青睡眼惺忪地抬起頭來，伸了個懶腰。

「回縣祭大人，離午時還剩小半刻。」門子心驚膽顫地回話。

州衙內前所未有的安靜，憐憫的目光從四面八方射來，此時已沒人認為案子能審結了，只等著看木兆吉驚覺睡過頭後的無措之態。

「哦。」暮青看起來還沒睡醒，瞧見村民時愣了愣，彷彿這才想起法桌前還跪著一群人。「怎麼還跪著？都起來吧。」

村民們絕倒，心道：不是您讓我們跪著的嗎？之後您就睡大覺了，沒您的恩赦，誰敢起身？

但這話沒人敢說，村民們揉著腿艱難地站了起來，到了這時辰，誰也不想丟雞的事了，只想先救自個兒的腿。

可誰料想，就在眾人起身之際，暮青忽然執起驚堂木往法桌上一砸！

啪！

州衙內靜得太久了，之前落根針都能聽見，此時驚堂木這麼一響，真如一道天雷炸開，驚魂懾魄！

暮青厲喝：「偷雞賊也敢起來！」

撲通！

話音方落，只聞一道悶聲，有人下意識地跪了下來。

村民們散開，下跪之人登時被顯了出來，眾人定睛一看，竟是張大年！

張大年懵著張臉，看客們也懵著，不待琢磨過味兒來，張大年便崩了心防。

「縣祭大人饒命！小人是一時糊塗，小人都快三十了，還是光棍兒一條，老娘逼得緊，可又沒錢娶媳婦兒，小人就想著偷雞賣錢。村人丟雞後，起先懷疑是麻子偷的，小人索性就趁著他外出時，把雞骨頭埋到他家院子裡，又在他家門口撒上雞毛……賣雞的錢小人沒動，用布包著藏在房梁上，小人願歸還銀錢，望大人開恩，輕判小人！小人家中尚有老娘，如若斷手，下半輩子豈不是要讓老娘伺候小人？」

暮青冷笑道：「你既知竊人財物要斬手，嫁禍於人時怎無不忍之心？本縣給過你機會，可你不肯悔改，而今自現原形方知求饒，早知如此，何必當初？」

張大年啞口無言，心道聽這意思，縣祭大人早知雞是他偷的了？

這時，暮青判道：「案犯張大年，偷雞謀財在先，嫁禍於人在後，不知悔改，其心可誅。念其肯歸還贓銀，偷竊之罪酌情從輕。但斬手之刑可免，嫁禍之罪難饒，當依律判處，以儆效尤！同村人張麻子，好賭成性，欠債不還，非禮婦人，為禍一村，不罰不足以平民怨！判其拘役一年，待償清張五一塊白薯、張小六三十文錢及其他欠債之後，再依律追其非禮之責。」

「啊？」張麻子傻了眼。「縣祭大人，怎麼連小人也……」

這審的不是偷雞案嗎？偷雞賊又不是他，憑啥他也被判了？

梆！

這時，梆聲響起，午時已到，州試結束。

暮青起身朝閣樓上一禮。「下官大安縣縣祭木兆吉，業已結案，恭請三司裁審。」

說罷，不待三司回話，她就頭也不回地下了高臺。

張老漢激動地領著村民叩頭相送。「草民們謝縣祭大人為民做主！」看臺上，人聲激越如雷。

「奇了！案子審結了？」

「木縣祭早知偷雞賊是張大年？怪不得敢睡大覺！可憐我這一把汗捏了大半日！」

「木縣祭審案沒請神證，頭一回聽聞案子還能這麼審的！」

「木縣祭竟把張麻子也給判了，一樁偷雞案，罰了倆無賴，張莊的村民真是好福氣，頭一回聽聞民不告，官自給做主的。」

偷雞案原是小案，起初沒人想看，甚至盼著早些審結，而今案子審結了，卻又覺得精采至極，回味無窮。

而此時閣樓上仍然無聲，長老們望著木兆吉走入公堂的背影，各有所思。

公堂裡，藤澤撫掌讚道：「木兄巧審偷雞案，真令人拍案叫絕！」

「過獎。」暮青入座奉茶，毫無閒談之意。

藤澤已習慣了她的冷淡，於是問：「在下有一事不明，望木兄解惑。木兄似乎早知賊人是誰，不知是如何看出來的？」

「一開始，我問那兩人可是嫌犯，張大年說：『小人是張大年。』而張麻子說：『小人是張麻子，可小人不是嫌犯。』」破天荒的，暮青竟未拒答，只是懶得言盡，僅複述了審案之初的一番言語，叫藤澤自己思量。

藤澤細一思量，茅塞頓開，眼中的明光似劍芒乍現，作揖嘆道：「木兄心細如髮，在下佩服。」

暮青喝著茶，不搭理恭維之言。

藤澤道：「既如此，在下又有一事不明了。木兄既然斷訟公明，嫁禍和非禮之罪卻只道依律判處，量刑為何這般含糊？」

「刑統律例繁雜，背不上來。」這是句大實話。

藤澤卻足足愣了半晌，回過神來不由放聲大笑，說道：「在下對木兄真有相見恨晚之感，如非眼下不是時候，真想與你義結金蘭！」

嘴上說著這話，藤澤的目光卻似深潭。州試這等場合，小案比大案難審，審不清楚必取其辱，審清楚了理所應當，吃力不討好。可一樁偷雞案愣是叫木兆吉討了好彩，但此案審得精采，卻判得含糊。此人智計過人，卻又糊塗過人，那不熟刑統之說不知可不可信。他本想藉機刺探深淺，卻發現木兆吉不答話還好，答了反倒叫人看不透了。

藤澤意味深長地問：「木兄方才當真睡著了？」

暮青抬起眼來，似真似假地道：「不養足精神，怎麼看藤兄審案？」

藤澤一怔，隨即笑道：「好，定不負木兄所望！」

午時一過，最後一場州試開考。

藤澤行出公堂，天青雲淡，晝柱朱瓦，襯得人如玉樹，豐神俊朗。

藤澤是藤族族長的嫡長孫，不僅出身尊貴，他擔任永定縣縣祭的這幾年裡更是頗得民心。此番神官大選，藤澤掌權的呼聲頗高，他一入座，州衙內就靜了下來。

藤澤審閱案卷同樣頗快，也就一刻，便將案卷一合，沉聲道：「屍體何在？抬上前來！」

皂吏應是而去，少頃，抬來一具屍體。屍上蓋著白布，打公堂前經過時，一隻黑紫的手露了出來，那手緊握成拳，手臂上花紋密布，打眼一瞧，頗似篆文。

雷擊紋？

暮青的經驗是何等過人，一眼就認出了屍身上的雷擊紋。

看臺上騷動了起來，人潮往前推了推，又推了推。

皂吏將白布一揭，一具男屍赫然現於人前。男屍髮散面黑，遍體焦黃，喉嚨至前胸上花紋密布，似藤非藤，似字非字，鬼雕神刻一般。

「啊？是天書！」

「神罰！」

看臺前方的百姓指著屍體惶恐地喊道，人潮低了下去，山呼祖神之聲震天。

藤澤來到屍旁，提袍而跪，九叩之後，當眾驗起了屍體。他沿著屍體的頸、胸、手臂逐一察看，與其說在驗屍，更像是在研看天書。

閣樓上頓時起了竊議之聲。

「藤縣祭在研看天書？」

「天書出自聖典，聖典遺失已久，藤縣祭怎能參透天書之文？」

這時，藤澤稍加深思，面色沉肅地回到了法桌後。「帶涉案眾人！」

人聲霎時歸寂，只見皂吏領來四個身穿囚衣的老者、一個瘋癲婦人和四個灰衫下人。

「那不是馬家的族長、族公嗎？」

「藤縣祭審的竟是馬家窯案？」

馬家窯案是一樁駭人聽聞的慘案，三年前，馬家窯裡燒製出了新瓷，輕細如玉，釉色如霞，珍美無比。馬家將新瓷獻入州廟，州祭進貢給神殿，得名慶瓷。

慶瓷成了貢瓷，馬家風光無兩，因神官大選將至，去年底，馬家奉旨燒製慶瓷，不料臘月底的一天夜裡，一口大窯忽然塌了，一只繪有祖神飛升圖的瓷瓶被砸毀，事故驚動了州祭，不料吏人不僅從坍塌的窯裡挖出了被砸毀的瓷瓶，還發現了一具燒成黑炭的屍體。

窯裡並無窯工失蹤，死者身分不明，州祭將馬家人全下了獄。次日，皂吏們從一座廢棄的老窯底下掘出了成堆的焦屍，屍骨多已焚毀不全，斷肢碎骨在坑中一層層地碼放著，足有七、八尺深。

事情鬧得沸沸揚揚的，有流言說廢窯底下的人都是這些年失蹤的良家少女。州祭下令拘拿了馬家族長、族公和掌管馬家窯的二少爺馬海，封了馬家窯，而後此案就沒了消息，沒想到今日會出現在州試上。

看臺上掀起一陣聲浪，藤澤道：「天降雷罰，罰的是大奸大惡，本縣既然說『帶涉案之人』，爾等就皆在罪人之列。那麼，可知三日之前，雷罰為何只懲戒馬海一人？」

看臺上嗡的一聲！

「那遭雷劈的是馬家二少爺？他不是被關在州牢裡嗎？」

「他遭了天打雷劈，那就是說，那些焦屍真是他做的惡？」

藤澤一沒問案，二沒請神證，言外之意竟已知曉案情，閣樓上的貴人們隱約嗅出了不同尋常的味道。

藤澤義正辭嚴地道：「舉頭三尺有神明，馬海惡事做盡，罪孽已書於天書之上！雷罰當夜，本縣夜夢聖典，今奉神諭公審此案，爾等是自己招，還是要本官代天傳諭？」

此話和著內力，若鼓擊春雷，直破滄溟，驚得四方之聲剎那間退去。

貴人們紛紛起身，憑欄下望，面色大變！

景子春故作愕然，眼底卻浮起譏誚神色。

聖典與聖器重現之日便是轉世之子復國之時，此乃圖鄂民間流傳已久之言。值此神官大選之際，藤澤公然說自己夜夢聖典，豈不是在暗示自己便是天選之子？

這些年來，聖女未雨綢繆，在兩國散布聖子之說，說三殿下是神族與皇族之後，乃天定的復國血脈。轉世是神話之說，血脈之子卻真有其人，故而對復國派而言，奉三殿下為主更為務實。

想來是嶺南計畫失敗後，神官怕三殿下一旦回國，復國派就會成為三殿下的根基，所以才命藤澤以夜夢之言暗示他便是天選之子。

至於馬家窯案，案發至今百日有餘，撬開嫌犯的嘴有的是手段，今日才公之於眾的案情，未必就是今日剛審清的。

公堂裡，暮青喝著茶，眉頭都沒抬。

夜夢神諭是無稽之談，天書也不過是雷擊紋罷了，人遭受雷擊時，皮下血管麻痺擴張，伴有血液滲出，所以身上會形成類似篆文的痕跡，即雷擊紋。

但馬海並不是死於雷擊，也不是死在三天前。

雷擊死者，皮膚發黑，肌肉鬆弛，十指張開，目鼓口開，頭髮焦黃，且雷擊時因空氣壓縮，會導致機體機械性損傷，如顱骨粉碎、腦、肝肺破裂，甚至手掌皮膚與肌肉分離，皮膚紫紅而肌肉無損。可這個死者的手死死地握著，皮膚也無發硬緊縮之感，最要緊的是，雷擊紋在屍身上存留的時間通常只有一日左右，藤澤卻說人是死在三天前的。

案發至今百日有餘，馬海很可能早就招了，只是近日才被處死，雷擊紋是作偽畫上去的。

看來，神官的勝算並不如料想中的大，不然他不會急成這樣。

算算時日，邊境上的消息應該已傳入神殿了，不知神官會有何對策。

暮青正想著，見百姓紛紛跪了下來，高呼神子，聲浪大如雷霆，勢極雄豪，頗有吞天沃日之氣。

閣樓上，有人望了望天，見雲聚於東，乘風奔湧，斜陽尚未西落，就已有風悄起了。

暮青飲盡冷茶，撫了撫衣襟，圖鄂聖器收放在她心口。審案的聲音被掩蓋在呼嘯的人聲中，她起身行出公堂，出了州衙。

……

三日後，州試放榜，不出所料，藤澤位居榜首，木兆吉居次，司徒峰居末。

二十年一遇的盛事落下了帷幕，接下來，該輪到中州熱鬧一些日子了。

然而，誰都沒想到，次日清晨，殿試生的儀仗出了城，一路向南，走了四、五日，越走越偏離官道。

儀仗所去的方向並不是中州神殿。

一品仵作 玖

MY FIRST CLASS CORONER

作　　者／鳳今
榮譽發行人／黃鎮隆
總 經 理／陳君平
經　　理／洪琇菁
總 編 輯／呂尚燁
執行編輯／陳昭燕
美術監製／沙雲佩
美術編輯／李政儀
國際版權／黃令歡、梁名儀
企劃宣傳／楊玉如、洪國瑋
文字校對／施亞蒨
內文排版／謝青秀

國家圖書館出版品預行編目資料

一品仵作（玖）/ 鳳今作 . -- 初版 . -- 臺北市：尖端，2021. 09-
冊；　公分
ISBN 978-626-308-873-3（第 9 冊：平裝）

857.7　　110004650

出版／城邦文化事業股份有限公司　尖端出版
台北市 104 中山區民生東路二段 141 號 10 樓
電話：（02）2500-7600　傳真：（02）2500-2683
讀者服務信箱：7novels@mail2.spp.com.tw
發行／英屬蓋曼群島商家庭傳媒股份有限公司城邦分公司　尖端出版
台北市 104 中山區民生東路二段 141 號 10 樓
電話：（02）2500-7600　傳真：（02）2500-1979
劃撥專線：（03）312-4212
戶名：英屬蓋曼群島商家庭傳媒（股）公司城邦分公司
劃撥帳號：50003021
※ 劃撥金額未滿 500 元，請加付掛號郵資 50 元
法律顧問／王子文律師　元禾法律事務所　台北市羅斯福路三段三十七號十五樓

台灣地區總經銷／中彰投以北（含宜花東）　楨彥有限公司
電話：（02）8919-3369　傳真：（02）8914-5524
雲嘉以南　威信圖書有限公司
（嘉義公司）電話：0800-028-028　傳真：（05）233-3863
（高雄公司）電話：0800-028-028　傳真：（07）373-0087
馬新地區總經銷／城邦（馬新）出版集團 Cite（M）Sdn Bhd
電話：603-9057-8822　傳真：603-9057-6622
E-mail：cite@cite.com.my
香港地區總經銷／城邦（香港）出版集團 Cite（H.K.）Publishing Group Limited
電話：852-2508-6231　傳真：852-2578-9337
E-mail：hkcite@biznetvigator.com

版　次／ 2021 年 9 月 1 版 1 刷　Printed in Taiwan